LA DAME DE CŒUR

DANS LA MÊME COLLECTION

Georgia Bockoven, *Un mariage de convenance*
Georgia Bockoven, *L'Héritage Montoya*
Catherine Cookson, *Le Château de chiffons*
Catherine Cookson, *Les oiseaux rêvent aussi*
Catherine Coulter, *La Fiancée du vent*
Catherine Coulter, *La Fiancée de la Jamaïque*
Catherine Coulter, *La Fiancée de l'ombre*
Juliet Fitzgerald, *La Demoiselle de Belle Haven*
Rosamunde Pilcher, *La Dame au portrait*
Rosamunde Pilcher, *La Maison abandonnée*
Rosamunde Pilcher, *La Vie et rien d'autre*
Amanda Quick, *Au péril de l'amour*
Amanda Quick, *Le Chant de la sirène*
Amanda Quick, *Rendez-vous manqué*
Katherine Stone, *Promesses*
Katherine Stone, *Le Collier de saphirs*
Philippa Taylor, *Jusqu'à la fin des temps*

Amanda Quick

LA DAME DE CŒUR

Roman

PRESSES DE LA CITÉ

Titre original : *Mistress*
Traduit par Martine Bruce

ISBN 2-258-03933-9

A Alberta Castle,
ma mère et mon amie,
mon amour et ma gratitude.

Prologue

— Votre ex-maîtresse fait sensation, mon cher Masters ! Le tout-Londres s'accorde à la trouver irrésistible. (Charles Trescott se tenait près de la cheminée, un verre de cognac à la main, l'œil rivé sur le visage de son hôte.) J'ai pensé que vous aimeriez être prévenu, puisque vous avez eu l'étrange idée de venir vous enfermer ici, alors que la Saison bat son plein !

— Trop aimable de vous être ainsi dérangé pour me rapporter les derniers potins mondains...

— C'était le moins que je puisse faire. Votre nom est sur toutes les lèvres, et je sais combien vous abhorrez ce genre de chose... lâcha Trescott d'un air faussement ennuyé qui seyait à son personnage de jeune snob dépravé.

— Vous faites erreur, Trescott. Je me moque éperdument de ce que les gens peuvent bien se raconter autour d'une tasse de thé.

Trescott, un instant désappointé, ne se découragea pas pour autant. Et tel un enfant taquinant le lion derrière les barreaux de sa cage, il tenta autre chose dans l'espoir d'obtenir une réaction de son interlocuteur.

— Je dois admettre que je ne suis pas le dernier à m'étonner que vous l'ayez laissée se conduire ainsi. Nul n'ignore que vous demandez la plus grande discrétion à vos maîtresses... C'est une de vos règles.

Marcus Valerius Cloud, comte de Masters, fit négligemment tourner son verre de cognac entre ses doigts puissants, attentif aux reflets des flammes emprisonnés dans le cristal taillé.

Depuis quelques mois, les propriétés du verre et de la lumière l'intéressaient au plus haut point. Il avait entrepris quelques coûteuses expériences sur les prismes, puis s'était découvert un nouveau centre d'intérêt : les télescopes. L'astronomie s'était révélée si fascinante qu'il en était venu à quitter Londres, en plein milieu de la Saison, pour poursuivre ses expériences dans le calme de ses terres.

Les nuits dans le Yorkshire étaient éclatantes et limpides, sans la pollution inhérente aux grandes villes qui ne pouvait que troubler la vision de l'immensité lactée.

Il en avait toujours été ainsi, et ce dès son plus jeune âge. Tout ce qui était mécanique, technique ou scientifique le passionnait.

Des ressorts de landau aux mécanismes des pendules, du fonctionnement des boîtes à musique à l'étude des étoiles, Masters avait la passion de la découverte, de l'invention. Il avait le besoin impérieux de comprendre les lois immuables de l'Univers.

Marcus aimait les règles en général, et les siennes en particulier, surtout celles qu'il avait édictées quelques années auparavant et qu'il n'avait jamais bafouées. Elles étaient simples et sans ambiguïté.

Ne jamais se remarier.
Ne jamais évoquer le passé.
Ne jamais justifier ses actes.
Ne jamais changer d'avis.
Ne jamais toucher à une vierge, ou à la femme d'un autre...

Marcus sortit enfin de sa rêverie. Il n'avait que faire de

Trescott. Trescott était l'archétype du débauché mondain, plein de suffisance, et qui aimait à malmener les moins nantis que lui.

— Alors, racontez-moi ce que cette jeune lady a bien pu faire pour défrayer ainsi la chronique... laissa tomber Marcus d'un ton volontairement indifférent.

Le regard de Trescott se mit à pétiller de malice.

— La rumeur veut qu'elle vous ait plaqué et qu'elle soit en train de harponner un nouvel amant. Tout-Londres est en émoi!

— Vraiment?

— Mrs. Bright a fait une entrée fracassante dans la haute société il y a maintenant deux semaines... Personne ne pouvait croire qu'elle ait pu vous congédier comme cela! Absolument ahurissant étant donné votre, comment dire..., votre réputation!

Marcus eut un léger sourire, mais ne dit mot.

Déçu, Trescott lança une nouvelle pique.

— Allons! Vous n'êtes pas sans savoir que l'on vous considère comme l'homme le plus mystérieux et le plus dangereux de Londres!

— Le mystère, le danger, à l'instar de la beauté, sont terriblement subjectifs...

— Avec votre passé... vous êtes une véritable légende, Masters! Et la femme capable de vous abandonner ne peut qu'attiser la curiosité.

— Évidemment.

Trescott le fixa, les yeux mi-clos.

— Je vous accorde que cette jeune femme est pour le moins extraordinaire. Où avez-vous découvert cette veuve au charme dévastateur?

— Vous la connaissez?

— Bien sûr. (Trescott eut un petit rire.) Mrs. Bright est partout. Nul bal, nulle soirée, sans que cette fascinante créature soit présente.

— Vous la trouvez fascinante?

— A l'évidence. Comme tout un chacun. On la surnomme lady Starlight[1]...

— Incroyable.

Trescott haussa les épaules.

— Elle n'est pas d'une beauté classique. Vous le savez mieux que quiconque. Mais elle a quelque chose dans le regard... Et une façon de se vêtir...

— Ah! Oui. Ses fameuses toilettes...

Trescott fronça le nez avec dédain.

— Imaginez l'ex-maîtresse d'un des aristocrates les plus en vue aller toute de blanc vêtue, comme une jeune vierge! Purement scandaleux!

Marcus, étonné, cessa de jouer avec son verre.

— Le blanc serait toujours sa couleur favorite?

— Elle ne porte rien d'autre. C'est une originale. Comme ce landau, blanc et or, que toute la ville lui envie. Je parierais qu'il vous a coûté une petite fortune... Mais sans être indiscret... Puis-je savoir...?

— Je n'en ai pas le moindre souvenir, murmura Marcus songeur en fixant les flammes.

— Je suppose que vous lui avez offert tant de colifichets, de bijoux et autres babioles, que cet attelage et ses deux beaux chevaux blancs ne vous ont pas marqué outre mesure, non?

— En effet.

Trescott se racla la gorge.

— Ce doit être fabuleux d'être riche comme Crésus. N'y voyez aucune offense, monsieur, mais il est évident que cette femme vous avait mis le grappin dessus...

— Il arrive aux veuves d'hériter de leur défunt mari.

— Il paraît que feu Mr. Bright était très âgé et vivait en reclus au fin fond du Devon. (Trescott lui lança un regard entendu.) Il a pu lui laisser quelque bien, mais tout le

1. Littéralement : lumière des étoiles. (*N.d.T.*)

monde s'entend à dire que sa fortune vient de vous, Marcus.

— Vous savez comment cela se passe. Un homme se doit de payer ses petits moments de plaisir.

Trescott eut un sourire ironique, prêt à taquiner de nouveau le lion.

— Quelle impression cela fait-il de se faire plaquer par une maîtresse bien décidée à mettre un successeur dans son lit?

— C'est difficile à dire...

— Il n'y a pas un seul homme qui ne soit prêt à donner sa fortune pour prendre votre place!

— Vraiment?

— Assurément. A commencer par vos amis, vos relations de jeu, Lartmore, Darrow, Ellis et Judson qui tournent autour d'elle. Sans compter quelques dandies, comme Hoyt qui s'évertue à la distraire et que l'on voit souvent en sa compagnie.

— Certains hommes sont prêts à tout pour être à la mode.

— Ah! C'est exact, approuva Trescott. Cette femme est tellement... Sa profonde culture de la chose antique a attiré nombre de femmes du monde dans son cercle d'intimes. Le style gréco-romain est à la mode. Toutes ces dames veulent redécorer leur maison à la manière antique. Chacune désirant que cela soit le plus authentique possible.

— Gréco-romain... répéta doucement Marcus.

— C'est du dernier cri! Et votre Mrs. Bright semble imbattable sur le sujet. Elle aurait passé un an en Italie, à visiter les ruines. (Trescott poursuivit d'un ton dubitatif.) Je dois admettre que je n'apprécie guère ces bas-bleus!

— C'est évident, tout votre contraire...

Trescott ne sembla pas comprendre l'insulte.

— Alors sa conduite vous laisse indifférent?

— Je la trouve... (Marcus marqua une pause, cherchant le mot le plus approprié.) Je la trouve intéressante.

— Intéressante? Est-ce là tout ce que vous trouvez à dire? Que le diable m'emporte! Alors qu'à l'heure actuelle on vous trompe peut-être, dans un quelconque boudoir!

— Ce n'est pas tout ce que je trouve à dire, mais c'est certainement tout ce que j'en dirai! Avez-vous terminé, Trescott?

— Certes. Je pense que cela suffit...

— En effet. Vous désirez certainement vous retirer? s'enquit Marcus en jetant un coup d'œil à la pendule. La nuit va bientôt tomber, et l'auberge la plus proche est à une bonne lieue d'ici.

Trescott serra les lèvres, désappointé. Il avait espéré passer quelque temps à Cloud Hall. Il ne lui restait plus qu'à prendre congé.

— Bonsoir, Masters. Faites de beaux rêves... Plutôt content de ne pas être à votre place... Passer ainsi pour un imbécile! marmonna Trescott en quittant la bibliothèque.

Marcus attendit que la porte se soit refermée sur son visiteur pour se lever à son tour et se diriger vers la fenêtre.

Le ciel était clair, sans un nuage, embrasé d'or et de magenta, ces couleurs spécifiques aux couchers de soleil printaniers. Ce serait une nuit merveilleuse pour étudier les étoiles.

Il avait eu l'intention de rester un bon mois dans le Yorkshire, mais maintenant, il lui paraissait utile de retourner à Londres, et le plus vite possible.

Sa curiosité était piquée au vif, dévorante...

Car, malgré les rumeurs, Marcus n'avait pas de maîtresse... Pas depuis quatre mois, du moins. Et il s'était agi d'une veuve d'une trentaine d'années, dont il s'était séparé en bons termes, après que la jeune femme eut compris qu'il ne l'épouserait pas.

Marcus se demandait qui pouvait bien être cette mystérieuse Mrs. Bright. Mais plus encore, c'est son audace qui l'intriguait.

Une femme capable de se faire passer pour son ex-maîtresse auprès de la haute société promettait d'être particulièrement intéressante. Vraiment passionnante.

Presque aussi passionnante que ses chères étoiles...

1

Le comte de Masters était bel et bien vivant.

Pour la première fois de sa vie, Iphiginia Bright manqua défaillir à la vue du comte entrant dans la salle de bal savamment illuminée. Les gens autour d'elle devinrent flous, tandis qu'elle luttait pour ne pas s'évanouir.

Que Masters fût bel et bien en vie était la dernière chose au monde qu'elle s'attendait à découvrir.

Mais il l'était. A n'en point douter.

Au choc succéda la joie, car bien que ne l'ayant jamais rencontré, Iphiginia avait passé deux bonnes semaines à étudier cet homme sous toutes les coutures, dans le but de passer pour son ex-maîtresse auprès de la haute société, et elle en était arrivée à la conclusion qu'il était l'homme de ses rêves. Un homme qu'elle aurait pu aimer plus que n'importe quel autre... En un mot : l'homme idéal.

Mais cet homme devait rester à jamais un fantasme. Son fantasme. Or il était là, bel et bien vivant. Bel et bien réel.

Et lorsqu'il apprendrait qui elle était et ce qu'elle avait fait, il ne manquerait pas de la mépriser.

— Seigneur Dieu ! Je n'arrive pas à le croire... murmura lord Ellis. Masters ici !

Bouche bée, Iphiginia fixait cet homme grand et bien bâti qui descendait l'escalier avec une arrogance nonchalante. Elle était littéralement effondrée de voir qu'il était tel qu'elle l'avait imaginé : brun, très à l'aise, un de ces hommes habitués à vivre selon leurs propres règles. Elle ne put en croire ses yeux.

Comme tous les autres invités d'ailleurs...

La foule semblait hypnotisée. On aurait pu entendre une mouche voler.

Iphiginia voyait la scène à travers un voile ambré : ces jeunes femmes en robes de soirée chatoyantes, ces hommes en habits, tous figés dans la même attente. Même les flammes des innombrables bougies des lustres de cristal parurent, un instant, privées de vie.

Elle reprit son souffle et tout s'anima de nouveau.

Les regards brillaient d'excitation et Iphiginia comprit que tous attendaient une scène. La scène qui alimenterait, pendant des jours, les conversations mondaines. Elle devina aussi que tous étaient étonnés par l'arrivée de Masters, ce soir, alors que nul ne l'espérait, le sachant dans ses terres. Qui aurait pu imaginer qu'il pût venir confronter ainsi son ex-maîtresse !

Seuls Iphiginia et quelques proches avaient été avertis de sa mort, par ces quelques mots griffonnés par ce maître chanteur. Le message prévenait clairement tante Zoe, lady Guthrie, qu'elle serait la prochaine victime si elle refusait de payer.

Mais Masters était bien là, en chair et en os. Non seulement vivant, mais en parfaite santé, débordant de vitalité, telle une splendide bête de proie.

Il était évident que le maître chanteur avait menti. Il avait dû profiter du départ de Masters pour ses terres, pour faire croire à Zoe Guthrie qu'il n'avait pas hésité à tuer un homme.

Partagée entre le désespoir et l'euphorie, Iphiginia regardait Masters s'approcher lentement, fendant la marée des danseurs, et brusquement elle prit conscience que son plan, si soigneusement élaboré, s'écroulait comme un château de cartes.

C'était un véritable désastre, qui ne manquerait pas d'affecter ses proches. A n'en pas douter, Masters n'aimerait pas apprendre qu'il avait eu une maîtresse, inconnue de lui, et qui, de plus, avait eu l'audace de le quitter!

Il comprendrait sur-le-champ à quel manège elle s'était livrée et n'hésiterait pas à tout révéler, la jetant par là même en pâture à cette société si imbue d'elle-même.

En entendant les gentlemen les plus proches d'elle baisser la voix, Iphiginia sentit son cœur s'arrêter.

— Masters a toujours eu un sang-froid du tonnerre! affirma lord Lartmore en vidant cul sec sa flûte de champagne. Se montrer à un bal où lady Starlight papillonne... Incroyable!

— Par Jupiter! Cela commence à devenir intéressant, marmonna Darrow qui, malgré la pauvreté de sa mise, avait des prétentions envers Iphiginia.

Herbert Hoyt, quant à lui, se rapprocha de la jeune femme en un mouvement protecteur. Ses magnifiques yeux bleus, d'ordinaire si chaleureux, reflétaient un trouble certain.

— Ceci est extrêmement embarrassant... Nos généraux ont l'habitude de dire qu'une retraite stratégique est souvent la meilleure des solutions! Ma chère, vous devriez vous y résoudre. Je suis à vos côtés, comme toujours.

Iphiginia se recomposa un visage et tenta de respirer normalement. Il devait y avoir une erreur. Elle serra le bras de son compagnon et affirma :

— Ne soyez pas ridicule, Mr. Hoyt. Masters n'est pas le genre d'homme à faire une scène en public.

— Espérons! (Herbert suivait la progression du comte à travers la foule.) Nul ne peut dire ce qu'il fera. Cet homme est une énigme.

Iphiginia sentit le rouge lui monter aux joues. Malgré l'horreur de la situation, elle sentait le besoin de défendre Masters.

— Il n'est pas énigmatique, seulement soucieux de défendre sa vie privée. C'est tout. Et c'est normal.

— Parfait! Mais vous l'avez quitté, tourné en ridicule et lui avez volé cette sacro-sainte vie privée, n'est-ce pas? Il est en droit de ne pas apprécier, non?

Malheureusement et comme toujours, Herbert avait raison.

Iphiginia lança à son nouvel ami un regard incertain. Herbert était bien plus au fait des petites traîtrises du grand monde qu'elle-même. Cela faisait déjà deux ans qu'il nageait avec aisance dans ses eaux troubles.

Iphiginia ne l'avait rencontré que deux semaines auparavant, mais elle avait appris à respecter ses jugements. Herbert semblait connaître tout ce qui portait un nom et n'ignorait rien de l'étiquette mondaine.

Herbert n'était qu'une petite pointure dans la haute société londonienne, mais il faisait partie de ces hommes charmants et galants, d'âge indéterminé, qui faisaient danser les jeunes filles délaissées et sirotaient une tasse de thé avec les vieilles dames. Ils se chargeaient d'apporter une coupe de champagne aux femmes abandonnées par leur joueur de mari et étaient les cavaliers des débutantes. En un mot, ils étaient indispensables, et, à ce titre, étaient toujours invités dans les plus grands bals, dans les soirées les plus courues.

Herbert avait une bonne trentaine d'années. Il était un peu rond, avec un visage agréable et des manières douces. Comme l'exigeait la mode, ses cheveux étaient ondulés, il portait un gilet jaune un tantinet trop serré à la taille, et sa cravate moussait.

Iphiginia aimait beaucoup Herbert. Il était l'un des seuls hommes à ne pas sembler vouloir prendre la place laissée par Masters. Elle pouvait être naturelle en sa présence. Il adorait discuter d'art et d'architecture. Et surtout, elle appréciait ses judicieux conseils sur la manière de se conduire dans le monde.

Mais cette fois-ci, même un expert en mondanités comme Herbert semblait ignorer quelle attitude adopter.

Apparemment, il ne savait comment faire face à l'imminente catastrophe.

Iphiginia agita vivement son éventail en dentelle blanc pour se donner une contenance et se permettre de réfléchir. Si elle voulait éviter un désastre, elle devait se servir de son intelligence. Fort heureusement, elle n'en manquait pas.

— Masters est, après tout, un gentleman. Il n'a aucune raison de me mettre dans l'embarras.

— Vous pouvez dire ce que vous voulez, ma chère, répliqua Herbert en haussant élégamment son sourcil gauche. Tout le monde sait, moi y compris, combien vous avez été proche de lui...

— Vraiment? coupa sèchement la jeune femme d'un ton qui signifiait que le sujet de ses soi-disant relations avec le comte ferait mieux d'être évité.

Mais elle pouvait difficilement se plaindre des rumeurs qui circulaient dans les cercles mondains. Après tout, c'était elle qui les avait lancées. Dans l'espoir d'obtenir plus rapidement son entrée dans le monde, et surtout dans le cercle des intimes de Masters. Et son plan avait remarquablement fonctionné. Jusqu'à ce soir.

— Au regard de ce qu'ils savent de vous deux, reprit Herbert, les gens qui sont ici ce soir se demandent ce qui va se passer. Ils vous croyaient définitivement séparés, mais sa présence parmi nous rend l'information caduque...

Iphiginia parut ignorer l'interrogation implicite de la dernière phrase. Que pouvait-elle répondre, de toute façon?

Incapable de trouver une autre explication, Iphiginia se retrancha derrière la version qu'elle avait élaborée au début de sa périlleuse aventure.

— Masters sait que tout est fini entre nous tant qu'il ne m'aura pas présenté ses excuses.

— Rien n'est impossible à Masters... Mais là, je dirai, et je ne serai pas le seul, qu'il est inconcevable que le comte puisse présenter ses excuses à une femme qui l'a humilié devant ses pairs.

Iphiginia sembla horrifiée.

— Mais je n'ai rien fait de tel, Mr. Hoyt!

— Non?

L'éventail de la jeune femme battit plus rapidement.

— J'ai juste dit que nous ne nous appréciions plus...

— Et que tout était sa faute...

— Euh... Oui. (Iphiginia déglutit avec difficulté.) Certainement. Mais je ne l'ai pas abaissé.

Herbert lui lança un drôle de regard.

— Allons, ma chère. Vous nous avez raconté que Masters et vous aviez eu une violente querelle, et que cette querelle avait mis fin à votre amitié. Ne me dites pas que vous n'aviez pas dans l'idée de vous venger... ou de lui trouver un remplaçant.

— C'est faux... (Iphiginia s'éclaircit la gorge.) Je veux dire que le comte me doit des excuses, mais que je n'espérais pas en recevoir de lui.

— Enfin vous avez laissé entendre que c'était vous qui aviez rompu... Tout le monde a cru que vous aviez eu la témérité de le congédier!

C'était en effet ce qu'Iphiginia avait voulu faire croire, mais elle pouvait difficilement le lui avouer.

— Je pense qu'il y a eu une légère erreur d'interprétation...

— Erreur? (Herbert lui jeta un regard étonné.) Cela fait quinze jours que le tout-Londres se demande si vous êtes la femme la plus fascinante de Londres, ou simplement une candidate pour l'asile de fous!

— C'est une bonne question, murmura la jeune femme qui se demanda brusquement si elle n'avait pas en effet perdu toute raison pour avoir agi ainsi.

— Tout le monde était sur des charbons ardents et attendait de voir comment Masters réagirait à votre vengeance.

— Je vous répète que je ne voulais nullement me venger. Il s'agissait d'une petite querelle... Des excuses suffiront.

— Une petite querelle? Je croyais...

— Les gens ont tendance à exagérer les choses!

— Évidemment... N'ayez crainte, ma chère, je resterai à vos côtés. Si Masters se montre déplaisant, je serai là!

— Quelle pensée rassurante!

Mais rien n'était moins rassurant que de savoir que Masters revenait d'entre les morts et qu'il allait falloir se justifier.

La réaction d'Herbert confirmait ce que la jeune femme avait appris sur le comte, en l'occurrence qu'il était incroyablement imprévisible et dangereux.

Lors d'un duel deux ans plus tôt, Masters avait pratiquement tué son adversaire. Les mauvaises langues murmuraient qu'il avait fait assassiner son associé, Lynton Spalding, prenant ainsi le contrôle de leurs affaires. On disait aussi que, non content de s'emparer de la part de son associé, il avait mis la main sur sa veuve, Hannah. Leur liaison aurait, paraît-il, continué bien après que cette dernière se fut remariée avec lord Sands.

Mais il était difficile de connaître toute la vérité sur cette affaire, Masters se refusant à en discuter, fidèle à ses règles numéro deux et trois : ne jamais évoquer le passé, ne jamais justifier ses actes. C'était un homme fort curieux.

Un homme qui ne saurait tolérer d'être humilié.

Iphiginia se souvint brusquement de deux occasions où elle s'était trouvée en péril, au cours de son séjour en Italie, l'année précédente, avec sa cousine Amelia. Elles avaient eu affaire à un voleur à la tire dans les rues de Rome, puis à un dangereux bandit lors de leur visite de Pompéi. Mais Iphiginia savait que la confrontation avec un homme de l'envergure de Masters serait une autre affaire.

Il lui fallait rester calme, garder son sang-froid. Son adversaire était dangereux et d'une intelligence remarquable. Avec un peu de chance, il agirait d'une manière rationnelle, sans perdre le contrôle de soi.

Il ne permettrait pas à ses émotions de prendre le pas sur ses actions. Du moins dans les premiers instants.

Elle en était presque certaine.

Herbert fronça les sourcils d'un air soucieux en regardant autour de lui. Il y eut un léger craquement. Dans son émoi, Iphiginia venait de briser son éventail.

Soudain la foule se fendit devant elle. Une femme se mit à rire nerveusement. Quelques hommes reculèrent. Herbert fit de même. Et Iphiginia se retrouva brusquement seule au milieu des invités.

Marcus, comte de Masters, se tenait devant elle, tandis qu'elle regardait à ses pieds l'éventail cassé.

La première chose qu'Iphiginia remarqua en relevant les yeux, ce fut ses mains.

De tous les invités, il était le seul homme à ne pas porter de gants.

Alors que dans l'aristocratie, des mains fines étaient un critère de beauté, celles de Marcus étaient larges et puissantes. C'étaient les mains d'un homme qui s'était élevé tout seul.

Iphiginia se souvint qu'il n'avait obtenu son titre que cinq ans plus tôt. Il n'en avait pas hérité, n'était pas né dans le luxe et le pouvoir et ne devait son rang qu'à sa propre ambition.

Iphiginia daigna enfin lui lancer un bref coup d'œil. Marcus possédait un visage qui n'était pas sans évoquer les médailles anciennes. Un visage de conquérant, fort et bien dessiné. Sa chevelure sombre était parsemée de fils blancs.

Il la fixait de ses yeux d'ambre clair, pleins d'intelligence. Iphiginia soutint son regard, étonnée de le reconnaître, étonnée de ressentir une soudaine chaleur parcourir son corps.

Et ce qu'elle craignait depuis bientôt deux semaines arriva : Marcus était bien l'homme de ses rêves les plus secrets, celui qu'elle n'aurait jamais espéré rencontrer un jour...

Il était exactement tel qu'elle se l'était imaginé.

La foule autour d'elle retenait sa respiration, guettant sa réaction.

— My lord... murmura Iphiginia. Je suis si contente que vous soyez en vie!

Persuadée d'avoir ainsi éveillé son intérêt, Iphiginia battit des cils avant de s'évanouir avec beaucoup de grâce.

Marcus la reçut dans ses bras et chuchota à son tour :

— Bravo, Mrs. Bright! Je me demandais comment vous alliez vous en sortir...

Iphiginia ne daigna pas rouvrir les yeux. Elle était bien, serrée ainsi contre la large poitrine du comte, à respirer son odeur. Pour la première fois de sa vie, elle ressentait un véritable désir charnel.

A travers ses cils, elle apercevait la superbe chemise de soie dont la blancheur contrastait avec le noir de son habit.

Marcus la porta sans effort jusqu'à la porte d'entrée.

— Poussez-vous, s'il vous plaît! ordonna-t-il. Cette jeune personne a besoin d'air...

La foule se fendit en deux, murmurant et chuchotant à leur passage.

Marcus sortit enfin de l'imposant hôtel particulier, et dans la foulée, descendit sans s'arrêter le perron devant lequel l'attendait un superbe attelage noir.

Un valet de pied en livrée sombre ouvrit précipitamment la portière pour que Marcus puisse déposer la jeune femme à l'intérieur. La portière claqua.

Et l'équipage s'enfonça dans les rues obscures de Londres.

2

— Je crains que vous ne vous posiez certaines questions, my lord...

— En effet.

Marcus observait Iphiginia qui remettait de l'ordre dans sa toilette.

— Je me ferai un plaisir d'y répondre. Mais je voudrais d'abord vous remercier d'avoir su si bien donner le change, tout à l'heure. Vous avez dû trouver cette scène pour le moins embarrassante.

— Absolument pas, Mrs. Bright. J'ai trouvé cela plutôt... fascinant.

Elle eut un sourire éblouissant et Marcus en fut pétrifié. Il comprit alors pourquoi ses pairs étaient tombés sous le charme de cette femme.

— Je savais que vous joueriez mon jeu tant que vous n'auriez pas découvert de quoi il retournait. (Les yeux d'Iphiginia pétillaient de malice.) J'en étais certaine. Vous êtes si calme... et trop intelligent, trop fin, trop intuitif, pour exploser avant de connaître le pourquoi des choses.

— J'apprécie vos paroles, mais je tiens à vous préciser que j'ai aussi assez de sens commun pour déceler la flatterie sous le compliment.

Iphiginia sourcilla, surprise.

— Mais je ne vous flattais point, monsieur. Je pensais

chacun des mots que j'ai dit. J'ai beaucoup appris sur vous et j'en suis arrivée à la conclusion que vous étiez un esprit fort...

— Un esprit fort? s'étonna Marcus en lui jetant un regard sidéré.

— Absolument! lança-t-elle avec un enthousiasme parfaitement simulé. J'ai lu vos articles dans *Techniques et Sciences* et ils m'ont fort impressionnée. Surtout celui sur l'avenir des engins à vapeur! J'ai moins aimé celui sur votre espèce de moissonneuse-batteuse...

— Diable!

Iphiginia rougit.

— Mais je dois avouer que je ne suis guère versée dans les choses techniques ou mécaniques... Personnellement, je préfère étudier l'Antiquité. J'y passe le plus clair de mon temps.

— Hum... Je vois.

— Mais j'ai pu comprendre vos articles, dans le fond et dans la forme tant votre style est clair, my lord.

— Merci.

Marcus se dit qu'il avait eu tort de se déclarer insensible à la flatterie. Il était tout bonnement captivé. Jamais aucune femme ne l'avait ainsi complimenté sur ses articles scientifiques.

— Vous avez aussi écrit sur les nouvelles techniques de construction. Très intéressant.

Iphiginia en cita divers points.

Marcus l'écoutait, complètement ahuri. Il se renfonça dans le coin de la banquette, les bras croisés, et se mit à étudier la jeune femme dont le visage était éclairé par la petite lanterne.

Quelle que soit l'idée qu'il s'était faite d'Iphiginia Bright avant d'entrer dans la salle de bal des Fenwick, celle-ci était fausse.

Et Charles Trescott avait tort lorsqu'il sous-entendait qu'il était indécent que cette veuve jouât les jeunes vierges effarouchées. Iphiginia, par il ne savait quel miracle, donnait vraiment l'impression d'une femme à la réputation sans tache.

Cette impression n'émanait pas seulement de l'exquise et angélique tenue de soirée d'un blanc nacré qu'Iphiginia arborait, mais aussi et surtout de sa personnalité.

Elle avait un regard vif et intelligent, un petit nez retroussé, la bouche agréablement dessinée et une chevelure de miel. Tout en elle évoquait la vertu. Elle pouvait être piquante et douce à la fois, et si elle n'était pas d'une beauté sans faille, elle n'en était pas moins la femme la plus intéressante que Marcus ait jamais rencontrée.

D'une grande féminité, Iphiginia dégageait une certaine sensualité, bien que rien dans sa tenue ne le révélât. En effet, elle portait une robe du soir très simple et Marcus songea que c'était fort bien raisonné, car l'imagination masculine ne demandait qu'à être stimulée. A l'évidence, Iphiginia savait s'y prendre.

La courbe de ses seins menus était à peine révélée par l'échancrure du corsage et le flot de rubans de satin. Cette jolie poitrine ne demandait qu'à être caressée par les mains d'un connaisseur, d'un esthète aux doigts sensibles.

Il regarda un instant ces doigts courts et calleux, et décida que le fait de posséder des mains de fermier ne voulait pas dire qu'il n'était point capable d'apprécier les belles choses.

Iphiginia était petite et mince. Les jupons de sa robe vaporeuse, resserrés autour d'une taille menue, laissaient deviner des hanches et des jambes fines.

Et en la détaillant ainsi, Marcus se dit que la jeune femme savait parfaitement comment attirer l'attention tout en restant dans le ton. Mrs. Bright l'intriguait plus qu'aucune autre femme ne l'avait fait.

Elle l'intriguait et l'excitait.

C'était une sensation qu'il croyait avoir oubliée. Cela faisait quatre mois qu'il n'avait pas eu de liaison, et depuis deux jours, il ne pensait qu'à cette femme, constamment, se demandant à quoi pouvait bien ressembler cette inconnue.

S'il avait voulu se trouver une nouvelle maîtresse, il n'aurait pu mieux choisir.

— Excusez-moi, my lord, dit Iphiginia, embarrassée d'avoir si longuement parlé de cet article. J'espère ne pas vous avoir trop ennuyé. Il est vrai que l'usage du madrier dans les fondations n'a aucun secret pour vous !

— Nous devrions revenir à nos moutons, suggéra Marcus doucement. Mais donnez-moi d'abord votre adresse.

— Mon adresse ? hoqueta Iphiginia.

— Puisque je vous raccompagne, cela pourrait m'être de quelque utilité.

— Vous me...

— Étant donné le rôle que vous m'avez fait jouer, il me semble normal de vous reconduire après le bal...

— Mais...

— C'est l'usage ! s'esclaffa Marcus. Les gens jaseraient si je ne le faisais point.

— En êtes-vous certain ?

— Absolument.

— Oh ! (Iphiginia se mordit la lèvre d'un air songeur. Puis elle se décida.) Fort bien, alors... 5, Morning Rose Square.

Marcus parut surpris.

— Morning Rose Square a récemment été reconstruit, non ? Les architectes en ont fait une superbe réalisation, un mélange de classicisme et de modernité, doublé de tout le confort nécessaire à notre climat anglais. Les hôtels particuliers étaient parfaits et ont été rapidement vendus, je m'en souviens.

Iphiginia le regarda, étonnée.

— Vous semblez très au courant.

— Ce projet m'a intéressé car il s'est révélé rentable. (Marcus se redressa pour ouvrir la petite trappe qui les séparait du cocher.) Ce qui n'est pas le cas d'habitude. J'ai connu beaucoup de spéculateurs qui ont fait faillite.

La trappe ouverte, le cocher cria :

— Oui, my lord?

— Morning Rose Square, au numéro 5. Merci, Dinks.

— Bien, my lord, répondit Dinks en refermant la trappe.

— Maintenant, madame, je vous demanderai de vous expliquer, laissa-t-il tomber plutôt fraîchement.

— Volontiers. Par où commencer? D'abord, laissez-moi vous redire combien je suis heureuse de vous savoir en vie.

Marcus la considéra au travers de ses paupières mi-closes.

— Vous me l'avez déjà dit, dans la salle de bal... Y avait-il un quelconque doute dans votre esprit?

— Oh, oui! Nous pensions que vous aviez été assassiné!

— Assassiné!

Marcus se demanda un instant s'il n'avait pas affaire à une folle.

— Oui, my lord. Assassiné. Ce fut la raison qui m'a poussée à me faire passer pour votre maîtresse.

— Et qui, d'après vous, aurait attenté à ma vie? demanda Marcus d'un ton glacial. Un de vos très bons amis, sans doute?

La jeune femme eut l'air choqué.

— Certainement pas! Oh! Mon Dieu... Tout ça est si compliqué. Mais je peux vous assurer que je n'ai pas d'amis capables d'acte semblable, même en pensée...

— Je suis soulagé d'entendre cela.

— Tante Zoe peut être un tantinet mélodramatique parfois, et ma cousine Amelia un peu sinistre, mais aucune d'entre elles n'envisagerait de commettre un meurtre!

— Je vous croirai donc sur parole, madame.

Iphiginia battit des cils.

— Je conçois que cette histoire doit vous paraître extrêmement confuse.

— J'essaye de suivre. Certes ma grande intelligence m'y aide... ironisa-t-il.

Elle lui adressa un sourire malicieux.

— Vous vous en tirez fort bien, my lord.

— Je trouve aussi.

Elle ne semblait pas vouloir remarquer ses sarcasmes.

— Bien... Alors, continuons. Nous pensions donc que le maître chanteur vous avait estourbi...

— Le maître chanteur? Mais quel maître chanteur? Ceci dépasse l'entendement, explosa Marcus.

Iphiginia resta bouche bée.

— Vous voulez dire que personne ne vous a fait chanter?

La question parut irriter quelque peu Marcus.

— Est-ce que j'ai l'air d'un homme que l'on peut faire chanter?

— Non. Non, my lord. Et c'est précisément pourquoi nous avons cru qu'il vous avait tué. Parce que vous aviez refusé de payer, voyez-vous?

— Continuez, madame, ordonna Marcus sèchement. Il vous reste beaucoup à faire pour rendre cette histoire plausible.

— Ma tante a reçu un mot de ce bandit qui disait que vous étiez un exemple pour tous ceux qui refuseraient de payer. Et qu'il ne s'agissait que de quelques jours avant que vos proches ne s'aperçoivent que vous n'étiez plus dans vos terres, mais bel et bien mort!

— Par Dieu!

— Vous devez bien admettre que vous vous êtes absenté au milieu de la Saison, ce qui est pour le moins curieux.

— J'étais dans le Yorkshire, rétorqua Marcus. Et non pas gisant au fond de quelque sombre tombeau. C'est ridicule! J'en ai assez, madame. Je veux la vérité, toute la vérité, et avant que nous soyons arrivés à Morning Rose Square!

Iphiginia fronça les sourcils.

— J'essaye, monsieur. Il n'y a aucune raison de crier. Si vous cessiez de m'interrompre... Donc ma tante avait toutes les raisons de croire que vous étiez mort et que, si elle ne s'exécutait pas, elle serait la prochaine victime.

— Elle a payé? s'étonna Marcus.

— Naturellement. Effrayée comme elle l'était. J'ai su toute l'histoire le lendemain, alors que j'arrivais à Londres après avoir passé un an sur le continent. Ma cousine Amelia était avec moi. J'ai aussitôt décidé de retrouver ce brigand...

Marcus paraissait médusé.

— Vous espériez le retrouver en vous faisant passer pour ma maîtresse?

— Exactement. (Iphiginia lui adressa un autre de ses superbes sourires.) Mais j'étais un peu inquiète, croyant avoir affaire à un maître chanteur doublé d'un tueur!

— Je vous ferai remarquer que je suis toujours en vie.

— Oui, mais cela ne change rien à...

— Non, évidemment.

— Je suis donc devenue officiellement votre maîtresse pour pouvoir approcher plus facilement vos amis, vos relations. Je voulais mener une enquête discrète pour savoir si l'un d'entre eux pouvait être le meurtrier.

— Admirable!

— Ne soyez pas déçu... mais je ne le faisais pas pour venger votre mémoire.

— Ah...

Iphiginia eut un regard impatient.

— Je ne voudrais pas passer pour insensible ou sans cœur, monsieur, mais c'était la première fois que j'entendais parler de vous. Je ne vous connaissais pas, et je n'avais pas encore eu la chance d'étudier votre caractère.

— Cela explique votre absence de sentiments, bien sûr, railla-t-il.

— Cessez, monsieur! répliqua-t-elle vivement. J'ai été désolée d'apprendre votre triste sort. (Iphiginia hésita, puis poursuivit dans un élan de sincérité.) Enfin, dans l'absolu...

Marcus réprima à grand-peine un sourire.

— Merci de cette compassion. Certains, à l'annonce de ma mort, n'en auraient nullement éprouvé.

— Balivernes ! Toute la haute société aurait été horrifiée d'apprendre que vous aviez été assassiné.

— Je préférerais que vous ne pariez pas trop gros là-dessus... Qu'espériez-vous prouver, en vous faisant passer pour ma maîtresse ?

Iphiginia, tout à son enthousiasme, continua son récit :

— J'ai pensé que ce maître chanteur devait être un de vos proches. Quelqu'un connaissant un secret si terrible que vous ne puissiez que le payer pour qu'il se taise !

Marcus leva un sourcil.

— Et cette même personne devait aussi savoir quelque horrible chose sur madame votre tante, n'est-ce pas ?

— Vous êtes très perspicace, monsieur. J'ai aussi songé que cet homme devait être au courant de votre départ pour le Yorkshire. (Iphiginia marqua une pause.) Sa dernière lettre est arrivée le jour même de votre disparition.

Marcus frémit. Sa curiosité était maintenant fortement éveillée, bien qu'il se soit toujours défendu d'y céder.

— Évidemment, il doit y avoir peu de gens susceptibles de nous faire chanter, votre tante et moi...

— Certes. (Iphiginia lui lança un regard empreint d'admiration.) Vous avez vraiment l'esprit d'escalier, my lord. C'est bien ce que j'avais imaginé.

Marcus trouva, cette fois, qu'elle exagérait un peu. Il réfuta l'argument d'un geste de la main.

— Racontez-moi plutôt comment l'idée de devenir ma maîtresse vous est-elle venue ?

— C'était la seule chose à faire, bien que la tâche me soit vite apparue ardue !

— J'ai quelque mal à le croire, madame, rétorqua Marcus. Rien ne me paraît être au-dessus de vos forces.

— C'est vrai, admit-elle sans fausse modestie. Mais dans ce cas précis, je savais que je devrais affronter l'œil critique de vos pairs.

— Pardon ?

— Vous savez très bien ce que je veux dire, monsieur. A

ce qu'il paraît, votre précédente maîtresse, une fort belle veuve, avait un certain... dynamisme. Vous les choisissez impétueuses, dit-on.

— Vraiment?

— Ma tante Zoe adore les potins, il n'était pas difficile de connaître vos goûts en matière de femmes... Et je craignais de ne pas être à la hauteur, dit-elle d'un air brusquement embarrassé.

Admirant la beauté de la jeune femme, Marcus jugea inutile de l'informer que les potins en question avaient fortement exagéré le nombre et la qualité de ses prétendues liaisons.

— Ainsi vous avez monté cette histoire de toutes pièces pour prendre mes amis par surprise?

— Je voulais jouer les créatures passionnées et excentriques pour les intriguer...

— Mes compliments, madame. Vous avez admirablement réussi.

— A mon grand étonnement, oui! répliqua-t-elle avec un petit rire de gorge.

La modestie n'était pas son fort, songea Marcus avant de répondre.

— Il n'y a pas de quoi paraître étonnée. Vous m'avez impressionné... estomaqué, devrais-je plutôt dire.

Iphiginia remarqua le ton d'ironie glacée de son interlocuteur, et toute sa gaieté s'envola.

— Je vois à votre air que ma prestation était manquée.

— Je n'ai jamais dit cela.

Elle contempla sa robe de bal, le rouge aux joues.

— Je sais que je ne suis pas le genre de femmes avec lesquelles vous êtes habitué à sortir.

— Ma chère, tout le monde vous dira que je n'ai pas de type en particulier. J'aime ce qui sort de la norme.

— Êtes-vous certain de vouloir me raccompagner? demanda Iphiginia, le nez contre la vitre.

— Il est d'usage pour un gentilhomme de reconduire sa

fiancée après le bal. Dans notre situation, cela paraîtrait étrange si je ne le faisais pas.

— Sans doute.

— Bien sûr, si vous étiez une jeune fille en quête de mari, ce serait différent... (Il la regarda attentivement.) Mais vous êtes veuve et libre de surcroît, non?

— Ne soyez pas ridicule! Que pourrais-je être d'autre? répondit-elle tout en scrutant la nuit.

— Bien. (Marcus songea qu'elle ne pouvait mentir là-dessus.) Même si vous ne vous étiez pas fait passer pour ma maîtresse, rien n'aurait pu m'empêcher de vous raccompagner ce soir, ajouta-t-il radouci.

— Mais...

— Les veuves dans le ton sont les femmes les plus prisées, n'est-ce pas? Financièrement indépendantes, pas de maris jaloux, libres d'avoir les liaisons qu'elles veulent, à condition de rester discrètes...

— J'en ai conscience, monsieur, et je ne discute pas ce point, mais...

— Oui?

Elle se tourna enfin vers lui, l'air décidé.

— J'ai eu beaucoup de mal à créer mon image, l'image d'une femme insaisissable.

— Je sais.

— Je n'ai jamais permis à quiconque de me reconduire. Jusqu'à ce soir.

— Ah! (Il se demanda pourquoi il en était si content.) C'est un bon point.

— Surtout quand il s'agit de votre maîtresse! railla-t-elle.

— Lady Starlight...

— Je vous demande pardon? fit Iphiginia en fronçant les sourcils.

— Quelqu'un m'a rapporté que vous étiez surnommée l'intouchable lady Starlight. Les gens vous voient comme une étoile dans le ciel, qui brille et attire, mais reste hors de portée tant qu'elle n'aura pas trouvé un homme digne d'être mon remplaçant.

La jeune femme sembla sur le point de rétorquer quelque chose, mais lorsqu'elle se décida à parler, sa voix parut altérée.

— Les gens exagèrent toujours et adorent donner des qualificatifs... De là à m'appeler lady Starlight !

— C'est un très joli surnom et qui vous va à ravir.

— Vraiment ? fit-elle, déconcertée.

Marcus s'amusait. Il adorait jouer au chat et à la souris, particulièrement quand il tenait le rôle du chat.

— Absolument. Je me suis récemment penché sur l'étude des étoiles, leur façon de réfléchir la lumière. L'impression que l'on a de pouvoir les tenir dans le creux de la main.

— Je ne comprends pas.

— Non... Évidemment. Mais un jour, peut-être... Vous devez me trouver un tantinet mystérieux, madame, mais c'est un de mes moindres défauts.

Elle le fixa un moment.

— Vous n'êtes pas un homme facile, n'est-ce pas ?

— Je ne saurais répondre.

— Vous m'effrayez... Seriez-vous en colère contre moi ?

— Qu'en pensez-vous ?

— Rien. On raconte que vous êtes un être introverti. Je commence à le croire. Je crains qu'il ne me reste encore beaucoup à apprendre sur vous.

— Heureusement.

— Pourriez-vous cesser de railler un instant !

Dans la lumière diffuse de la voiture, Marcus pouvait voir que, sous ses airs fanfarons, la jeune femme semblait anxieuse. Elle se tenait fort droite, la main crispée sur son éventail, le regard fixé sur la vitre, comme si elle voulait s'assurer que le cocher la reconduisait bien chez elle.

Marcus était plutôt content de constater qu'Iphiginia n'était pas aussi froide et déterminée qu'elle essayait de le paraître, mais il se refusait à éprouver trop de sympathie pour elle. Après ce qu'elle lui avait fait subir, elle méritait de souffrir un peu. Il était évident que, dès le lendemain, leurs retrouvailles allaient alimenter les conversations, de la plus humble famille aux clubs les plus huppés de Saint-James Street.

— Encore toutes mes félicitations, madame, reprit Marcus en inclinant la tête d'un air faussement respectueux. Peu de femmes auraient pu tromper ainsi la bonne société!

Iphiginia se mordit la lèvre.

— Merci.

— Quelle performance... Fascinante!

Mais malgré ses moqueries, il n'oublierait jamais cette première fois où il l'avait vue chez les Fenwick. Toutes les autres femmes lui étaient apparues fades, gauches, trop habillées, mal fagotées. Marcus n'arrivait pas à cerner ce qui lui donnait tant de classe, mais il avait une assez grande expérience du monde et de la gent féminine pour reconnaître une femme qui avait du style. Et cela n'avait rien à voir avec le choix de ses toilettes ou de ses accessoires. Tout était dans la manière de les porter.

— Vous vêtir ainsi de blanc, à l'exclusion de toute autre couleur, était une très bonne idée, continua Marcus. Un peu excentrique mais intéressante...

La jeune femme hésita à répondre comme si elle eût craint qu'il ne se moquât encore. Elle esquissa un pâle sourire.

— J'ai choisi cette couleur parce que vous aviez dit préférer le noir en tout, aussi bien dans votre habillement que dans votre vie... (D'un geste de sa main gantée, elle désigna la berline laquée.) Je vois que ce qu'on m'avait rapporté était juste.

— Et vous avez émis l'hypothèse que les contraires s'attirent?

Iphiginia sembla considérer un instant cette idée.

— Non, c'était pure bravade. Je crois plutôt que les semblables s'attirent. Mais c'est une opinion, il est vrai, peu répandue dans notre société.

— En effet.

— Tante Zoe pensait que mon plan ne marcherait pas, mais je lui ai assuré que c'était notre seul espoir, reprit-elle.

— Ah oui ! Votre plan pour attraper ce fameux maître chanteur... Avec toutes ces digressions, je l'avais presque oublié !

Iphiginia lui lança un regard furieux.

— Vous ne croyez pas un traître mot de ce que je vous raconte, n'est-ce pas ? Je vous savais intelligent, et tout le monde s'accorde à dire que vous n'en êtes pas peu fier, mais je ne vous pensais pas borné !

Il choisit d'ignorer cette remarque acerbe.

— Parlez-moi un peu de cette tante Zoe.

— Pourquoi ?

— Il y a pléthore de Zoe dans notre société. Laquelle est votre tante ?

— Lady Guthrie. Mais je tiens à ce que cela reste encore secret. Les gens se poseraient des questions si ce lien venait à être connu.

— Bien sûr, murmura Marcus. Il est essentiel que le mystère demeure...

— Essentiel, en effet, monsieur. Une question en entraînerait une autre et je serais très vite démasquée, avant même d'avoir pu mener à bien mon enquête. Et le maître chanteur saurait que je ne suis pas votre maîtresse...

— Je vois.

— Les gens pensent que Zoe et moi sommes amies. Cela nous permet de nous rencontrer fréquemment.

Marcus passait en revue les personnes qu'il connaissait. Sa mémoire était bonne et il était presque certain de n'avoir jamais connu de Zoe Guthrie.

— Je crois me souvenir d'un lord Guthrie qui fréquentait les mêmes clubs que moi... Il est mort il y a un an environ...

— Tante Zoe est sa veuve.

— Je n'ai pas eu le plaisir de faire sa connaissance.

— Non. Et c'est cela qui est curieux, reprit précipitamment Iphiginia. Ma tante ne vous connaît que de vue, dans les bals, les soirées, c'est tout.

— Et ce maître chanteur nous aurait mis sur la même liste?

— Oui. Étrange, n'est-ce pas?

— Fort étrange.

— My lord, je vous jure que ceci n'a rien d'une vilaine farce. Cet homme existe, là, quelque part... et il terrorise ma tante. Il doit y avoir un lien entre vos deux cercles d'amis.

— Vous oubliez quelque chose, madame, et d'importance. Je n'ai pas été victime d'un chantage!

La jeune femme secoua la tête d'un air perplexe.

— Vous en êtes certain?

— Ce n'est pas le genre de chose qui vous sort de l'esprit! ricana Marcus.

Iphiginia pinça les lèvres.

— Non. Je suppose. Mais alors pourquoi vous avoir cité?

Marcus, à son tour, regarda par la vitre.

— Si cela est exact, ce fut dans le but de terrifier votre tante, pour lui extorquer de l'argent.

— Il vous a bel et bien cité!

— Hum... Où en êtes-vous de vos recherches?

— J'ai fait quelques progrès en regardant dans les bureaux de Mr. Darrow et de lord Judson...

— Pardon? s'étrangla Marcus.

Iphiginia émit un claquement de langue, énervée.

— J'ai eu l'opportunité d'entrer dans leurs bibliothèques lors d'une réception et de fouiller leurs bureaux.

Marcus, atterré, se rendit compte qu'elle parlait le plus sérieusement du monde.

— Pardieu, madame! Êtes-vous folle? Je n'arrive pas à

le croire... Fouiller leurs bureaux! Mais que cherchiez-vous?

— Un bâton de cire noire et un sceau gravé d'un phénix. Les deux missives reçues par ma tante portaient ce cachet.

— Seigneur Dieu! (Marcus resta quelques secondes sans réaction avant de reprendre ses esprits.) Un cachet de cire noire est une chose peu répandue... Mais je m'en sers, pour ma part.

— Je sais, mais pas pour votre correspondance usuelle. Certaines personnes emploient cette cire à l'occasion d'un deuil. Mais si employer un cachet noir n'est déjà pas commun, choisir un phénix l'est encore moins. Ce brigand aurait pu cacheter à la cire rouge, comme tout le monde...

— Parce que vous vous attendiez à ce qu'un maître chanteur se conduise comme tout le monde?

— Je n'ai pas le cœur à plaisanter, monsieur! Ce sceau et cette cire sont autant de preuves.

— Aussi les cherchez-vous...

Marcus songea que c'était proprement incroyable. Cette femme mentait, comme il le suspectait depuis le début. C'était la seule explication possible.

Lui qui croyait avoir une imagination fertile pouvait prendre des leçons de cette Iphiginia Bright!

— Malheureusement, je n'ai pu pénétrer dans les autres bibliothèques, poursuivit la jeune femme.

— Quelles autres bibliothèques? s'écria-t-il en manquant s'étouffer.

— Celles de certains joueurs invétérés, par exemple.

— Oh! Avez-vous l'intention d'enquêter sur tous les joueurs de Londres? s'inquiéta Marcus qui commençait à se demander jusqu'où cette histoire irait.

— Non. Seulement ceux qui jouaient habituellement avec lord Guthrie, répliqua sèchement Iphiginia. Lartmore, Darrow, Pettigrew et Judson. Ces quatre hommes fréquentaient et votre maison et celle de ma tante.

— On vous a dit qu'ils jouaient aux cartes avec lord Guthrie aussi bien qu'avec moi?

Iphiginia hocha la tête.

— C'est le seul lien que j'aie pu découvrir entre vous. Sans doute quelqu'un a-t-il appris quelque chose sur ma tante, d'une servante peut-être... Et cette même personne en sait autant sur vous.

— J'en doute, souligna Marcus, puisque je n'ai pas reçu de menaces.

— Il savait que vous vouliez vous absenter pour un bon bout de temps...

— Je n'en ai pas fait une affaire d'État.

— Vraiment? insista Iphiginia. Pourtant, il n'est pas dans vos habitudes de divulguer vos intentions. Réfléchissez. Combien de personnes étaient au courant de ce départ?

— Il y en avait un certain nombre... mon homme d'affaires, par exemple. Mes domestiques...

— Et vos derniers partenaires de whist? s'enquit innocemment la jeune femme.

— Enfer et damnation! (Marcus ne put s'empêcher d'être admiratif. Cette femme ne manquait pas de finesse.) Vous savez beaucoup de choses à mon propos, n'est-ce pas?

— En effet, monsieur. Je suis une assez bonne détective. Une des premières choses que j'ai découvertes sur vous fut que vous aviez joué à votre club, la veille de votre départ, avec ces quatre hommes.

— Et lady Guthrie a confirmé qu'ils étaient des compagnons de jeu de feu son mari?

— Plus que cela, répliqua la jeune femme avec une satisfaction évidente. Ils jouaient avec lui depuis une bonne vingtaine d'années. C'est important, car le secret dont ma tante m'a parlé remonte à dix-huit ans.

Marcus eut un lent sourire.

— Brillantissime, madame! Absolument brillantissime. Votre histoire est formidable... Je suis béat d'admiration devant une telle imagination! Quelle originalité!

Iphiginia devint pâle.

— Croyez-vous que j'aie pu inventer tout ceci?

— Ah oui! (Marcus leva une main.) Mais continuez... Je suis trop heureux d'entendre votre conte. Vous êtes une actrice de talent, et je me sens honoré de pouvoir jouer un rôle, même mineur, à vos côtés!

La confusion et le désespoir se lurent dans les beaux yeux verts de la jeune femme.

— Vous ne me croyez pas... et vous n'êtes même pas en colère...

— Pour être honnête, je ne sais ce que je ressens.

— Je vois, murmura-t-elle. Et quand le saurez-vous?

Il sourit à sa réplique pleine de verdeur.

— Vous me faites penser à une gouvernante attendant la réponse d'un enfant attardé. J'ai une règle, très simple, qui est celle de ne jamais changer d'avis. Donc je considère tous les faits avant de me décider.

— J'avais entendu parler de ces fameuses règles. Puis-je espérer que vous m'écouterez jusqu'au bout, alors?

— Pourquoi pas?

— Merveilleux! (Iphiginia lui adressa un magnifique sourire.) J'ai confiance en vous. Je sais que lorsque vous aurez compris que je dis la vérité, vous serez trop heureux de m'aider à découvrir ce maître chanteur.

Marcus se rendit compte que la voiture s'arrêtait.

— Soyez assurée, madame, que je prendrai grand plaisir à connaître les menus détails de cette histoire.

— Évidemment. La curiosité aidant...

— Vous savez, observa Marcus tandis que son valet ouvrait la portière, je crois bien que jamais personne n'a pris la peine d'étudier ma vraie nature... Y avez-vous pris quelque intérêt, au moins?

— Ce fut au moins aussi fascinant que l'étude des ruines de Pompéi, répliqua-t-elle, les yeux brillants de malice, tandis qu'elle posait le pied à terre.

— Heureux d'apprendre que je soutiens la comparaison ! (Marcus lui tendit le bras et s'adressa à Dinks.) J'en ai pour un instant.

Dinks, en fidèle serviteur, hocha la tête d'un air compréhensif.

— Prenez vot' temps, my lord ! Nous attendrons.

Iphiginia regardait Marcus grimper les marches du 5, Morning Rose Square.

— Qu'entend-il par là ? Il n'est nullement question que vous restiez.

— Allons, ma chère. Je suis certain que vous m'offrirez bien un verre de cognac.

Marcus eut un coup d'œil admiratif pour les superbes lanternes qui ornaient l'entrée de l'hôtel particulier.

— Chez moi ? (Iphiginia semblait atterrée.) Ne soyez pas ridicule, monsieur. Je n'ai aucunement l'intention de vous permettre d'entrer.

— Mais nous avons à discuter, madame, et nul autre endroit ne me semble mieux convenir.

Marcus leva la main dans l'intention d'actionner le heurtoir de cuivre.

— Non ! Ne frappez pas, intima la jeune femme. J'ai dit à ma gouvernante de ne pas m'attendre. J'ai une clé.

Marcus prit le trousseau qu'elle sortait de son réticule et ouvrit la porte.

Rapidement, Iphiginia le précéda dans le hall obscur. Elle prit une chandelle posée sur une console et l'alluma avant de se retourner vers lui.

— Monsieur, je crains que vous ne puissiez entrer ici.

Délibérément, il avança un pied botté et rétorqua :

— Si vous voulez continuer votre petit jeu, il est important que nous ayons une conversation.

— Mon petit jeu ? (Elle le fixait avec une lueur d'espoir dans le regard.) Voulez-vous me faire croire que vous n'êtes pas contre l'idée que je sois votre maîtresse ?

— Non, en effet... (Marcus referma la porte.) Vous ne pourriez mener à bien cette enquête si votre véritable identité venait à être révélée. Et vous seriez chassée de la haute société sans espoir de pouvoir jamais y revenir un jour.

— Il est vrai. C'est fort généreux de votre part, monsieur. Surtout sachant que vous ne croyez pas un traître mot de ce que je vous ai raconté ! Vous êtes large d'esprit, et je trouve cela admirable... Cela confirme ce que je savais de vous.

— Je suis d'accord pour continuer un temps ce manège. Du moins tant que ma curiosité ne sera pas satisfaite. Est-ce là votre bibliothèque ? demanda Marcus en désignant une pièce sur la gauche.

— En effet. (Iphiginia le suivit dans un frou-frou de jupons.) J'insiste, c'est fort aimable à vous, monsieur !

— Je sais.

Marcus tentait de percer l'obscurité de la pièce dans laquelle il venait d'entrer, en se dirigeant vers ce qu'il supposait être la cheminée.

— On ne vous a pas fait chanter et rien ne vous oblige à m'assister dans mon enquête !

— Il y a des années que je n'ai fait quelque chose par obligation. Je trouve cela horriblement ennuyeux. Je préfère agir guidé par la curiosité ou par goût de l'aventure... Damnation !

Marcus venait de heurter un objet bizarre.

— Faites attention, my lord, recommanda Iphiginia en levant la chandelle. Cette pièce est un peu encombrée.

— Oh ! Je vois.

A la lueur tremblante de la bougie, il distingua un amoncellement de statues, de masques mortuaires, d'urnes et de vases au dessin étrange.

Le mobilier lui parut encore plus curieux. Près de la fenêtre, il remarqua trois fauteuils aux pieds et aux accoudoirs en tête de griffon. Un vaste sofa recouvert de velours vert frangé d'or faisait face à la cheminée, encadré par deux guéridons sculptés. Il se dégageait de l'ensemble une sensualité toute païenne.

— Je vous ai dit, je crois, que ma cousine et moi-même revenons d'un tour d'Italie, fort instructif, ma foi. J'en ai rapporté un certain nombre d'objets.

Marcus sentit son pied heurter quelque chose et baissa les yeux : il s'agissait du buste de quelque déesse mythique.

— Par tous les diables!

— J'ai trouvé ça dans une boutique, à Rome. (Iphiginia posa son chandelier sur son bureau.) C'est extraordinaire, n'est-ce pas? J'ai acheté pas mal de choses à cet endroit. J'adore ce centurion par exemple...

Marcus redressa la tête et remarqua alors que, hormis ses attributs guerriers, le centurion en question était totalement nu.

— J'ai la nette impression que toutes les ruines d'Italie sont dans cette bibliothèque!

— Je suis très fière de l'effet que produisent ces antiquités, répondit la jeune femme en promenant ses doigts gantés sur le bras dénudé de la statue. Cela stimule les sens, les facultés intellectuelles. Ne trouvez-vous pas?

Marcus ne pouvait détacher ses yeux de ces doigts qui parcouraient langoureusement la surface de marbre.

— Qu'entendez-vous faire de tout ceci? laissa-t-il tomber négligemment.

Iphiginia resta un moment pensive, appuyée contre le centurion.

— Je n'en sais encore trop rien. J'aimerais les étudier et en tirer quelques croquis.

— Les étudier?

La robe d'Iphiginia frôlait la statue et Marcus eut la sensation d'éprouver le contact de cette soie sur sa propre peau.

— Oui. Je voudrais faire un livre de dessins et de motifs à l'antique qui puissent être utilisés en décoration, intérieure comme extérieure.

Les yeux de la jeune femme brillaient, et consciente de l'effet qu'elle produisait sur Marcus, elle appuya délibérément sa hanche contre celle de la statue.

— Je vois, marmonna Marcus, le souffle court.

— Les dessins d'architecture antique que nous avons actuellement sont le plus souvent erronés et mal faits.

— J'avais remarqué.

— Vraiment?

Elle lui lança un regard ravi.

— Oui, murmura-t-il, préoccupé qu'il était à suivre les courbes de son corps.

Il y avait des années qu'il n'avait pas été aussi troublé.

— Mon livre contiendra des croquis pris sur le vif et des dessins de certaines de ces sculptures, expliqua Iphiginia en montrant d'un gracieux geste de la main le désordre qui régnait dans la pièce. Ainsi les gens qui décoreront leur maison à l'antique pourront s'assurer que leur architecte et leur décorateur respectent bien le style original de l'époque, qu'il soit grec, romain, étrusque ou égyptien.

— Cela semble être un ambitieux projet, madame.

— Certes. Mais il me tient à cœur. J'ai mis une année à rassembler tout ceci, et j'ai maintenant hâte de commencer la rédaction de mon livre.

— Naturellement.

Marcus étudiait, quant à lui, l'ivoire de sa peau, se demandant quel parfum elle pouvait bien avoir. Il fit un pas vers elle.

— Mais une chose après l'autre, continua Iphiginia en s'écartant enfin du centurion. Je dois d'abord m'occuper du maître chanteur de ma tante. Êtes-vous certain que ma mascarade ne vous dérange point?

— Absolument.

Marcus s'approcha et la prit par les épaules. Sa peau était incroyablement chaude et soyeuse en comparaison de ses propres mains calleuses. Elle ne sembla pas froissée par son geste, mais au contraire, plutôt troublée.

— Marcus? Je veux dire, my lord? (Elle passa le bout de sa langue sur ses lèvres.) Je ne voudrais pas vous causer le moindre ennui...

Elle paraissait essoufflée. Son regard était sombre et profond comme l'océan.

— Je me tiendrai à votre disposition, madame.

— C'est fort aimable à vous, monsieur. Mais puis-je vous redemander pourquoi, alors que vous refusez de me croire ?

Il marqua un temps avant de lui répondre.

— Il se trouve que j'ai besoin d'une maîtresse...

Et il se pencha pour l'embrasser, comme il avait eu envie de l'embrasser au tout premier instant où il l'avait aperçue dans la salle de bal des Fenwick.

3

Iphiginia crut avoir été frappée par la foudre. Elle n'aurait pas été plus surprise si le centurion de marbre s'était brusquement animé.

Le contact des lèvres de Marcus sur les siennes la remplit de stupeur et, pendant quelques instants, elle ne sut que penser.

Marcus l'embrassait. Ses mains puissantes caressaient ses épaules nues, la faisant frissonner des pieds à la tête.

Cet homme superbe, cet homme qu'elle avait appris à connaître, à admirer, qui avait hanté toutes ses nuits depuis une quinzaine de jours, cet homme lui donnait une marque d'amour, ici, dans sa propre bibliothèque!

Depuis son retour à Londres, Marcus ne quittait plus ses pensées tant elle était occupée à étudier sa personnalité dans les plus infimes détails, dans l'espoir de devenir la femme dont il aurait pu tomber amoureux.

Iphiginia avait prêté l'oreille à toute rumeur le concernant, elle avait écouté attentivement tout ce que l'on disait de lui afin de mieux saisir son personnage. Elle avait lu tout ce qu'il avait publié, analysé chaque fait, pour essayer de le comprendre, de le rendre plus tangible.

Enfin elle avait vécu dans un monde imaginaire qu'elle n'avait partagé avec personne, pas même avec Amelia ou tante Zoe.

Et lorsque le soir, après avoir joué son rôle, elle s'allongeait sur son lit, elle ne pouvait s'empêcher d'imaginer, encore et encore, ce qu'elle pourrait bien ressentir à être vraiment la maîtresse de Marcus, la femme qu'il étendrait sur sa couche, la femme qu'il aimerait...

La femme qu'il aimerait.

Iphiginia avait toujours estimé qu'elle n'était pas prête à éprouver une passion ou à en inspirer une. Et cette idée s'était profondément ancrée en elle. Après tout, elle était trop intelligente, trop cultivée et trop réaliste pour tomber amoureuse.

Mais cela ne l'avait pas empêchée de fantasmer sur Marcus...

Il est vrai que l'homme était, en principe, bel et bien mort.

Or ce soir, cet homme, surgi de ses songes, entrait dans sa vie. Et il était encore plus fascinant en réalité qu'en rêve.

— Vous êtes une femme étrange, Iphiginia. Pas du tout comme je l'avais imaginé, dit Marcus d'une voix chaude et sensuelle. Mais j'aime ça...

Sur l'instant, elle ne sut quoi répondre, tant elle était troublée par son étreinte. Et lorsqu'elle voulut parler, Marcus l'embrassa de nouveau avec passion.

La surprise avait fait place à un merveilleux bien-être, à une sensation de chaleur extraordinaire.

Elle gémit doucement frissonnant sous les caresses de Marcus.

— C'est incroyable, my lord!

— Certes. Certes... (Il lui embrassa très légèrement la joue, le bout du nez.) Je crains d'être encore plus surpris que vous!

— My lord!

— Je vous en prie, appelez-moi Marcus.

— Oh! Marcus...

Oubliant toute sa belle éducation, Iphiginia lui passa impétueusement les bras autour du cou. Leurs corps se rapprochèrent dangereusement, ses seins se pressèrent contre Marcus qui caressait la gracieuse courbe de son cou. Iphiginia renversa la tête, s'offrant ainsi à ses baisers.

— Marcus ! Mon Dieu...

Elle enfonça les doigts dans son épaisse chevelure. Tout à son émotion, la jeune femme était dans l'incapacité de penser à quoi que ce soit.

— Vous avez vraiment tout pour faire une excellente maîtresse, ma chère.

Marcus, en entraînant la jeune femme vers le canapé, heurta une des innombrables reliques antiques qui jonchaient le sol.

— Par tous les saints !

— Oh ! Faites attention, my lord. Vous allez vous faire mal.

Il se retourna et l'attira à lui, la soulevant dans ses bras dans une envolée de jupons.

Iphiginia pouvait sentir la chaleur de son corps, et cette sensation était nouvelle pour elle. D'une intensité rare.

Comme ses baisers.

Brusquement, un cri jaillit de l'embrasure de la porte.

— Iphiginia ! Que se passe-t-il ici ?

La jeune femme releva la tête.

— Amelia ? s'enquit-elle, atterrée.

— Damnation ! laissa échapper Marcus, furieux. En effet, que se passe-t-il ici ?

— Laissez-la immédiatement, espèce d'abruti ! M'entendez-vous ? Par Dieu, vous allez la lâcher !

— Amelia ! Attends... Arrête !

Iphiginia se dégagea de l'étreinte de Marcus et fixa la porte qui se découpait dans la demi-obscurité.

Amelia, vêtue d'un déshabillé vaporeux, ses longs cheveux bruns dénoués, se frayait un chemin parmi les objets entassés çà et là.

— Amelia ! Tout va bien.

Iphiginia s'obligea à respirer calmement.

Amelia s'empara d'un tisonnier qu'elle brandit aussitôt de la plus dangereuse façon.

— Vous allez la laisser tranquille, espèce de bâtard, ou je vous fends le crâne! Je vous jure que je le ferai.

D'un mouvement souple, Marcus repoussa Iphiginia et, d'un pas, fut sur l'intruse. Il lui arracha le tisonnier des mains et le jeta sur le tapis.

Amelia poussa un véritable cri de désespoir.

— Amelia, calme-toi! (Iphiginia courut vers sa cousine et la prit dans ses bras.) Calme-toi! Tout va bien... Il ne me faisait aucun mal, je te le jure!

Amelia la fixa avec un air de totale incompréhension, avant de se tourner vers Marcus.

— Qui est-ce? Que fait-il ici? Je savais que ce plan était dangereux, qu'un jour ou l'autre un homme tenterait de profiter de toi!

Iphiginia lui tapota gentiment l'épaule.

— Amelia, permets-moi de te présenter le comte de Masters... My lord, voici ma cousine Amelia Farley.

Marcus, qui remettait l'arme fatale à sa place, leva un sourcil ennuyé.

— C'est un plaisir... malgré tout.

Amelia, quant à elle, paraissait atterrée.

— Mais... Mais je vous croyais mort!

— On me l'a déjà dit... (Marcus eut un sourire en coin.) Mais à l'évidence, il n'en est rien.

Amelia se tourna, prête à affronter sa cousine.

— Comment? Le maître chanteur ne l'aurait pas tué?

— Euh, non... (Iphiginia rougit en défroissant sa robe du soir. Une plume gisait à ses pieds.) Quel soulagement, n'est-ce pas, de savoir que nous n'avons pas affaire à un tueur!

Amelia jeta un coup d'œil soupçonneux à Marcus.

— J'admire ton optimisme! dit-elle d'un air pincé. Mais savons-nous au moins à qui nous avons affaire?

— Excellente question! A laquelle j'aimerais pouvoir

répondre... (Marcus se pencha pour ramasser la plume et la tendit à Iphiginia.) Mais il se fait tard, et cette charmante soirée ayant été gâchée, je me permettrai de prendre congé.

— Bien sûr, my lord. Étiez-vous sérieux en disant vouloir que je continue à jouer mon rôle ?

— Absolument, ma chère, affirma Marcus, l'œil pétillant. Et je ferai ce qui sera en mon pouvoir pour que cette supercherie paraisse plus vraie que nature !

— Fantastique ! s'esclaffa Iphiginia. Serait-ce l'effet de votre curiosité intellectuelle ou de votre galanterie naturelle ?

— Je crains que ce ne soit guère la galanterie qui me pousse à vous aider, madame.

— C'est bien ce que je craignais, riposta Iphiginia avec malice.

Marcus lui lança un regard amusé tout en se dirigeant vers la sortie.

— Mais vous me connaissez si bien !

— Elle n'a aucun mérite, en l'occurrence, riposta Amelia sans aménité. Vous avez été son sujet d'étude préféré.

— J'en suis fort honoré. (Marcus traversa le vestibule.) Veillez à verrouiller soigneusement votre porte, madame, lui conseilla-t-il, l'air préoccupé.

Iphiginia sourit.

— Bien sûr, my lord.

Marcus sortit dans la nuit et ferma doucement la lourde porte derrière lui.

Le silence retomba sur la maison et, un moment plus tard, les deux jeunes femmes entendirent le bruit des roues sur les pavés. La voiture du comte s'éloignait.

Amelia fit face à sa cousine. Elle avait recouvré son calme, mais son beau regard aux lueurs fauves semblait encore hanté par le souvenir d'une vieille peur.

Amelia avait un an de moins que Iphiginia et était beaucoup plus jolie, mais quelque chose chez elle faisait qu'on ne pouvait s'empêcher de la trouver distante et froide.

— Je pensais qu'il tentait d'abuser de toi! souffla-t-elle.

— Je sais. Mais il m'embrassait... tout simplement.

Iphiginia était la seule personne à qui Amelia avait confié l'affreuse expérience qu'elle avait eue, huit ans plus tôt.

Sa cousine, ayant eu le malheur de perdre sa mère à la naissance, avait été élevée par un père cultivé mais sans ressources, qui n'avait pu lui offrir que ce qu'il possédait, c'est-à-dire une éducation parfaite. A sa mort, la jeune fille avait vu se briser le seul lien affectif qu'elle eût jamais connu.

Obligée de gagner sa vie, Amelia avait postulé pour un poste de gouvernante. A peine avait-elle trouvé une place qu'un certain Dodgson, ami de la maîtresse de maison, avait abusé d'elle. Cette dernière, les ayant surpris en fâcheuse posture, avait été scandalisée par ce qu'elle croyait être les mœurs dépravées de son employée et avait aussitôt renvoyé la pauvre Amelia.

Ce viol avait été doublement traumatisant pour Amelia, parce que, outre la douleur et la honte ressenties, elle s'était vu refuser toute autre place par l'agence de placement dûment avertie.

La directrice l'avait en effet informée qu'elle n'offrait plus les gages de respectabilité nécessaires pour être employée par une agence aussi rigoureuse que la sienne et encore moins pour satisfaire leur si honorable clientèle.

Iphiginia savait que la blessure que sa cousine avait subie s'était cicatrisée avec le temps, mais qu'elle ne s'était jamais totalement guérie.

— Comment as-tu pu te laisser embrasser? (Amelia secoua la tête d'un air consterné.) Par un étranger... Un défunt!

— Je sais. (Iphiginia s'assit sur une chaise de style romain, sa plume à la main.) Mais il ne se conduit pas comme un inconnu... Sais-tu à quoi j'ai pensé lorsque je l'ai vu ce soir, chez les Fenwick?

— Non, à quoi? demanda Amelia avec circonspection.

Iphiginia eut un sourire rêveur.

— Qu'il était exactement comme je me l'étais imaginé...

— Bêtises que tout cela ! Tu as passé trop de temps à étudier ce que tu croyais être sa vraie nature...

— Non, il est exactement semblable à lui-même...

Amelia grommela :

— Et il a fait son apparition au bal des Fenwick ?

— Oui. Il dit tout ignorer d'un quelconque maître chanteur et n'avoir reçu aucune menace.

— Mon Dieu ! Et il n'a pas révélé ta supercherie ?

— Non. Apparemment il avait entendu parler de moi et des rumeurs que j'avais fait courir... mais il a fait en sorte que la haute société, ce soir, nous croit réconciliés.

— Je me demande quels sont ses motifs... marmonna Amelia.

— Masters est un homme intelligent et curieux, à l'esprit ouvert. Je crois qu'il a pris la décision de ne rien dire tant qu'il n'aura pas découvert de quoi il retournait.

— Hum.

— Un homme de cette trempe possède naturellement un esprit rationnel et beaucoup de sang-froid. Il ne saute pas directement aux conclusions !

— Cela n'a pas de sens, protesta Amelia. Je n'aime pas ça du tout. Je me demande s'il n'a pas quelque obscure raison de vouloir se montrer si coopératif...

— Quelle autre raison aurait-il, d'après toi ?

— Je ne serais guère surprise d'apprendre qu'il veuille faire de toi sa véritable maîtresse !

Iphiginia en eut le souffle coupé.

— Oh ! Je ne pense pas que...

— Justement, coupa sa cousine. Tu aurais mieux fait de penser un peu plus ces temps-ci. Bon sang ! Pourquoi ce type n'est-il pas mort comme on le croyait ?

— Il était dans ses terres et est revenu à Londres en entendant parler de mes prouesses.

— Alors le billet que tante Zoe a reçu n'était qu'un leurre ?

— Apparemment. C'est étrange, n'est-ce pas?

— Toute cette histoire m'a toujours paru étrange, ronchonna Amelia.

— Je sais combien tu désapprouvais mon plan. Pourtant, je trouvais qu'il fonctionnait plutôt bien.

— Jusqu'à ce que Masters revienne d'entre les morts! Quel manque de courtoisie, ironisa-t-elle. Que vas-tu faire maintenant?

— Je n'ai pas d'autre solution que de continuer à passer pour sa maîtresse... (Iphiginia mordillait son doigt encore ganté d'un air songeur.) Mon plan tient toujours, et c'est le seul que j'aie. Si ma véritable identité venait à être révélée, je ne pourrais plus fréquenter les amis de Masters.

— Tu ne perdrais pas grand-chose à mon avis!

— Je ne suis pas de ton avis. En ma qualité de Mrs. Bright, la mystérieuse maîtresse du comte de Masters, j'ai mes entrées partout.

— Oui, et en tant que Miss Bright, célibataire, bas-bleu, et directrice de l'école de jeunes filles du même nom, tu te retrouverais dans un cercle bien plus restreint, n'est-ce pas?

Iphiginia fit la grimace.

— J'en ai peur. Il est vrai que j'ai de la fortune grâce à nos judicieux placements...

— Tu veux sans doute parler de tes dons pour l'architecture et des talents d'homme d'affaires de Mr. Manwaring, corrigea Amelia.

— Et de ton habileté financière, ajouta Iphiginia. Ne minimise pas ta contribution.

— Certes. Mais là n'est pas la question.

Iphiginia eut un sourire forcé.

— Si. Grâce à cet argent j'ai pu obtenir l'aisance et les signes extérieurs de richesse qui m'ont permis d'entrer dans la haute société.

— Parce que tu es toujours convaincue que ce maître chanteur navigue dans ce milieu?

Iphiginia caressait la longue plume blanche.

— Sans aucun doute. Il était proche des intimes du comte et de ceux de ma tante. Sinon, comment aurait-il appris le départ de Masters, et su qu'il pouvait ainsi déposer son billet chez tante Zoe?

— Évidemment. Mais...

— Et comment connaîtrait-il les anciens secrets de notre tante? Le seul lien entre elle, son mari et Masters sont ces hommes qui fréquentaient les mêmes cercles de jeu.

— Mais son mari lui-même ignorait ce secret!

— Guthrie était si imbibé d'alcool la plupart du temps qu'il ne voyait pas plus loin que le bout de ses cartes. Mais une de ses relations a très bien pu deviner ce qui se passait entre Zoe et lord Otis... Il lui a suffi d'additionner deux et deux pour comprendre de qui était sa fille Marianne!

— Et attendre dix-huit ans pour la faire chanter?

— Cette nouvelle n'avait guère d'importance tant que le comte de Sheffield n'avait pas demandé la main de Marianne.

Iphiginia n'en dit pas plus. C'était inutile. Toutes deux savaient qu'au moindre scandale entachant le nom de sa fiancée, Sheffield se rétracterait.

Les Sheffield faisaient partie de la haute aristocratie, et nourrissaient quelques doutes quant à la nécessité de ce mariage. Marianne était d'une famille respectable mais sans grande fortune, et sa seule beauté ne suffisait pas.

Sheffield aurait pu viser plus haut, et tout le monde le savait. Son alliance avec Marianne n'était qu'un mariage d'amour, et Dieu sait que l'amour dans ce milieu était considéré comme superflu!

— Tu sais, Iphiginia, reprit sa cousine après un moment de silence. Je trouvais déjà ton plan risqué, alors que nous pensions que le comte avait été assassiné. Maintenant je crains le pire.

— Évidemment, répondit Iphiginia qui contemplait le centurion d'un air rêveur. Mais je suis heureuse qu'il soit en vie...

— Cela saute aux yeux ! fit Amelia avec une petite moue. Et je n'en suis pas surprise, tu es amoureuse de lui...

Iphiginia se sentit rougir.

— Tu exagères !

— Je te connais mieux que quiconque. Mieux que ta sœur ou tante Zoe, et je ne t'ai jamais vu réagir ainsi depuis Richard Hampton.

Iphiginia grimaça en entendant mentionner le nom du nouveau mari de sa sœur.

— Je t'assure que je n'ai jamais trouvé Richard... (elle chercha ses mots un instant)... aussi intéressant que lord Masters.

— Même quand il te faisait la cour ? insinua gentiment sa cousine.

— Richard ne m'a pas courtisée, répliqua sèchement Iphiginia. J'ai pu le croire à une époque, mais ce fut une erreur... Dieu merci !

Au grand désespoir d'Iphiginia, c'était de sa sœur, Corina, que Richard était tombé amoureux.

— Tu n'as pas été la seule à te méprendre sur ses intentions, répondit Amelia. Nous avons tous cru la même chose. Et je suis convaincue qu'au début c'était toi qui l'intéressais. Et puis il a changé d'avis en voyant Corina se métamorphoser en grande et belle jeune fille.

— Tu décris Richard comme un être versatile !

— En effet. Et je vais te dire le fond de ma pensée : il n'aurait jamais demandé Corina en mariage si tu ne l'avais pas si bien dotée... Et ses parents n'auraient jamais donné leur consentement s'ils n'avaient espéré que cette dot remonterait leurs finances un tantinet défaillantes !

— Je crains que tu n'aies raison.

Iphiginia fronça le nez de dédain. Elle détestait les parents de Richard.

Richard et elle se connaissaient depuis l'enfance. Leurs parents respectifs étaient voisins à Deepford, petit village du Devon, mais maître Hampton et son épouse ignoraient les Bright. En effet, dans la bourgeoisie provinciale, si pleine de préjugés, la liberté de pensée et les goûts bohèmes des Bright ne pouvaient être tolérés.

Cependant, Iphiginia avait toujours bien aimé Richard, et ce dernier le lui avait bien rendu, surtout quand les Bright étaient morts dans un naufrage et que la jeune fille avait dû prendre en charge sa petite sœur de neuf ans.

Les parents d'Iphiginia n'avaient guère laissé de fortune. Sa mère n'avait pas gagné grand-chose avec ses tableaux, et son père, un architecte talentueux, avait oublié d'être vénal tant il était occupé à réaliser d'élégants projets, à la construction coûteuse. Du fait d'associés inefficaces, de la lenteur des ouvriers et d'une inflation galopante, ses profits s'étaient avérés quasiment nuls.

Les Bright n'aimaient qu'une chose, laisser libre cours à leurs talents artistiques, voyager en Égypte, en Italie et en Grèce, au mépris de l'argent.

Ils avaient parcouru l'Europe, qui pourtant était le théâtre de sanglantes batailles, emmenant toujours Iphiginia et sa sœur avec eux.

Sauf lors de leur dernier voyage. Et la nouvelle de leur mort avait frappé de plein fouet les deux filles restées à la maison.

Face à ce coup du sort, Iphiginia avait dû prendre ses responsabilités. Elle avait tout vendu, y compris les peintures de sa mère et les esquisses architecturales de son père.

C'est ainsi qu'elle était parvenue à réunir la somme nécessaire à l'ouverture de son école pour jeunes filles. Le succès avait été immédiat.

Richard avait obtenu de son père qu'il lui loue une jolie demeure pour installer son institution. Il avait aussi surveillé que le loyer n'en fût pas trop élevé et était même parvenu à persuader sa mère de recommander l'établissement à ses amies parents d'élèves.

Iphiginia lui en gardait une reconnaissance éternelle et éprouvait toujours une grande tendresse pour lui : c'était un bel homme, aimable, aux manières agréables.

Il est vrai qu'elle n'aurait pu passer le reste de sa vie à Deepford. La jeune femme ne s'était jamais rendu compte combien elle avait dû refréner ses élans, elle si exubérante, si indépendante, si aventureuse, avant d'avoir quitté son village, l'année précédente.

Ç'avait été comme si la chrysalide était devenue papillon.

Iphiginia avait découvert avec étonnement qu'elle avait hérité de toutes les qualités de ses parents, leur sens artistique, leur liberté d'esprit. La vie de femme de notable de province ne lui aurait guère convenu.

Sa sœur, en revanche, semblait fort bien s'y adapter. Elle adorait sa belle-famille.

— Iphiginia?

Cette dernière sortit de sa rêverie.

— Oui?

— Je suis très inquiète.

— De quoi?

— Cette situation ne me plaît pas.

— Cesse, veux-tu! Nous trouverons cet homme et mettrons fin à ce chantage.

— Je ne parlais pas de notre maître chanteur, mais de toi et de ta façon de jouer les veuves joyeuses! Cela devient dangereux. Regarde ce qui est arrivé ce soir, ici...

Iphiginia rougit à ce souvenir.

— Enfin, Amelia, il ne s'agissait que d'un baiser.

Amelia la regarda d'un air peiné.

— Pour ta gouverne, sache que tu ferais mieux d'éviter ce genre d'effusions. Masters n'est pas un de ces hobereaux de province que l'on peut tenir à distance d'un mot ou d'un froncement de sourcils. C'est un homme puissant, habitué à obtenir ce qu'il désire!

— C'est surtout un gentleman! protesta Iphiginia.

— Les individus de cette trempe prennent ce qu'ils désirent sans se soucier des dégâts qu'ils peuvent causer.

Iphiginia ne sut quoi lui répondre. Sa cousine, par expérience, savait de quoi elle parlait.

A l'avenir, elle tâcherait de ne pas perdre de vue qu'elle n'était pas Mrs. Bright, cette mystérieuse veuve affriolante, excitante, et maîtresse d'un des plus célèbres aristocrates à la mode.

Elle n'était que Miss Bright, célibataire de son état, amateur d'art éclairé...

Et elle avait entrepris une chasse au maître chanteur !

Comme elle était fascinante ! songeait Marcus alors qu'il gravissait le perron de sa propre demeure. Intelligente, passionnée et tout bonnement délicieuse. Rien à voir avec les autres femmes. Elle serait une maîtresse idéale pour la fin de la Saison ; et peut-être pour plus longtemps encore s'il était chanceux.

Marcus n'était pas du genre à nourrir de faux espoirs, mais il aspirait maintenant à établir une relation stable, durable, avec une femme intelligente.

Une femme qui accepterait ses règles, qui ne voudrait pas se faire épouser, qui ne piquerait pas de colères inutiles ou qui ne l'irriterait pas par ses débordements émotionnels...

Une femme qui comprendrait ses aspirations intellectuelles.

Une femme qui ne l'empêcherait pas de se plonger dans ses sacro-saints livres, ou de se passionner pour quelque nouveau projet...

Une femme, enfin, avec qui il pourrait deviser après l'amour.

Marcus atteignait la porte d'entrée lorsque celle-ci fut ouverte par Lovelace.

— Bonsoir, monsieur. Soirée intéressante, je présume ?

— Fort intéressante, en effet, lança Marcus d'un ton joyeux, tout en tendant manteau et chapeau au majordome.

Le visage de Lovelace — d'ordinaire aussi expressif qu'un masque mortuaire de la Haute-Égypte — refléta soudain un vague étonnement.

— Heureux d'entendre cela, monsieur. Il n'est guère dans vos habitudes de rentrer de vos obligations mondaines en affichant un tel enthousiasme...

— Je sais, Lovelace. Mais ce soir, il m'est arrivé quelque chose de curieux. (Marcus entra dans sa bibliothèque. Ses bottes claquaient sur le sol de marbre.) Vous pouvez disposer, je veillerai à éteindre les lampes.

— Merci, monsieur. Mais... monsieur veut-il connaître la dernière nouvelle?

— Oui?

— Monsieur votre frère est arrivé chez vous tôt dans la soirée. Puis il est ressorti il y a une heure, je pense pour aller faire un tour à son club.

— Bennet est à Londres? fit Marcus en fronçant les sourcils. Je croyais qu'il était chez des amis en Écosse...

— Certes, my lord.

— Bien, je le verrai demain matin. Bonne nuit, Lovelace.

— Bonne nuit, monsieur.

Lovelace referma doucement la porte. Marcus traversa la pièce et se dirigea vers un meuble de coin sur lequel était posée une carafe de cristal taillé emplie du meilleur cognac français qu'il soit.

Il se versa un verre et s'assit dans un profond et confortable fauteuil, humant avec délice les effluves de l'alcool, tout en songeant, heureux, à la possibilité de cette future liaison.

Ce qui était pour le moins curieux.

D'ordinaire, à chaque nouvelle aventure, il appréhendait dès le début les scènes qui accompagneraient inévitablement la rupture. Il pouvait dire à l'avance quand une histoire se terminerait, ce qui entachait dès le départ ses relations.

Depuis quelques mois déjà, il avait laissé s'écouler un laps de temps de plus en plus long entre ses conquêtes, ne se lançant dans une nouvelle aventure que poussé par un impérieux besoin physique.

Évidemment, tout ceci n'avait rien de romantique ou d'intellectuel...

Marcus fit la grimace en repensant à la vague de désir qui l'avait submergé ce soir. A ce besoin qu'ils avaient eu tous deux, faisant fi de l'habituel jeu de séduction.

Et il eut l'impression, pour la première fois de sa vie, que cette histoire serait différente.

Curieusement, il ne pouvait en imaginer la fin... Et cela le rendait léger...

Il but une gorgée de cognac. Quel plaisir de pouvoir vivre enfin librement une relation !

Puis il se demanda pendant combien de temps encore la jeune femme s'accrocherait à son conte à dormir debout. Elle avait vraiment une imagination incroyable, grâce à laquelle elle s'était frayé un chemin dans la haute société.

Elle avait dû espérer qu'il resterait un bon mois dans ses terres, ce qui lui aurait donné le temps de se trouver un amant. A moins qu'elle n'ait voulu ainsi attirer son attention...

Cette dernière idée était intéressante. Et plutôt flatteuse.

Marcus tourna lentement son verre entre ses doigts. Il lui permettrait donc de poursuivre cette histoire de maître chanteur, si elle le voulait. Il serait amusant de voir comment elle allait s'y prendre.

Pendant ce temps-là, il jouerait à d'autres jeux avec elle.

Une curieuse sensation d'humidité troubla brusquement Marcus. Il baissa les yeux et vit une tache suspecte sur sa superbe veste. Un juron lui échappa.

Se levant brusquement, il fouilla dans sa poche intérieure et en sortit un objet métallique qu'il contempla avec dégoût.

Apparemment, sa dernière création avait encore fait des siennes. Son stylo à réservoir aurait encore besoin de quelques perfectionnements avant de pouvoir être employé.

C'était la troisième veste qu'il sacrifiait !

4

Marcus était en train de se servir des œufs brouillés quand Bennet fit irruption dans la salle à manger, le lendemain matin.

— Salut, Marcus !

— Bonjour. Lovelace m'a averti de ta présence. Je ne pensais pas... (Marcus souriait à son frère, quand soudain ses yeux s'arrondirent de stupéfaction.) Par tous les saints ! qu'as-tu fait à tes cheveux ?

— Rien, protesta Bennet d'un ton offensé avant de se servir à son tour de tous les délicieux mets qui attendaient sur les tables roulantes. Cette coupe est à la dernière mode !

— Chez Byron et ses condisciples, je suppose ! ricana Marcus en contemplant cette coiffure artistement bouclée. Dis à ton valet d'être prudent avec le fer à friser, il serait fichu de mettre ta tête en feu !

— Très amusant ! Il n'y a pas de muffins ?

— Regarde là-bas, conseilla Marcus en allant s'asseoir. Je croyais que tu passais tout le mois en Écosse dans la famille de ton ami Harry ?

Bennet paraissait captivé par les muffins.

— Et moi, je croyais que tu passais tout le mois dans le Yorkshire...

— J'ai changé d'avis.

— Moi aussi.

— Et que nous vaut ce changement? demanda Marcus, le sourcil levé.

— Rien, marmonna Bennet, plongé dans la contemplation des œufs au bacon.

Brusquement, Marcus eut un sentiment étrange en regardant son frère. Il le connaissait bien. Bennet ne lui avait jamais rien caché jusqu'ici. Quelque chose n'allait pas...

Marcus avait élevé son frère depuis la disparition de leur mère, dix-huit ans plus tôt. Leur père, George Cloud, était encore vivant à cette époque, mais il n'avait pas plus porté d'intérêt à son jeune fils qu'il n'en avait porté à son aîné. George leur préférait sa meute, la chasse et les soirées au pub avec ses amis, fuyant ainsi l'ennuyeux fardeau de la vie de famille.

Il n'y avait eu personne pour veiller à l'éducation de Bennet, aussi Marcus en avait-il endossé la responsabilité, tout comme, des années plus tôt, il avait pris l'exploitation agricole en main.

Au cours des années, il avait réalisé de confortables profits, grâce au succès de ses expérimentations sur la fertilisation, l'ensemencement et les techniques d'élevage.

George Cloud avait dilapidé une grande partie de ces revenus en chiens de chasse et chevaux. Quand la mère de Marcus avait timidement suggéré que Marcus aille à Oxford ou Cambridge, George Cloud avait immédiatement écarté cette idée. Il n'allait pas se priver d'un aussi bon fermier.

De temps à autre, Cloud félicitait son aîné pour sa réussite d'une grande claque dans le dos. Et une fois, dans un inexplicable élan d'affection, il avait serré le jeune Bennet dans ses bras. Il constatait avec une évidente satisfaction que ses deux fils avaient hérité de sa solide constitution, et non de la piètre santé de sa femme. Mais c'était là le seul intérêt qu'il leur portait.

Après une vie de fatigues et de dépressions, Mrs. Cloud

avait été emportée par une fièvre cérébrale foudroyante, l'année où Marcus avait eu dix-huit ans. Bennet n'avait que deux ans lorsque les deux frères recueillirent le dernier souffle de leur mère.

Leur père, lui, était à la chasse.

George Cloud n'avait guère été perturbé par le décès de sa femme, si ce n'est qu'il n'avait pu chasser à courre le jour de son enterrement. Un an plus tard, il se rompait le cou en sautant une haie.

Marcus travaillait aux champs avec ses hommes à quelques modifications à apporter sur une machine à moissonner, quand le vicaire était venu lui annoncer la nouvelle.

Il se rappelait encore l'étrange sensation de détachement qu'il avait ressentie aux paroles de condoléances de l'homme de Dieu.

Une année plus tôt, à la mort de sa mère, il s'était abandonné à son chagrin solitaire. Mais le jour où son père avait quitté ce monde, il n'avait pas versé une larme. La colère seule avait alors prédominé. Il n'avait pas compris le sens de cette rage incontrôlée et avait essayé de l'enfouir au plus profond de lui, de faire en sorte qu'elle ne puisse plus refaire surface.

Le jeune Bennet n'avait guère souffert de l'absence paternelle, concentrant tout son besoin d'affection sur l'unique personne qui se soit jamais occupée de lui : son frère aîné.

Marcus sortit enfin de sa rêverie et observa Bennet qui papillonnait autour de la table du petit déjeuner.

— Harry et moi nous nous ennuyions en Écosse, aussi avons-nous décidé de rentrer à Londres avant que la Saison ne soit finie.

— Oh! Oh! (Marcus étala un peu de confiture sur son toast.) Je croyais t'avoir entendu dire que les Saisons étaient des événements on ne peut plus barbants...

— Certes, l'année dernière...

— Je vois.

Bennet avait eu dix-neuf ans l'année précédente. Il sortait juste d'Oxford, plein d'enthousiasme pour la politique et la poésie, dédaigneux des mondanités de la Saison. Marcus l'avait fait entrer dans un club réservé aux jeunes gens de son âge qui se passionnaient pour les jeunes talents et les nouvelles idées politiques.

Marcus avait été agréablement surpris de constater que Bennet n'était pas le genre d'homme à s'abandonner au tourbillon des frivolités de la vie mondaine.

Oxford avait bien rempli sa mission.

Marcus n'avait pas envoyé son jeune frère là-bas pour qu'il étudie : un précepteur était venu accomplir cette tâche chez eux, à l'abri d'une bibliothèque fort bien fournie. D'ailleurs un jeune homme n'allait pas à Cambridge ou à Oxford pour poursuivre des études, mais pour obtenir un certain vernis social, côtoyer les hommes avec qui il traiterait durant sa vie, se faire des amis parmi l'élite, cette même élite dans laquelle il choisirait, à n'en pas douter, une épouse.

Marcus avait décidé que son frère ne serait pas comme lui un naïf et solide hobereau de province, qui ne connaissait rien du monde hors sa ferme.

Car il avait dû payer cher ses lacunes... Bennet ne suivrait pas le même chemin. Un homme devait perdre ses illusions très vite avant que la vie ne se charge de les lui faire perdre.

Marcus mordit dans son toast avant de demander :

— Où étais-tu passé hier soir?

— Harry et moi sommes allés à notre club, marmonna Bennet. Et puis Harry a suggéré que nous fassions un saut aux soirées les plus prometteuses.

— Lesquelles?

— Je ne me souviens plus très bien... Le bal des Broadmore, je crois... et nous avons dû passer en coup de vent chez les Foster.

— Amusant?

Bennet croisa le regard de son frère et détourna rapidement les yeux, en marmonnant :

— Si l'on veut.

— Bennet ! Arrête, veux-tu ? Si quelque chose ne va pas, dis-le-moi.

— Tout va bien... Du moins en ce qui me concerne.

— Qu'entends-tu par là ?

— Très bien, Marcus. Je serai franc. J'ai appris que tu t'étais donné en spectacle, hier soir !

— En spectacle ?

— Enfer et damnation ! Il paraît que tu portais ta nouvelle maîtresse dans tes bras... Tu as vraiment l'art de la mise en scène !

— Ah ! Je vois... Et tu t'es senti embarrassé ?

— Marcus, vas-tu passer ta vie à agacer la bonne société en jouant les excentriques ?

— Je t'ai embarrassé, reprit Marcus d'un air songeur. Tu ne devrais pas prendre cela trop à cœur, notre société en a vu d'autres !

— Là n'est pas la question, riposta Bennet en tartinant son toast. Un homme de ton âge devrait avoir le sens des convenances.

Marcus manqua s'étrangler.

— De mon âge ?

— Tu as trente-six ans ! Tu aurais dû te remarier il y a quelques années déjà et faire des enfants pour occuper ta nursery.

— Diable ! D'où vient ce soudain intérêt pour ma nursery ? Tu sais très bien que je n'entends pas me remarier.

— Ton titre t'y oblige.

— Le titre te reviendra.

— Cela ne m'intéresse pas outre mesure. Il t'appartient, et après toi, il appartiendra à ton fils. (Bennet semblait frustré.) Mais cela te donne des droits et surtout des devoirs.

— J'ai l'impression que le scandale d'hier soir t'a un brin humilié, riposta sèchement Marcus.

— Tu dois admettre qu'il est dur d'avoir un frère de trente-six ans, célibataire de surcroît, et qui se moque comme d'une guigne des qu'en-dira-t'on.

— Ce n'est pas nouveau !

— C'est la première fois que tu t'exhibes au beau milieu d'une salle de bal !

Marcus leva un sourcil.

— Qu'en sais-tu ? Tu viens juste de faire ton entrée dans le monde.

— Miss Dorchester m'a un peu parlé de toi.

— Juliana Dorchester ?

— J'ai eu l'insigne honneur de danser avec elle, hier soir.

— Hum...

— Ce « hum » voudrait-il sous-entendre que tu désapprouves ? Je te préviens, je ne supporterai pas le moindre commentaire désobligeant sur cette jeune fille, Marcus ! C'est une personne ravissante, à la sensibilité à fleur de peau et qui n'apprécie guère les scènes en public.

— Elle en est à sa seconde Saison, non ? demanda ironiquement Marcus. Et elle a tout intérêt à se trouver un mari rapidement, car ses parents ne pourront lui en offrir une troisième...

— Tu essayes de me monter contre elle ! Mais cela ne marchera pas. C'est un parangon de vertu, et je suis très heureux qu'elle m'ait laissé danser avec elle.

— En ce moment, je parierais qu'elle remercie sa bonne étoile que tu l'aies seulement remarquée, ricana Marcus. Et elle doit être en train d'intriguer pour faire son apparition aux soirées auxquelles tu te rendras.

— Comment oses-tu ? Elle est trop douce et innocente pour songer à comploter.

— Elle complote ! En cet instant. Crois-moi.

— Qu'est-ce qui te fait dire ça ?

— C'est la digne fille de Dorchester. Et je connais bien Dorchester. Il veut absolument que sa fille fasse un riche mariage, tout comme sa femme veut absolument qu'elle épouse un aristocrate! (Marcus pointa sa fourchette vers son frère en un geste d'avertissement.) Tu es une proie magnifique, mon cher, dans cette chasse aux maris! Tu es riche et tu as toutes les chances d'hériter de mon titre un jour... Sois prudent!

Bennet jeta sa serviette d'un geste rageur.

— C'est infâme! Miss Dorchester n'a que faire de l'argent et des titres!

— Si tu en es persuadé, c'est que tu es plus naïf que je ne le supposais.

— Je ne suis pas naïf. Mais je ne suis pas non plus réservé et rigide comme toi, Marcus. Et je ne m'amuse certainement pas à sortir avec des femmes aussi extravagantes que ta Mrs. Bright.

— Je te demanderai de prononcer son nom avec respect ou de ne jamais le mentionner. Compris?

— Par Dieu, elle est ta maîtresse!

— Elle n'est que mon amie. Une amie très chère.

— Tout le monde sait ce que cela signifie. Tu as osé critiquer Miss Dorchester, alors que ta Mrs. Bright pourrait prendre quelques leçons d'elle, tu peux me croire!

Marcus reposa brutalement sa tasse de café.

— Personne ne te demande rien!

A cet instant, la porte de la salle à manger s'ouvrit, et Lovelace apparut, un plateau d'argent en équilibre sur sa main gantée de blanc.

— Un message pour vous, my lord. Il vient juste d'arriver.

Marcus fronça les sourcils en prenant le pli. Puis il le lut rapidement et en silence.

M.
Je dois vous voir immédiatement. Très urgent. Au parc. 10 h. A la fontaine.
Votre,
H.

Marcus jeta un bref regard à son majordome.

— Sellez Zeus pour neuf heures trente. J'irai au parc ce matin.

— Oui, my lord, répondit Lovelace en se retirant.

— Qui t'a envoyé ça? demanda Bennet.

— Quelqu'un de proche.

— Mrs. Bright, je suppose?

— Non. Désolé. Cela ne vient pas d'elle.

Bennet fit la grimace.

— Je ne t'ai jamais vu si susceptible...

— C'est mon amie! (Marcus fit une boule de sa serviette avant de la lancer sur la table et de bondir sur ses pieds.) Et je te prierai de ne pas l'oublier, Bennet!

A dix heures moins cinq, Marcus empruntait une petite allée cavalière de Hyde Park qui menait à la vaste pelouse centrale.

Là, au milieu d'un petit rond-point, l'attendait lady Sands sur une fort belle jument. Elle était vêtue d'une tenue d'amazone feuille-morte. La finesse de son cou était soulignée par le col remonté, et son joli visage était dissimulé par une voilette.

— Marcus! Merci d'être venu. (Hannah Sands souleva sa voilette et le fixa d'un air anxieux.) Depuis des jours, je ne suis plus moi-même! Et ce matin, lorsque j'ai appris votre retour, je vous ai écrit immédiatement. J'avais peur que vous ne puissiez me voir rapidement...

— Hannah, vous savez que je suis toujours libre pour vous, répondit Marcus, inquiet de la voir si tendue.

Hannah avait vingt-neuf ans et était mariée à lord Sands, un homme bon et solide, de qui elle venait d'avoir un enfant.

Sept ans plus tôt, Hannah avait perdu son premier époux. Elle s'était remariée trois ans plus tard, et son union avec lord Sands ne lui avait apporté que du bonheur. Marcus en était heureux. Les années noires de son amie étaient loin derrière elle, maintenant. Enfin, il l'espérait...

— Que se passe-t-il, Hannah?

— On me fait chanter! explosa-t-elle, désespérée. Oh! Marcus. Quelqu'un sait tout.

Marcus ne cilla point.

— C'est impossible.

— Si! souffla-t-elle, au bord des larmes. Oh! Mon Dieu... Il sait! Marcus, comprenez-moi, il sait comment Spalding est mort. Il sait que je l'ai tué!

— Hannah! Reprenez-vous! Quelqu'un vous fait réellement chanter?

— Oui. Cinq mille livres. Que j'ai payé. J'ai dû vendre mes boucles d'oreilles.

— Enfer et damnation!

— J'ai peur qu'il ne me redemande de payer.

— En effet. (Marcus cingla sa botte de sa cravache.) Cela n'aurait rien d'étonnant. Les maîtres chanteurs agissent toujours ainsi.

— Mon Dieu! J'ai si peur, Marcus.

— Hannah, écoutez attentivement : à quand remonte la première demande?

— Six jours environ. Je vous aurais bien prévenu, mais je ne savais où vous joindre. Je savais seulement que vous aviez quitté la ville pour une durée indéterminée.

— J'étais à Cloud Hall.

— Je suis désespérée, je ne dors plus depuis ce jour-là. Sands s'en est aperçu et m'a demandé ce qui n'allait pas. Il veut que j'aille consulter un médecin. Que vais-je faire?

— Rien pour l'instant, recommanda Marcus avec gentillesse. Je m'en occupe.

— Mais qu'y pouvez-vous? Marcus, écoutez-moi! Cette personne sait... que je suis une meurtrière.

— Allons, Hannah, calmez-vous! Vous n'avez pas tué Lynton Spalding. Vous vous êtes juste défendue. N'oubliez jamais cela!

— Personne ne le croirait... Et qu'en penserait Sands s'il apprenait la vérité?

— Vous seriez surprise de sa réaction...

Ce n'était pas la première fois que Marcus essayait de persuader Hannah de parler à son mari. Mais cette dernière refusait d'entendre raison.

— Je préférerais ne rien lui dire. Je crains qu'il ne soit pas capable d'assumer l'idée d'être marié à une criminelle. Que feriez-vous à sa place!

Marcus émit un vague grognement.

— Sachant ce que je sais de Spalding et des traitements qu'il vous infligeait, je vous féliciterais d'avoir su si bien viser!

Hannah eut un regard chaviré.

— Je ne supporte pas que vous plaisantiez sur ce sujet...

— Je ne plaisante pas, j'énonce une vérité, c'est tout. Et je crois votre nouveau mari tout à fait capable de comprendre cette situation.

— Je le connais infiniment mieux que vous. Il pense que je suis la vertu faite femme... Je ne peux lui révéler ce meurtre!

— C'est ce que pense aussi le maître chanteur, apparemment, observa Marcus. Fort bien!

— Qu'allez-vous faire?

— Je vais en discuter avec une personne qui semble en savoir plus là-dessus que je ne le croyais.

— Non, Marcus! Pas un mot à quiconque.

— Votre nom ne sera pas mentionné... Mais il faut que j'éclaircisse deux ou trois points que j'ai négligés hier soir.

— Je ne comprends rien.

— Je me suis conduit comme un idiot. J'ai fait quelque chose que je fais pourtant rarement : j'ai tiré des conclusions trop hâtives. Je pensais qu'on me racontait un conte à dormir debout, et...

Marcus essaya de calmer son cheval qui commençait de s'énerver.

— Ne pouvez-vous être plus clair?

— Laissez! C'est une longue histoire que je n'ai pas le

temps de vous expliquer... Rassurez-vous, je m'occupe de tout, Hannah. Je vous défends de donner un penny de plus à cet homme, sans m'avoir d'abord consulté. Vous m'avez bien compris?

— Oui. (Hannah resserra les rênes de sa monture.) Cela m'a un peu soulagée d'avoir pu me confier à vous. Je devenais folle.

— Tout ira bien maintenant.

Hannah eut un pâle sourire.

— C'est ce que vous m'avez dit la nuit où vous m'avez aidée à transporter le corps de Spalding!

— Et j'avais raison, n'est-ce pas?

Elle lui jeta un drôle de regard.

— Vous avez gardé ce secret à vos dépens, malheureusement. Certaines personnes croient toujours que vous avez tué Spalding pour vous assurer le contrôle de la société.

Marcus eut un doux rire.

— Personne n'a pu prouver qu'il n'avait pas été tué par un coup de sabot! Les ragots m'indiffèrent, j'y suis habitué.

— Je me demande parfois s'il y a quelque chose qui puisse vous atteindre! répliqua-t-elle vivement. J'ai lu les journaux ce matin, il y avait quelques lignes sur vous au bal donné par les Fenwick hier soir...

— Vraiment?

Hannah lui lança un regard narquois.

— Allons, Marcus! Nous sommes de vieux amis, vous pouvez vous confier à moi, et je connais votre misogynie. Avez-vous vraiment quitté le bal en portant cette Mrs. Bright dans vos bras.

— Elle s'était évanouie.

— Vous qui détestez les femmes qui se donnent en spectacle! Vous qui demandez la plus absolue discrétion à vos maîtresses!

— Mais Mrs. Bright n'est pas ma maîtresse, répondit Marcus avec calme. C'est une très chère amie. Elle a eu un malaise et je me suis assuré qu'elle pouvait respirer un peu d'air frais. C'est tout.

Hannah sourcilla.

— Je vous trouve étrange aujourd'hui... murmura-t-elle en abaissant sa voilette. Mais veuillez me pardonner mon indiscrétion, cette histoire ne me regarde pas.

— Certes, répliqua Marcus, agacé.

— Je dois m'en aller. J'ai dit à Sands que j'avais quelques courses à faire, ce matin.

— Ne vous souciez plus de ce chantage, Hannah. Je m'en occupe, répéta-t-il d'un ton radouci.

— Merci, répondit-elle avec un petit sourire triste. J'ai beaucoup de chance de vous avoir comme ami.

Elle donna un coup de talon dans les flancs de sa jument et disparut le long du sentier cavalier.

Marcus resta un instant songeur puis il disparut à son tour sous les frondaisons du parc.

— Mais cet homme était censé être mort! glapit lady Guthrie. Pourquoi ne l'est-il plus?

— Tante Zoe, s'il te plaît! (Iphiginia jeta un rapide coup d'œil alentour, mais chez Hornby et Smith, tapissiers de leur état, personne ne semblait l'avoir entendue.) A vrai dire, je n'en sais rien, mais je trouve cela plutôt encourageant, non?

— Non. Cela complique tout, si tu veux mon avis.

Amelia, vêtue d'une de ses robes de serge grise qu'elle affectionnait tant, hocha la tête en signe d'assentiment.

— Ta tante a raison. Cette affaire est par trop embrouillée. Je n'aime pas ça du tout.

— Pourriez-vous baisser le ton à la fin! On va vous entendre.

Iphiginia lança de nouveau un regard anxieux autour d'elle.

Les gérants se tenaient près de la caisse, à l'autre bout du magasin... Mr. Smith était un homme fort gros, habillé à la dernière mode d'une veste rose et d'un pantalon à plis. Hornby, quant à lui, déjà à moitié chauve, était plutôt du type échalas. Il portait un gilet d'un horrible dessin cachemire qui contrastait affreusement avec sa veste violette.

Ce dernier surveillait du coin de l'œil Iphiginia, Zoe et Amelia qui paraissaient perdues dans la contemplation d'un livre de décoration. Il n'attendait qu'une occasion pour leur proposer à nouveau ses services. S'être fait rabrouer par deux fois ne l'avait pas découragé.

Aux murs étaient accrochées des aquarelles représentant des intérieurs, décorés à la dernière mode, et du mobilier contemporain était exposé au centre du magasin.

Sur les tables, étaient posés des ouvrages de références, attendant qu'on les feuillette.

Iphiginia, Zoe et Amelia faisaient semblant d'étudier un dessin de bibliothèque alors que la véritable raison de leur présence chez Hornby et Smith, ce matin-là, était de pouvoir discuter des développements de l'Affaire avec un grand A.

— Donc notre maître chanteur a bluffé, reprit Iphiginia. Il souhaitait seulement t'effrayer, tante Zoe, pour que tu lui donnes ce qu'il te demandait.

— Et il a réussi ! Cinq mille livres... marmonna Zoe. C'en est trop ! Je venais juste de reprendre le contrôle de ma fortune, après toutes ces années à regarder Guthrie la dépenser en chevaux et en femmes... et qu'arrive-t-il ? Un abominable petit maître chanteur arrive et tente de se l'accaparer !

— Je te comprends, tante Zoe, mais nous l'identifierons et nous mettrons un point final à tout ceci, je te le promets, chuchota Iphiginia avec chaleur.

Elle adorait sa tante, et entendait bien tout faire pour la soulager de ses ennuis.

A quarante-cinq ans, Zoe était une femme vive et pleine d'énergie, avec un sens aigu du mélodrame. Ses cheveux, autrefois de la même couleur que ceux de sa nièce, commençaient à grisonner, mais Zoe présentait toujours le profil cher aux femmes de la famille Bright.

Vingt-cinq ans auparavant, non contente d'être d'une

beauté saisissante, Zoe était aussi une riche héritière. Et la somme d'argent conséquente que ses parents lui avaient laissée avait attiré l'attention de lord Guthrie. Et il était trop tard lorsque l'on découvrit que Guthrie était sans le sou. Zoe venait de l'épouser et, de par la loi, ses biens étaient devenus ceux de son mari.

Ayant ainsi obtenu l'argent qu'il convoitait, Guthrie s'était rapidement désintéressé de sa jeune femme. Heureusement, lord Guthrie était loin d'être un imbécile et n'avait pas totalement dilapidé la fortune de son épouse. Il avait eu, cependant, largement le temps d'entamer sérieusement son capital avant de mourir d'une attaque.

Comme Zoe l'avait un jour confié à Iphiginia, son mari n'avait pu s'empêcher de lui jouer un dernier tour en ayant le mauvais goût d'aller mourir dans un bordel.

Zoe clamait à qui voulait l'entendre que la seule chose intéressante que son mari lui ait jamais donnée était sa fille, Marianne. Elle était ravie de ses fiançailles avec le beau Sheffield.

Durant ces longues années de mariage avec l'odieux Guthrie, Zoe avait trouvé un certain réconfort auprès de lord Otis. Otis lui avait été très dévoué et n'avait jamais voulu se marier. Bien sûr, le fait qu'il fût le vrai père de Marianne avait été un secret bien gardé, du moins jusqu'à ce qu'un maître chanteur ne le découvre.

Marianne, une adorable et belle jeune fille, adorait Otis qu'elle considérait comme un oncle bien-aimé. Quant à Otis, il l'aimait à la folie.

A la mort de son mari, Zoe était rentrée en possession de ses biens et avait immédiatement tout investi dans le projet immobilier conçu par Iphiginia : Morning Square Rose.

L'année suivante, les revenus avaient été si conséquents que Zoe avait pu doter Marianne et changer entièrement leur garde-robe. Elles s'habillèrent à la dernière mode, conseillées par des couturières à l'accent français, et aussitôt Marianne fut lancée dans le monde. Dès son deuxième bal, Sheffield la demandait en mariage.

Zoe fit la moue en regardant l'étude de la bibliothèque, et celle du hall rempli de statues.

— Otis affirme qu'il y aura rapidement d'autres demandes d'argent. Les maîtres chanteurs sont comme les sangsues, ils ponctionnent leurs victimes jusqu'à ce qu'elles n'aient plus un sou !

— Amusant ! marmonna Iphiginia. Mais j'ai peur qu'il n'ait raison. Quelle malchance que Masters ne veuille admettre le bien-fondé de notre histoire...

— Es-tu certaine qu'il ne te croit pas ?

— Il a été très clair. Il pense que j'ai monté de toutes pièces cette mascarade.

Zoe bougonna.

— Quel désastre... Mais je ne comprends toujours pas pourquoi Masters accepte que tu continues de passer pour sa maîtresse.

— Soyons heureuses qu'il ait accepté ! Cela me permettra d'inspecter les bureaux des suspects.

— J'ai l'impression que c'est une perte de temps, répliqua Zoe. Tu n'as rien appris jusqu'ici.

Iphiginia tapota du doigt l'illustration.

— Je ne serais pas aussi catégorique. Cela m'a permis d'éliminer Darrow et Judson de la liste.

Zoe soupira.

— Tout cela est si confus.

— Nous ne disposons, pour l'instant, que de bien peu d'éléments, de toute façon... (Iphiginia s'interrompit en voyant s'approcher Hornby.) Oh ! Mr. Hornby... Nous sommes toujours en train d'étudier ce projet, comme vous pouvez le constater.

— Bien sûr, bien sûr ! dit Hornby qui ne pouvait s'empêcher de se mêler à la conversation de ses clients. Puis-je vous aider ? reprit-il avec un sourire affecté.

— Quel est ce drôle de bas-relief, au-dessus de la cheminée ? demanda précipitamment Iphiginia en désignant du doigt la gravure.

— C'est la copie exacte d'un morceau de sépulture, madame. Cela donne à la pièce toute son originalité.

— Je vois.

— Charmant, acquiesça Zoe. Mais par Dieu, que représentent ces figurines qui supportent ces lampes ?

— Des sphinx, madame. C'est du dernier cri... et ils vont si bien avec les hiéroglyphes du papier peint.

— Ah oui... Certes.

Amelia fronça le bout de son nez.

— Et toutes ces draperies aux murs, Mr. Hornby ?

— Des tentures à la turque, madame ! Cela donne un petit côté exotique qui ravit le visiteur.

— A n'en pas douter... murmura Iphiginia. Et cette bibliothèque emplie d'étranges vases...

— Ce sont de parfaites copies dans le style étrusque, madame. Tellement, tellement à la mode !

Iphiginia évita de lui faire remarquer que ces vases n'étaient pas plus étrusques que son gilet bariolé.

— Et où entendez-vous mettre les livres ?

Hornby se figea.

— Les livres ? Quels livres ?

— C'est bien une bibliothèque, n'est-ce pas ?

Hornby prit un air hautain.

— Madame n'est peut-être pas au courant qu'actuellement fort peu de personnes utilisent leurs bibliothèques pour lire !

Iphiginia retint un sourire.

— Qu'avais-je en tête... Bien sûr !

— C'est pour éviter de telles erreurs que certaines personnes viennent chez Hornby et Smith, madame.

Amelia se renfrogna.

— Mr. Hornby, vous semblez ignorer que Mrs. Bright est une experte en antiquités gréco-romaines...

Hornby se troubla.

— Euh... Non. Oui. Excusez-moi, madame. Je l'ignorais en fait...

— Aucune importance.

Jouer les femmes cultivées avait fait partie de son personnage. Zoe s'était fait un devoir de colporter que cette mystérieuse Mrs. Bright était une brillante spécialiste de ces antiquités si furieusement à la mode.

A chaque bal, Iphiginia se taillait un franc succès. Tous venaient discuter avec elle, la décoration et la mode étant les deux sujets préférés des gens dans le ton.

Alors que Hornby s'apprêtait à présenter une nouvelle fois ses excuses, les clochettes de la porte de la boutique tintinnabulèrent et une petite femme rondelette, toute de blanc vêtue, entra d'un air affairé. Son spencer, son énorme chapeau, son réticule et son ombrelle étaient blancs eux aussi.

— Bon sang! grommela Zoe en fixant la nouvelle venue. Lady Pettigrew ressemble à un bonhomme de neige comme ça!

— Je vous jure que je n'y suis pour rien! pouffa Iphiginia.

Amelia haussa les sourcils.

— Oh, que si! C'est ce qu'ils appellent être habillé à la lady Starlight... Et cette année, la plupart des femmes sont fermement décidées à suivre cette mode.

— Oh! Mrs. Bright! s'exclama lady Pettigrew. Je pensais bien avoir vu votre tilbury dans la rue. Quelle chance! J'avais tellement envie de vous parler... Avez-vous un moment?

— Bonjour, lady Pettigrew. (Iphiginia avait déjà fait quelques affaires avec cette femme dont le mari était sur sa liste de suspects.) Permettez-moi de vous présenter mon amie, lady Guthrie, et ma cousine, Miss Farley.

— Enchantée. Je suppose que vous partagez les goûts néo-classiques de votre amie, lady Guthrie? J'adorerais qu'elle me conseille un peu plus!

— En effet. J'étais en train de lui demander comment disposer mes vases étrusques pour qu'ils soient mis en valeur, répliqua Zoe.

Lady Pettigrew devint carrément volubile.

— Mrs. Bright est une autorité en matière d'antiquités! Moi-même, je voulais la consulter pour mon temple de Vesta.

L'intérêt d'Iphiginia se trouva éveillé.

— Seriez-vous en train de vous faire construire un temple antique, lady Pettigrew?

— J'en possède un! rectifia la brave femme non sans fierté. C'est une merveilleuse vieille ruine qui se trouve dans le parc de notre demeure du Hampshire...

— De quelle époque est-il?

— Il a été construit il y a une trentaine d'années par le père de mon mari. En fait, je ne suis pas certaine qu'il soit la réplique exacte de l'original, et j'aimerais le restaurer.

Oubliant ses problèmes, Iphiginia se sentit captivée à l'idée d'examiner la ruine des Pettigrew.

— Incroyable! Figurez-vous que j'ai relevé les plans du temple de Vesta pendant mon séjour en Italie, et je serais très heureuse de les comparer aux vôtres... Je pourrais vous donner quelques suggestions pour l'améliorer.

— Superbe! Je donne une petite réception le week-end prochain. Je vous envoie une invitation... Notre propriété n'est qu'à une journée de route de Londres.

— C'est fort aimable à vous. Je me ferai une joie de venir.

Quelle parfaite opportunité, songea Iphiginia qui jubilait intérieurement : elle aurait ainsi la chance de pouvoir fouiller le bureau de lord Pettigrew afin d'y trouver le fameux sceau au phénix. Et puis elle visiterait par la même occasion la ruine de Vesta...

Les carillons de la porte d'entrée retentirent de nouveau, mais avec une telle violence qu'une des clochettes tomba à terre. Le silence se fit. Chacun se retourna.

Et Marcus fit son apparition.

Il était tête nue, les cheveux en bataille, habillé d'une culotte de cheval et d'une veste noires, et chaussé de splendides bottes au cuir patiné.

De ses yeux d'ambre, il fixa intensément Iphiginia. Puis d'une démarche souple et féline, il se fraya un chemin entre les meubles et s'approcha de la jeune femme.

Iphiginia se sentit brusquement mal à l'aise. Quelque chose chez lui avait changé, se dit-elle. Où était passé l'homme raffiné et spirituel qu'elle avait connu la veille?

Lady Pettigrew brisa l'insupportable silence qui s'était établi depuis l'entrée fracassante de Marcus dans le magasin en s'écriant avec chaleur :

— Masters ! Quel bonheur de vous revoir ! Justement, je bavardais avec votre chère amie, Mrs. Bright.

— Vraiment? répondit Marcus sans quitter Iphiginia du regard. Moi aussi, j'avais envie de bavarder un peu avec elle...

Au ton de sa voix, la jeune femme pâlit. Amelia, elle-même, plissa les yeux, intriguée.

Insensible à ce qui se passait, lady Pettigrew continua de plus belle :

— Je viens de l'inviter à une petite sauterie à la campagne, le week-end prochain. Voudriez-vous vous joindre à nous? Je sais que vous n'aimez guère les mondanités, mais...

— Non, en effet.

— Mais pour une fois, pourriez-vous faire une exception? (Lady Pettigrew fit une pause.) Je suis certaine que Mrs. Bright et vous aimeriez rester quelque temps... à l'abri des regards, n'est-ce pas?

Iphiginia mit quelques secondes à comprendre ce sous-entendu, et elle ne put s'empêcher de rougir.

Marcus daigna abaisser les yeux sur la figure rondelette de lady Pettigrew.

— Fort aimable à vous, lady Pettigrew. J'y songerai... sérieusement.

Cette dernière se mit à rayonner de bonheur.

— Comme je suis heureuse, my lord ! Je tiens tellement à ce que Mrs. Bright examine mon temple de Vesta. Elle seule est capable de m'assurer de son authenticité !

Marcus la fixa avec l'étonnement qu'il aurait eu en découvrant un objet de fouille rarissime.

— Votre temple de Vesta?

— Vous savez bien, my lord! susurra Iphiginia. L'original est à Tivoli. C'est une très jolie construction circulaire. Les vestales y gardaient le feu sacré!

— Les vestales... C'est un sujet qui ne m'a jamais passionné, laissa tomber Marcus avec froideur.

5

— Je ramène Mrs. Bright chez elle, dit Marcus alors qu'il sortait de chez Hornby et Smith avec Iphiginia, Zoe et Amelia. J'ai une ou deux choses à voir avec elle.

Zoe et Amelia échangèrent un regard avant de se tourner vers Iphiginia.

— Ne vous inquiétez pas, dit rapidement Iphiginia. Prenez donc ma voiture. Je vous verrai plus tard.

— En es-tu certaine? demanda Amelia en fixant Marcus avec une légère appréhension.

— Mais oui, Amelia.

Iphiginia avait décidé d'oublier le ton quelque peu rébarbatif du comte. De toute façon, il ne saurait être question d'entrer dans une discussion au beau milieu de Pall Mall.

— Parfait. (Zoe jeta un dernier regard incisif à Marcus avant de faire un léger signe de tête à sa nièce.) Alors Amelia, allons-y!

Marcus les regarda s'éloigner en direction du tilbury blanc et or d'Iphiginia. Ce superbe petit attelage était tiré par deux belles juments blanches, panachées de plumes d'autruche du même ton. Les harnais d'or brillaient dans le soleil, et le cocher attendait dans sa livrée blanche à brandebourgs dorés.

— C'est à vous, je suppose? dit Marcus.

— Comment avez-vous deviné?

— On le croirait sorti tout droit d'un conte de fées...

— J'ai pensé que ce serait une excellente idée. J'avais entendu raconter que le vôtre ressemblait au char de la déesse de la nuit. Je voulais sa contrepartie !

— Le char de la déesse de la nuit ? Intéressant... Et je suppose que vous êtes la Reine des neiges ?

— Je puis vous assurer que non.

— Vous m'en voyez ravi, laissa tomber Marcus en lui prenant le bras pour la conduire au-travers de la foule qui avait envahi cette artère dédiée à la mode. J'ai assez de problèmes en ce moment.

Iphiginia trébucha.

— My lord ! Si vous voulez discuter avec moi, vous allez devoir ralentir votre pas ! Je n'ai nullement l'intention de galoper ainsi derrière vous très longtemps.

Marcus grommela, mais marcha plus lentement.

— Bien, venons-en au fait, dit-il brusquement. Qui êtes-vous ? Et que manigancez-vous ?

— Je vous demande pardon ? bégaya Iphiginia aux prises avec son ombrelle. Je m'explique mal votre insolence et vos manières, my lord ! Nous nous sommes déjà expliqués sur le sujet, la nuit dernière.

— La nuit dernière, je pensais que vous aviez inventé ce petit jeu pour vous introduire dans la bonne société !

— Vous vous répétez, my lord.

— Et ce matin, il m'est apparu que vous étiez mêlée à quelque chose de bien plus sérieux qu'une simple mascarade ! Et j'entends bien savoir de quoi il s'agit...

Iphiginia essaya de rester patiente.

— Je vous l'ai déjà dit, monsieur. Je cours après un maître chanteur... Rien n'a changé ! Qu'avez-vous, ce matin ?

— Rien ! rugit-il. A vous écouter, on croirait que j'ai mes vapeurs ! Je suis simplement fou furieux !

— Oh !

Il lui jeta un regard glacial.

— C'est tout ce que vous trouvez à dire?

Iphiginia fit mine de réfléchir.

— Si ce n'est pas trop vous demander, pourriez-vous me livrer l'objet de cette mauvaise humeur?

Il hésita, se demandant jusqu'à quel point il pouvait se confier.

— Je viens juste d'apprendre qu'un de mes proches était victime de chantage...

Iphiginia en resta interloquée.

— Mon Dieu! Une autre personne que ma tante? Quelle nouvelle, my lord...

— N'est-ce pas?

— Monsieur, je ne supporte pas vos sarcasmes. J'aurais pensé que vous seriez atterré de voir que mon conte à dormir debout se révélait exact. De là à être furieux contre moi...

— Vous qui êtes si imaginative, vous devriez comprendre les raisons de ma colère!

— Pardon?

— Devinez! Allez, Mrs. Bright, devinez!

Iphiginia en resta bouche bée. Marcus était plus que sarcastique maintenant, il devenait carrément grossier. Elle essaya de se recomposer un visage, et en voyant que quelques jeunes dandies l'observaient, elle abaissa son ombrelle.

— Vous êtes ridicule, Masters! Que me reprochez-vous?

— D'être sans doute ce fameux maître chanteur...

— Par Dieu! (Iphiginia s'arrêta net. Elle libéra son bras et lui fit face.) Vous allez trop loin, monsieur! Pour qui me prenez-vous?

— Pour une petite aventurière, fort intelligente mais peu fréquentable! répliqua Marcus en baissant la voix. Hier soir, j'ai trouvé votre histoire très drôle...

— My lord, cela suffit!

— Et j'étais prêt à vous suivre. Je dois admettre que vous êtes, de loin, la plus jolie et intéressante femme que j'aie jamais rencontrée. Mais ce matin, lorsque j'ai appris la vérité, je vous ai trouvée beaucoup moins drôle, madame!

— Moins drôle? Vous vous montrez offensant, monsieur! Vous avez perdu l'esprit, et je ne resterai pas un instant de plus à écouter vos sornettes!

Iphiginia tourna les talons sous les rires des dandies amusés.

Marcus la rattrapa.

— Pas si vite! J'ai une ou deux questions à vous poser, Iphiginia.

— J'ai mieux à faire qu'à répondre à vos questions insultantes.

— Ah oui? Quoi par exemple?

— Trouver un certain maître chanteur, persifla la jeune femme. Laissez-moi, my lord ou je crie!

— Que le diable m'emporte! Nous ne sommes pas au spectacle. Cessez vos simagrées. (Marcus l'obligea à lui faire face de nouveau.) A moins, évidemment, que vous ne vouliez que cette petite scène fasse le tour de Londres?

— Que voulez-vous que cela me fasse? Tout le monde parle déjà de nous.

— Croyez-moi, cela sera pire si vous persistez à vous ridiculiser devant tout le monde. Ça, je vous le promets!

Iphiginia rougit.

— Est-ce une menace, Masters?

— En effet. Si vous ne pouvez vous conduire en femme du monde, je ne me montrerai certes pas gentilhomme. Et je vous jure que si vous cherchez à m'échapper je me saisirai de vous et vous porterai sur mon épaule jusqu'à un endroit plus tranquille pour bavarder!

— Vous plaisantez?

— Vous voulez parier? répondit-il doucement. C'était une chose que de vous porter dans mes bras lors du bal des Fenwick, c'en sera une autre que de vous trimbaler comme un vulgaire sac de charbon cet après-midi.

Iphiginia réfléchit quelques secondes. Elle était

consciente d'être le point de mire. Un groupe de personnes commençait à s'amasser. Plus d'un regard était tourné vers elle. Plus d'une oreille cherchait à saisir des bribes de leur conversation.

Les mâchoires serrées, les lèvres pincées de Marcus révélaient son état d'esprit. Il était prêt à provoquer une sérieuse querelle, ici même, devant les plus belles boutiques de Pall Mall, si la jeune femme ne cédait pas à ses désirs.

— Très bien, my lord. (Iphiginia lui adressa un de ses plus brillants sourires, tandis qu'elle plaçait sa petite main gantée sur son bras.) Si vous tenez vraiment à jouer les Caligula...

— Voilà une sage décision. Caligula est un personnage que j'apprécie.

— Je n'en doute pas. Je dois vous dire, monsieur, qu'il m'est déjà arrivé, l'an dernier à Rome, de me trouver face à un de ces personnages aux manières douteuses, et de...

— Je ne suis pas d'humeur à recevoir des leçons ! Venez, nous avons assez attiré l'attention comme cela.

— En effet, les gens nous regardent.

— Vous devriez y être habituée. Expliquez-moi ce qui m'empêcherait de conclure que vous n'êtes pas le maître chanteur ?

— Dites-moi plutôt ce qui vous fait croire cela ?

Marcus lui lança un drôle de regard.

— Vous êtes une femme intelligente, qui a eu le loisir de m'étudier, et vous avez abusé la haute société en vous faisant passer pour ma maîtresse.

— Nous avons tous nos tours d'adresse.

— Et votre adresse m'a convaincu que vous aviez toutes les qualités d'un maître chanteur.

Iphiginia fut choquée d'un tel propos.

— Et j'aurais fait chanter un de vos proches ?

— Absolument !

— Comment aurais-je pu faire ça ? (Iphiginia se rendit

compte qu'elle était furieuse et blessée, même si les conclusions auxquelles était arrivé Marcus n'étaient pas tout à fait spécieuses.) Si vous me connaissiez un peu mieux, my lord, vous ne pourriez porter de telles accusations...

— Ah! Voilà. Mais je ne vous connais pas. Alors que vous, si. Et c'est justement ce qui me trouble, madame!

— Je ne sais comment vous persuader de mon innocence, ni même comment essayer.

— Alors nous allons avoir un sérieux problème.

Marcus s'approcha d'une vitrine, et la jeune femme fit semblant de tomber en contemplation devant une paire de gants. Elle sentait les regards curieux des passants.

Dans une ville comme Londres, il n'y avait guère d'intimité possible. L'anonymat y était quasi impossible, surtout pour une femme dont le nom était lié à celui du comte de Masters.

C'était presque pire qu'à Deepford, pensa Iphiginia contrariée. Mais du moins, ici, elle n'était point en butte aux sermons du pasteur et à ceux de la belle-famille de sa sœur.

Elle avait juste à subir ceux de Marcus.

— Vous faites toute une montagne d'une affaire très simple, reprit Iphiginia avec force. Mais quelque chose me dit que vous êtes un homme compliqué.

— Soyez assurée, madame, que je ne vous quitterai pas d'une semelle tant que cette déplaisante affaire ne sera pas résolue.

— Ce qui revient à dire?

— Que tant que je ne serai pas convaincu de votre innocence, je garderai un œil sur vous! (Marcus eut un rictus.) Quelle chance que vous vous soyez fait passer pour ma maîtresse!... Cela me donne une parfaite excuse pour rester à vos côtés.

Iphiginia explosa.

— Et si je décide de tout arrêter?

— Trop tard! Vous ne pouvez cesser de jouer votre

petite mascarade. (Marcus salua d'un signe de tête une de ses connaissances.) Vous êtes trop impliquée...

— Dans ce cas, je vous préviens que j'entends continuer mes recherches. Je suis déterminée à découvrir l'identité de cet homme !

— Quelle coïncidence ! C'est exactement ce que je compte faire...

Tout en gardant le silence, Iphiginia fulminait.

— Vous êtes décidé à continuer, alors ?

— Oui.

Marcus salua une femme qui sortait du magasin.

— Mrs. Osworth...

— Masters !

Iphiginia la reconnut et lui adressa un sourire poli.

— Bonjour, Mrs. Osworth.

— Bonjour, Mrs. Bright. (Mrs. Osworth lança un rapide regard vers Marcus.) Belle journée, n'est-ce pas, my lord ?

— Absolument.

— Je suppose que vous serez tous deux chez les Lartmore, ce soir, murmura la femme.

— Peut-être, répondit Marcus d'un ton évasif.

— J'entends bien y aller, répliqua Iphiginia souriante, devant l'air de désapprobation de Marcus. J'ai entendu dire que lord Lartmore possédait une fabuleuse collection de statues.

— En effet, répondit Mrs. Osworth. Mon mari m'en a parlé, mais je ne l'ai pas vue. Je ne porte guère d'intérêt à l'art statuaire, vous savez ! Oh ! Mon Dieu... Je dois vous quitter... Un rendez-vous. Je dois recevoir une employée de l'agence Wycherley. Je cherche une nouvelle dame de compagnie.

— Je l'ignorais.

— La dernière s'est sauvée avec un garçon d'assez basse extraction... Pouvez-vous concevoir ça ? Après tout ce que j'avais fait pour elle ! Ces filles n'ont aucune gratitude... Cette fois, je prendrai quelqu'un de plus âgé. A ce soir, ma chère !

— Au revoir, Mrs. Osworth.

Marcus garda le silence jusqu'à ce que cette dernière soit hors de portée de voix.

— Pourquoi vouloir aller chez les Lartmore? Cela sera mortel!

— J'ai deux bonnes raisons. La première est que je meurs d'envie de voir sa collection.

— Il ne la montre qu'à ses proches, et à certains connaisseurs.

— J'espère que j'en ferai partie.

— Cela ne vous intéressera pas. Juste quelques pâles copies, pour la plupart.

Iphiginia en oublia sa rancœur.

— Vous l'avez vue?

— Oui, et vous devriez me croire. Il n'y a rien de passionnant chez Lartmore.

— Quel dommage! J'avais tellement envie de voir cette collection.

— Économisez votre temps. Et la seconde raison?

— Poursuivre mes recherches, bien sûr. Son nom figure sur ma liste. Vous avez dû jouer avec lui la veille de votre départ pour le Yorkshire, je me trompe?

Marcus la regarda d'un air songeur.

— Vous avez vraiment fouillé dans mon passé, n'est-ce pas?

— Je vous ai déjà dit que j'avais étudié vos moindres habitudes.

— Lartmore n'est pas un maître chanteur.

— Comment le savez-vous?

— Il est extrêmement riche. Il n'a nul besoin de faire chanter quiconque.

— Peut-être a-t-il subi quelques revers de fortune récemment?

— Peu probable. De toute façon, j'entends dîner à mon club, ce soir. Puis je ferai une petite partie de cartes. Je verrai s'il court certaines rumeurs de banqueroute sur Lartmore.

Iphiginia se mordit les lèvres.

— J'aimerais beaucoup être à votre place et pouvoir surprendre ainsi certains secrets.

— N'y songez pas. C'est impossible et vous le savez bien. Je vous rejoindrai au bal des Richardson, vers onze heures. Je vous ferai mon rapport.

— Essayez-vous de me dissuader d'aller chez Lartmore ?

— Mrs. Bright, que cela soit bien clair entre nous : je vous défends de vous rendre à leur bal.

— Hum... Puis-je vous poser une question, my lord ?

— Oui ?

— Pouvez-vous me dire pourquoi on fait chanter votre amie ?

— Non, laissa tomber sèchement Marcus. Vous n'espérez tout de même pas que je divulgue une telle chose ?

— Non. Bien sûr. Simplement, si j'avais su son secret, j'aurais pu le comparer avec celui de ma tante et y trouver quelque similitude.

Marcus plissa les yeux, intrigué.

— Je n'ose espérer que vous me disiez pourquoi l'on fait chanter madame votre tante ?

— Non. En effet.

— Donc je suis en droit de me demander si on la fait bien chanter ?

Iphiginia lui sourit.

— Vous n'espérez pas que je vous fasse confiance, alors que vous-même ne m'en accordez aucune ?

— Nous allons avoir du mal à travailler de concert.

— Certes, fit Iphiginia. Votre peu de foi n'arrange en rien nos rapports.

Marcus sourit à son tour.

— Il est clair que si nous arrivions à détruire ce mur de suspicion qui existe entre nous, Mrs. Bright, nous deviendrions beaucoup plus proches...

— Qu'entendez-vous par là, monsieur ?

— Nous pourrions commencer par ce qu'il est advenu de Mr. Bright, par exemple ?

— Pardon?

Marcus leva un sourcil.

— Je parlais de votre défunt mari.

— Oh! Lui...

— Il est évident que vous ne souffrez plus de sa mort.

— Il ne l'aurait pas voulu. (Iphiginia déglutit non sans peine. Cet homme était un adversaire de taille. Elle ferait bien de ne pas l'oublier.) Mon mari pensait que les choses tristes devaient être laissées de côté. Après un laps de temps raisonnable, bien sûr.

— Bien sûr! Et quel est ce laps de temps raisonnable pour vous?

— Un certain temps, tout dépend des circonstances. Mr. Bright était bien plus âgé que moi... murmura Iphiginia.

— Je vois.

— Il a eu une vie très agréable, très remplie.

— Surtout après vous avoir épousée, je suppose?

Iphiginia lui lança un regard furieux.

— Il est inutile de poursuivre cette conversation, monsieur. Trop de souvenirs pénibles...

— Je comprends.

— Je croyais que vous aviez une règle là-dessus, non? Ne jamais évoquer le passé?

— Absolument.

— Personnellement, je ne suis guère friande de ces règles, mais j'adopterais bien celle-ci.

A ce moment-là, la jeune femme vit une enseigne au coin d'une petite rue qui coupait Pall Mall.

— Regardez! C'est le musée du docteur Hardstaff. Mr. Hoyt m'en a parlé l'autre soir.

— Je ne vois pas pourquoi.

— Lord Thornton aurait pris un de ses remèdes, expliqua la jeune femme en étudiant la plaque.

LE MUSÉE DE LA DÉESSE DE LA VIGUEUR MASCULINE.
APPRENEZ LES AUTHENTIQUES SECRETS,

LES PLUS INCROYABLES POUVOIRS,
DE CETTE DÉESSE ANTIQUE !

Marcus regarda à son tour.

— Iphiginia ! Il est hors de question que vous vous intéressiez à ce docteur Hardstaff.

— Mais tout ce qui touche l'antiquité m'intéresse...

La jeune femme tenta de relire une dernière fois l'inscription, mais Marcus l'entraînait déjà.

— J'ignorais qu'une déesse puisse être si spécialisée...

— Oh ! Madame ! Moi qui pensais que vous aviez réponse à tout...

Peu après dix heures, ce même soir, Marcus quittait la salle de jeu de son club favori. Il était d'humeur maussade, bien qu'il eût gagné, comme souvent quand il jouait au whist.

Il ne tirait aucune satisfaction de cette victoire. Gagner sur des adversaires pris de boisson, tout juste capables de tenir leurs cartes en main, n'était pas quelque chose d'héroïque en soi.

Non, la nervosité qui s'était emparée de lui n'avait rien à voir avec sa partie de whist. Il était dans cet état depuis sa rencontre avec Hannah, dans le parc, et cela s'était intensifié après sa conversation avec Iphiginia.

En toute logique, il ne pouvait lui faire confiance. Mais son désir d'elle grandissait, faisant fi de la raison et du sens commun.

Il la voulait plus que tout.

Marcus jeta un coup d'œil sur la grande pendule et vit qu'il était presque temps d'aller rejoindre la jeune femme chez les Richardson. Il se demanda ce qu'elle avait bien pu faire durant cette soirée. Avait-elle continué ses recherches, ou avait-elle trouvé matière à d'autres chantages ?

On ne pouvait que plaindre ce pauvre Mr. Bright, songea Marcus. L'homme qui épousait Iphiginia ne pouvait que mourir prématurément.

— Je savais que je vous trouverais ici, Masters !

Marcus se retourna et étouffa un juron en voyant arriver le mari d'Hannah, Edward, lord Sands.

Marcus avait souvent pensé qu'en d'autres circonstances il aurait très bien pu s'entendre avec Sands. Il ressentait une véritable affection pour lui. Tout chez Sands respirait l'intégrité. C'était un homme qu'on aurait aimé avoir à ses côtés, en pleine bataille. Un homme avec qui on pouvait traiter.

Mais Marcus savait qu'il n'y aurait jamais de lien de cette sorte entre eux tant qu'Hannah et lui garderaient leur histoire secrète.

— Bonsoir, Sands, répondit Marcus avec politesse. Qu'est-ce qui vous amène ici ? Ce club ne vous est guère familier.

— Je vous cherchais.

Sands avait un visage bien dessiné. Marcus se dit qu'il n'était en fait pas surpris de le voir là. Néanmoins, il aurait préféré éviter cette confrontation.

— Que puis-je pour vous ?

Sands faisait claquer ses gants, en un geste nerveux.

— Rester loin d'Hannah, bon sang ! Je sais que vous l'avez rencontrée dans le parc, ce matin. Je ne le supporterai plus !

— Hannah est une vieille amie, répondit gentiment Marcus. Et vous ne l'ignorez pas.

— Écoutez-moi, Masters. Très attentivement. Ce qui a pu se passer entre vous, avant que je ne rencontre Hannah, reste votre affaire. Mais par Dieu, elle m'a choisi... Elle est ma femme et je ne vous laisserai pas jouer votre petit jeu avec elle ! Vous m'avez bien compris ?

— Si vous me connaissiez ne serait-ce qu'un peu, Sands, vous sauriez qu'une de mes règles sacro-saintes est de ne jamais toucher à une vierge, ou à la femme d'un autre. Et je ne déroge jamais à mes règles.

— En effet, j'ai entendu parler de ces satanées règles,

répliqua sèchement Sands. On dit que vous ne chassez que les veuves joyeuses... mais que vous auriez fait exception pour Hannah!

— Vous avez mieux à faire qu'écouter les ragots.

— Si j'entends encore dire que vous avez rencontré ma femme, je vous jure que je vous poursuivrai en duel! Et je ne plaisante pas, Masters.

— Je vous crois, dit Marcus calmement.

— Je sais que vous avez laissé un de vos adversaires à moitié mort, mais cela n'est pas pour m'effrayer.

— Il ne saurait être question de duel, à l'aube, dans un champ quelconque...

— Alors restez éloigné d'Hannah!

— Est-ce elle qui vous a parlé de notre rencontre?

— Non. C'est un ami d'ami qui vous a vus ensemble.

— Je vous jure sur mon honneur que je n'ai aucune visée sur votre femme. Puisque vous prêtez attention aux rumeurs, vous devriez savoir que je passe actuellement la majeure partie de mon temps avec une charmante veuve, du nom de Bright.

— J'ai entendu parler de votre soi-disant lady Starlight! Elle semble faite pour vous... Si vous êtes un homme prudent, vous garderez vos attentions pour elle.

— Telle était mon intention. (Marcus jeta de nouveau un coup d'œil à la pendule.) Je vous prierai de bien vouloir m'excuser, mais je dois aller la chercher. Nous avions prévu de nous retrouver au bal des Richardson. Bonsoir, Sands.

Marcus inclina gracieusement sa tête et sortit.

Iphiginia Bright avait l'art de lui compliquer la vie, songeait-il alors qu'il montait dans sa voiture. En effet, il ne manquait plus, dans cette extravagante histoire, qu'un mari jaloux!

Une demi-heure plus tard, Marcus redescendait les marches du perron des Richardson. Il en avait plus qu'assez de cette Iphiginia... En un mot comme en cent, il était furieux.

Il ne lui était pas venu à l'esprit qu'elle puisse ignorer ses instructions et ne pas se rendre à leur rendez-vous. Marcus n'était pas habitué à ce que ses ordres ne soient pas exécutés.

Mais il y avait pire...

Il avait l'étrange et troublante intuition qu'elle avait été chez les Lartmore.

Au moment de monter en voiture, il hésita. Les rues de la capitale étaient encombrées par toutes sortes de véhicules. A minuit, en pleine Saison de surcroît, le tout-Londres se bousculait d'une soirée à l'autre. Cela prendrait bien une quarantaine de minutes à son cocher pour se frayer un chemin jusqu'à l'hôtel particulier des Lartmore.

— J'irai à pied, lança-t-il à Dinks. Rejoignez-moi là-bas!

— Oui, m' lord, marmonna Dinks de son siège. Prenez soin d' vous, les rues sont mal famées à c't heure.

— Je serai prudent.

Une foule grouillante avait envahi les trottoirs des artères principales récemment éclairées par de superbes lampadaires à gaz.

Il dépassa des bandes de jeunes gens à moitié ivres, en route pour l'enfer du jeu de St. James, des groupes de bellâtres se rendant au théâtre, quelques jeunes hommes qui semblaient rongés par l'ennui à l'instar de Byron, leur idole, et cherchant l'aventure. Marcus se prit à espérer sincèrement que Bennet n'en fasse pas partie.

Çà et là, des prostituées sollicitaient le passant. Un drôle de type, drapé dans une cape sombre, le dévisagea un instant, puis passa son chemin.

Au bout d'un quart d'heure à peine, Marcus arriva à bon port. Le valet pied de service le salua, sans même lui demander son invitation. Marcus monta aussitôt à la corbeille d'où il pouvait surveiller la foule des danseurs.

Les deux mains posées sur la rampe, il admira la salle de bal brillamment éclairée et chercha en vain une jolie silhouette, toute de blanc vêtue.

— Je pense que vous la trouverez dans le cabinet de curiosités, Masters. Lartmore l'a invitée à... admirer ses chefs-d'œuvre, ironisa Herbert Hoyt. Je ne me ferais pas trop de soucis si j'étais vous, elle m'a assuré qu'elle l'avait bien en main !

Marcus se retourna pour dévisager le nouvel arrivant. Il le connaissait peu mais savait qu'il était sans malice.

— Comment savez-vous tout cela ?

Herbert s'adossa à la rampe de fer forgé, au mépris de son superbe habit de soie. Il but une gorgée de champagne avant de répondre :

— Parce que j'étais avec elle lorsqu'elle a demandé à Lartmore la permission d'admirer ses collections.

— Je vois.

— J'ai essayé de lui ôter cette idée de la tête, mais elle sait se montrer obstinée. Malgré mon peu d'expérience, je sais que rien ne peut arrêter Mrs. Bright quand elle a décidé de faire quelque chose !

— J'en ai peur, laissa tomber Marcus en le contournant.

— Toutes mes félicitations, monsieur ! Mrs. Bright est quelqu'un d'absolument extraordinaire... J'ai toujours été fasciné par les femmes qui se cachent derrière un personnage pour masquer leur véritable identité.

Marcus s'arrêta net et se retourna.

— Par tous les diables ! Qu'essayez-vous de me dire, Hoyt ?

Herbert leva la main en signe d'apaisement et se dépêcha d'avaler sa gorgée de champagne.

— Pardonnez-moi. Je ne voulais pas vous offenser, je vous assure ! C'est ce halo de mystère dont elle s'entoure, voyez-vous ! Cela lui donne quelque chose d'unique en son genre.

— Mrs. Bright peut paraître mystérieuse à certains, dit Marcus en détachant bien ses mots ; mais pour moi, elle est limpide comme de l'eau de roche. Nous nous comprenons fort bien.

— Certes... (Hoyt semblait perplexe.) Donc, vous étiez au courant de son intérêt pour la collection de Lartmore... J'avoue que moi, cela m'a surpris.

Que Hoyt fût sans saveur, inodore ou Dieu sait quoi d'autre, n'empêcha pas Marcus d'avoir envie de le balancer par-dessus la rampe. Il dut se convaincre que ce serait un exercice dont il pouvait se passer. Après tout, ce garçon exprimait tout haut ce que tout le monde pensait tout bas.

Sans un mot, Marcus tourna les talons. Il savait où trouver Iphiginia. Les statues érotiques de Lartmore n'étaient un secret pour personne, surtout pas pour les mondains londoniens.

6

— Celle-ci représente l'Extase. Vous remarquerez ses merveilleuses formes, très chère Mrs. Bright... (Lord Lartmore caressa la voluptueuse poitrine, s'attardant un instant sur un téton, avant de reprendre.) Quel dommage que nos artistes contemporains ne travaillent plus ainsi !

Iphiginia déglutit avec difficulté, luttant contre le choc engendré par cette vision. Bien qu'elle fût très au courant de l'art statuaire antique, elle n'avait jamais rien connu qui puisse se comparer avec la collection Lartmore.

Ce n'était pas le fait que cette statue — que son hôte s'obstinait à caresser lascivement — soit nue qui la choquait. Dieu sait qu'elle en avait vu des dizaines d'autres... Non, c'était plutôt sa pose érotique qui la troublait.

La femme de pierre se tenait assise à califourchon sur un homme, rejetée en arrière, la tête renversée, les yeux clos, les lèvres entrouvertes, en une expression de totale extase. Le visage de son amant semblait refléter le même tourment, tandis qu'il soulevait ses hanches à la rencontre de sa compagne.

— Très curieux, en effet, murmura Iphiginia en espérant que le faible éclairage masquerait sa rougeur.

— Et si provocant, n'est-ce pas ? (Lartmore désigna d'un geste de la main la salle entière. Ses yeux brillaient.) Ma collection n'est constituée que d'objets insolites et introuvables... Une telle sensibilité se dégage de ces œuvres!

Iphiginia se retint de lui expliquer que l'art antique n'avait rien à voir avec ça. Elle tenta plutôt d'examiner d'un œil objectif les œuvres les plus proches d'elle.

Ce ne fut pas tâche facile. La lueur vacillante des chandelles révélait un fatras de statues de pierre ou de marbre qui apparemment n'avaient qu'une chose en commun : l'érotisme de leurs poses.

Une d'elles se tenait à quatre pattes, son amant soudé à elle.

— Celle-ci se nomme Inextricable Passion, chuchota Lartmore. C'est ma favorite...

— Je vois... répondit Iphiginia qui ne trouva rien d'autre à dire.

— Là-bas, vous voyez Délices.

Iphiginia dut jeter un coup d'œil à cette femme posant sur un rocher, un homme la tête entre ses cuisses écartées.

— Hum. Hum...

— J'ai surnommé cette autre : Élixir de Vie, dit doucement Lartmore en lui souriant.

Iphiginia ne put s'empêcher de froncer les sourcils en découvrant ce que le nu tenait entre les mains.

— Dieu! souffla-t-elle.

— Et ce sont là de nouvelles acquisitions, expliqua son hôte en l'emmenant vers le fond de la salle. J'adorerais avoir votre opinion, Mrs. Bright. Tout le monde sait que vous êtes une experte en la matière!

En s'approchant, Iphiginia put se rendre compte que celles-ci semblaient plus chastes, et elle en fut soulagée. Elle observait un jeune couple sagement assis sur un tronc d'arbre, lorsqu'elle vit que la main de l'homme était glissée sous la jupe de sa compagne.

— Et ça? demanda-t-elle, un tantinet gênée.

— Toute cette série s'intitule le Viol d'une Jeune Vierge... Notez que chaque statue représente l'évolution de leur intimité, jusqu'au rapt final. Amusant, non?

Iphiginia lui jeta un regard incisif. Lartmore arborait une expression sournoise, et quelques gouttes de sueur perlaient sur son crâne à demi chauve. Il se rapprocha jusqu'à ce que son corps, d'une maigreur cadavérique, touchât celui d'Iphiginia.

Il était temps de retourner dans la salle de bal, et bien qu'il lui en coûtât de l'admettre, Marcus avait eu raison. Quelle erreur d'être venue là ! Il allait falloir trouver une autre façon de pénétrer dans la bibliothèque de son hôte.

Iphiginia s'éclaircit la gorge.

— Puisque vous m'avez demandé mon opinion sur votre collection, monsieur, je me vois dans l'obligation de vous dire que ces statues ne sont que de pâles imitations d'antiques...

— Mais, ma chère Mrs. Bright, comment pouvez-vous?

Lartmore semblait terriblement blessé.

— Pour être franche, leur style n'est pas dans la manière des Grecs ou des Romains, et encore moins des Étrusques.

— Vous devez faire erreur!

— Hélas, non. J'ai pu examiner des centaines de pièces de collection, et aucune des vôtres ne peut prétendre leur ressembler.

Lartmore, en un geste quasi théâtral, posa la main sur son cœur, et déclama :

— Je suis atterré!

Et il en profita pour serrer de plus prêt encore la jeune femme.

— Je suppose que ces œuvres ne vous ont pas coûté trop cher, reprit-elle en s'esquivant. Sinon, vous vous êtes fait rouler.

— Madame, permettez-moi de vous montrer le reste...

— Malheureusement, je ne puis rester plus longtemps.

Iphiginia se mit hors de portée de ses mains.

— Mais j'insiste! fit Lartmore en tentant de l'attraper.

Iphiginia ramassa ses jupes et s'élança.

Elle contourna l'homme assis aux pieds de sa maîtresse,

bondit vers le couple étrangement soudé, pour se précipiter vers une figure qui lui sembla familière tout à coup.

Une figure qui, bien que n'étant pas de pierre, n'en était pas moins réfrigérante.

— Marcus ! (Spontanément, elle lui sourit et s'empara de son bras.) Comme je suis heureuse de vous voir, my lord !

— Je vous cherchais, madame, dit Marcus sans lui accorder un regard et fixant Lartmore. Je croyais que vous deviez m'attendre chez les Richardson...

— Oui. En effet... J'avais l'intention de m'y rendre dès que j'en aurais eu fini ici. (Iphiginia tapota ses cheveux pour s'assurer que les roses piquées dans sa chevelure étaient toujours en place.) Lord Lartmore m'ayant gentiment proposé de visiter son cabinet de curiosités, je me suis trouvée retardée...

— Je vois. Fort ennuyeux...

Iphiginia perçut le mécontentement dans la voix de Marcus et se hâta de détourner la conversation vers un sujet moins dangereux.

— Bien... Puisque vous êtes ici et que je suis prête, je ne vois pas ce qui nous empêcherait de prendre congé.

— Dans un petit moment. Il y a deux ou trois choses que j'aimerais clarifier d'abord.

Lartmore ressentit le besoin de se défendre.

— Masters, je vous assure qu'il n'y avait rien d'offensant à faire cette petite visite. Je voulais simplement avoir l'avis d'une professionnelle. Rien d'autre.

— Rien d'autre ?

— Vraiment ! (Lartmore parut soudain encore plus pâle que d'habitude. Il passa un doigt dans sa cravate comme s'il manquait d'air.) Nous venions de terminer. J'allais reconduire Mrs. Bright dans la salle de bal.

— Vous n'aurez plus l'occasion de recommencer ! lança Marcus.

— Non. Certes non ! protesta Lartmore désespéré.

— J'ai donné à lord Lartmore mon opinion sur ces œuvres, intervint sèchement Iphiginia. Je crains malheureusement qu'elles ne soient de piètre qualité... et qu'elles ne manquent totalement d'originalité.

— Étonnant, n'est-ce pas? répondit doucement Marcus, je croyais vous avoir déjà dit tout ceci, non?

— En effet, my lord! Mais j'aime me rendre compte par moi-même.

— Peut-être serait-il préférable que vous appreniez à écouter certains avis, quand on vous les donne gracieusement...

Iphiginia cilla, mais décida de ne pas envenimer la situation. Ce n'était sans doute pas le moment de lui expliquer qu'elle n'écoutait que rarement les conseils. Son enfance à Deepford lui avait suffi.

— Si vous voulez bien m'excuser, murmura Lartmore en contournant une statue pour se diriger vers la porte. Je dois retourner à mes invités.

Iphiginia attendit que leur hôte soit sorti pour affronter Marcus.

— Je n'ai pas le souvenir que vous m'ayez offert votre conseil, je trouvais plutôt qu'il ressemblait fort à une injonction. Certains diraient même que vos soi-disant conseils ne sont que des ordres à peine déguisés...

Marcus fit un pas en avant.

— N'était-ce pas votre idée de vous faire passer pour ma maîtresse?

— Oui. Certes... C'était bien ainsi que je l'entendais. Cependant... dit Iphiginia en reculant.

— Laissez-moi vous dire une chose : tant que vous paraderez en ville en jouant ce rôle, vous devrez le jouer jusqu'au bout!

Alarmée par le ton doucereux de sa voix, Iphiginia fit encore un pas en arrière.

— Écoutez, ce n'est qu'un jeu! Je ne suis votre maîtresse que de nom.

— Si vous tenez à continuer, vous devrez suivre mes conseils à la lettre!

Elle releva le menton avec défi.

— Vous voulez sans doute dire vos ordres...

— Mes ordres, en effet.

Iphiginia était tout contre une statue, maintenant.

— Je n'ai guère l'habitude d'obéir aux hommes, monsieur.

— C'est clair! Feu Mr. Bright vous laissait la bride sur le cou... Mais moi, je ne supporterai pas que vous me tourniez en ridicule.

Une vague de culpabilité envahit soudain Iphiginia.

— My lord, il ne saurait être question de vous mettre dans l'embarras! Il n'était pas dans mon intention de vous humilier.

— En effet, puisque vous me croyiez mort! ricana-t-il.

— Oui... Cependant...

— Hier soir, j'ai trouvé votre histoire assez amusante. Ce soir, vous avez dépassé les bornes et je ne trouve plus cela drôle du tout.

Toute culpabilité envolée, Iphiginia pâlit sous la colère.

— Il n'y a rien de drôle dans tout ceci!

Marcus, l'air menaçant, s'approcha.

— Tant que ce mystère ne sera pas éludé, vous vous conformerez à votre personnage.

— Pardon? (Iphiginia était bel et bien prisonnière entre deux statues.) Monsieur, je jouerai mon rôle comme je l'entends.

— Non, madame. (Marcus posa ses mains sur les statues, la faisant ainsi prisonnière.) Je suis le metteur en scène, et si je n'existais pas, votre personnage n'aurait pas de raison d'être, n'est-ce pas?

— Évidemment. C'est un argument.

— C'est mon argument. C'est moi qui écris l'histoire et qui vous dirige.

Et sur ces mots, Marcus se pencha pour l'embrasser.

Comme la nuit précédente, une vague de désir l'envahit, l'embrasa, au contact de ce corps qui la plaquait contre le marbre.

Cela faisait-il aussi partie du rôle? Pourtant tout lui paraissait si réel. Elle frissonna et lui passa les bras autour du cou. Ainsi, chaque parcelle de leurs corps se pressait l'une contre l'autre. Marcus lui semblait si fort, si bon, si puissant.

Elle se consumait en mille étincelles.

Iphiginia se rendit compte qu'elle avait, toute sa vie, cherché ce genre de sensation.

Marcus cessa enfin de l'embrasser. Il avait les yeux brillants de désir.

— Vous allez me rendre fou!

Il lui caressa les cheveux, puis la saisissant par la nuque, se pencha sur la naissance de son cou.

Iphiginia frémit sous le délicieux assaut. Brusquement, l'envie de le toucher, de le sentir, se fit le plus impérieuse. Elle aimait le goût de sa peau, son odeur, la puissance de ses larges mains.

— Marcus!

— Je vous ai dit hier soir que j'avais besoin d'une femme dans ma vie.

Il lui caressait les hanches, soulevait ses jupes. Iphiginia en fut désorientée.

— Je ne peux...

— Chut! fit-il en posant ses lèvres sur les siennes pour la faire taire.

D'un doigt, Marcus suivit la ligne du bas, du porte-jarretelles, effleurant la peau nue.

— Supportez-vous mes caresses, madame? Ne craignez-vous point mes mains rugueuses?

— Non, murmura-t-elle. J'aime cela au contraire. Elles sont si... si... Les mots lui manquaient.

— Oui?

— Si excitantes, souffla-t-elle, le visage contre son épaule.

Il parut se détendre.

— J'en suis heureux.

Il lui mordillait l'oreille, et la jeune femme avait du mal à respirer, tant elle était en proie à d'étranges sensations. Elle se souvint que Marcus imaginait qu'elle était une veuve expérimentée et non point une vierge effarouchée. Elle ne devait point lui laisser voir son trouble.

— Monsieur, je crains que cela ne soit ni l'endroit ni l'heure pour faire ce genre de chose ! Quelqu'un pourrait venir.

Pourtant la jeune femme désirait de toutes ses forces, qu'il continuât, seulement d'une façon moins précipitée.

— Ne craignez rien, nous sommes seuls. Personne ne nous dérangera...

Tout en parlant, Marcus se frayait un chemin vers sa plus profonde intimité.

— My lord !

Marcus continua ses effleurements et Iphiginia dut rassembler tout sa volonté pour ne pas défaillir.

Elle était une jeune veuve pleine d'expérience, une jeune femme avertie...

— Fichtre ! siffla Marcus entre ses dents. Êtes-vous toujours aussi ardente ?

La jeune femme ne sut que répondre et préféra presser son visage contre l'épaule de Marcus.

— Non ? Feu Mr. Bright ne vous faisait plus aucun effet ?

Gardant le silence, Iphiginia se contenta de secouer la tête.

— Et vos précédents amants ? Leur offriez-vous ces chatteries ?

Iphiginia, de plus en plus troublée par ces attouchements, serrait avec force les revers de l'habit de Marcus.

— Iphiginia ?

— Non ! cria-t-elle. Non, my lord...

— Ont-ils été nombreux ? continua-t-il doucement.

— Nombreux? bafouilla la jeune femme en proie au plus délicieux des tourments.

— Oui. Depuis la mort de votre mari?

— Non... Non! protesta-t-elle devant une nouvelle vague de plaisir.

— Hum...

— Par Dieu! souffla-t-elle, à bout de force.

Pour la première fois de sa vie, elle connaissait ce que le mot sensualité voulait dire. Elle qui, paraît-il, tenait ça de famille. A Deepford, beaucoup de personnes l'avaient mise en garde contre cette tare génétique. Mais avant de connaître Marcus, elle n'avait su si cela s'avérerait.

— Je suis heureux d'apprendre que vous n'avez pas eu pléthore d'amants depuis votre veuvage, chuchota Marcus en lui mordillant l'oreille. Je déteste les vierges, et je n'ai guère de plaisir à fréquenter les femmes frivoles.

— J'ai été très prudente.

— Quelque chose me dit que votre mari ne devait pas être trop exigeant...

— Euh! Non. Non, il n'était pas... très prévenant!

Dieu sait ce que cela signifiait!

— Quel dommage. (Marcus continuait de lui prodiguer ses caresses.) Je peux vous assurer que je serai différent.

Iphiginia ne put retenir un petit cri, brusquement submergée par le plaisir. Tout son corps se tendit.

— Fichtre! s'exclama Marcus, non sans fierté. Voilà à quoi ressemble une pluie d'étoiles!

Il commença de déboutonner ses culottes de soie, sans qu'Iphiginia se rendît compte de ce qu'il faisait.

— J'en suis tout étourdie... balbutia-t-elle, égarée.

— Cela sera encore plus agréable dans un moment.

— Pardon?

Iphiginia ne savait plus que dire. Des voix se firent alors entendre de l'autre côté de la porte. Puis un rire de femme. Ils avaient l'air soûls.

— Enfer et damnation! pesta Marcus en reboutonnant ses culottes.

— Qu'est-ce que c'est?

— Je crains que nous ne soyons plus seuls, chuchota Marcus en lui arrangeant ses robes.

— Où? Ici?

— Oui. Tout va bien? demanda-t-il d'un air inquiet.

— Oui, répondit Iphiginia qui, toute pleine de langueur, était totalement indifférente à ce qui se passait autour d'eux.

Brusquement, elle revint à elle, en se souvenant de la raison de sa visite à lord Lartmore. Elle jeta un coup d'œil hésitant vers le fond de la salle.

— Nul besoin de vous cacher, murmura Marcus, rieur. Vous êtes parfaite. (Il passa un doigt sur une de ses épaules nues et sourit.) Personne ne pourrait croire que vous avez failli imiter une de ces statues...

— J'avais une tout autre raison de venir ici! protesta Iphiginia.

Le visage de Marcus s'assombrit.

— Vraiment?

— Je ne pouvais rater cette occasion. Sans doute n'en aurai-je point d'autre... Venez monsieur. Par ici!

Des rires égrillards retentirent à nouveau. Le couple s'extasiait sur le premier groupe de statues.

— Qu'êtes-vous encore en train de manigancer?

— Il y a une autre porte au fond de la salle qui donne directement dans la bibliothèque.

— Par Dieu! Vous n'entendez pas... (Brusquement, Marcus comprit.) Oh non! Il n'en est pas question! Je vous interdis de poursuivre votre stupide plan ce soir!

— Il se peut que cela soit ma dernière chance.

— Iphiginia! Cela ne rime à rien. Allons-nous-en, et trouvons-nous un endroit agréable pour terminer ce que nous avions commencé...

La jeune femme rougit et le regarda avec stupeur.

— Nous n'avions pas terminé?

Marcus se mordit les lèvres.

— Ne vous moquez pas, madame ! J'en ai assez de regret.

— Mais non ! Allons, venez...

Iphiginia lui prit le bras pour le conduire dans cette semi-obscurité.

— Est-ce vraiment une bonne idée ?

— Ne soyez pas idiot. (Elle atteignit la porte au moment où le couple éméché s'esclaffait devant une autre œuvre.) Voilà, nous y sommes.

La bibliothèque de Lartmore était petite et ressemblait plus à un bureau. L'obscurité y était totale. Seul un rayon de lune tombait sur une petite table où était posé un chandelier.

Derrière eux résonna la voix gutturale de l'ivrogne.

— J'ai dit, exactement comme cette statue. Par Dieu ! Exactement dans la même position !

— Damnation ! Toute retraite est coupée.

Il n'avait plus qu'une chose à faire, pousser Iphiginia dans la pièce et fermer la porte.

— Marcus, tout va bien. Ils ignorent notre présence.

Il lui fit face.

— Fort bien, madame. Nous y sommes. Que comptez-vous faire ?

— Simplement jeter un coup d'œil sur le bureau de Lartmore.

Iphiginia alluma la bougie et la tint haut levée.

Le visage de son compagnon exprimait la plus complète désapprobation.

— Cherchez-vous quelque cire noire, quelque cachet au phénix, ou plutôt quelque objet précieux à dérober ?

De stupeur, Iphiginia resta bouche bée.

— Vous me tenez en piètre estime, n'est-ce pas ?

— Admettez que la situation est pour le moins étrange.

— Et bien sûr, vous en déduisez le pire.

— Étant donné la nature de notre association, il me semble que j'ai le droit de m'inquiéter.

— Vous voulez bien me faire l'amour, mais point me faire confiance !

— Iphiginia !

— Laissez tomber, my lord ! (Iphiginia pointa le menton avec arrogance.) Je suis à même de comprendre. Rassurez-vous, je ne suis pas ici pour l'argenterie, mais pour mener mes recherches.

— Je vous ai déjà dit que Lartmore ne pouvait être un maître chanteur.

— Certes. C'est votre opinion et j'ai la mienne.

Iphiginia, qui fouillait le bureau, venait de mettre la main sur un sceau.

— Je vois, fit Marcus d'un ton laconique, les bras croisés sur la poitrine, en la regardant examiner le sceau et des débris de cire rouge. Ignorez-vous toujours les conseils que l'on vous donne ?

— J'ai dû les écouter et m'y plier pendant des années, my lord. Maintenant, je suis une femme libre.

— Hum !

— Absolument. Zut ! Pas de phénix, cette gravure représente une sorte de fleur.

— Qu'espériez-vous trouver ? Seul un imbécile utiliserait sa propre marque sur une lettre de chantage ! Les gens le reconnaîtraient aussitôt...

Marcus venait de marquer un point, songea la jeune femme, furieuse de n'y avoir pas pensé elle-même. Mais il était trop arrogant pour qu'elle le félicite.

— Il est évident que cet homme possède deux sceaux, railla-t-elle aussitôt. Et deux sortes de cire.

— Et ?

— J'essaye de les trouver. Ou du moins ses creusets...

Marcus leva le sourcil.

— Les creusets ?

— Un creuset par couleur de cire !

Mais Iphiginia ne voyait rien de semblable sur le bureau.

— Alors ? s'enquit sèchement Marcus.

— Rien. Je dois l'admettre. Vous n'avez aucun autre indice à part ce sceau et cette cire?

— Non. Hélas, fit-elle d'un air dégoûté. Et si, par hasard, je disposais d'autres renseignements, je ne suis pas sûre de vouloir les partager avec vous, alors que vous ne m'accordez pas votre confiance.

— Il est évident que notre association tourne mal, madame.

— Je ne trouve pas.

— Ah! Vraiment?

— Bien sûr. Nous sommes au contraire liés par un mutuel intérêt. Nous voulons tous deux connaître l'identité de ce maître chanteur, bien que pour votre part vous soyez tenté d'imaginer que ce soit moi...

— Et il y a autre chose entre nous, murmura-t-il.

Elle lui jeta un curieux regard tout en fouillant un des tiroirs.

— Oui. Quoi?

— Une passion certaine, pure, honnête... Auriez-vous déjà oublié l'intermède du cabinet de curiosités?

Iphiginia s'empourpra.

— Je n'ai rien oublié. C'était... fort intéressant.

— Merci, répondit-il moqueur.

— Cependant, je pense qu'il serait préférable, à l'avenir, d'éviter ce genre d'expérience.

Les yeux de Marcus se mirent à pétiller dans l'obscurité.

— Et qu'est-ce qui vous fait croire que vous pourrez éviter cela?

— Vous découvrirez, my lord, que je suis une femme déterminée. Je fais toujours ce que je dis. (Elle moucha la chandelle.) Venez, allons-nous-en. Il n'y a rien ici.

— Je ne suis pas d'accord, dit Marcus d'une voix anormalement douce en lui prenant le bras. Ma curiosité est bel et bien éveillée maintenant, et tout comme vous, je fais toujours ce que je me suis promis de faire!

7

Deux jours plus tard, Iphiginia, assise à son bureau, étudiait les plans qu'elle avait dessinés pour le rez-de-chaussée d'une maison qui ferait partie d'un vaste ensemble qu'Amelia et elle projetaient de construire.

Cet ensemble s'appellerait Bright Place, en l'honneur de ses parents, bien sûr. Mais ce nom devait rester secret. Seuls quelques proches et son homme d'affaires, Adam Manwaring, étaient au courant. En effet, tant qu'elle serait obligée de jouer cette comédie, il ne pouvait être question que ce nom soit mentionné. Elle craignait trop les rumeurs et la curiosité des investisseurs potentiels. Des questions pourraient être soulevées qui mettraient à jour son passé.

Les demeures de Bright Place seraient différentes de toutes ces nouvelles maisons qui fleurissaient actuellement en Angleterre. Elles ne seraient pas non plus la pâle copie de celles des siècles précédents. Au contraire ce serait un superbe mélange de classique et de moderne, du plus heureux effet.

Iphiginia s'intéressait aussi bien au design qu'à la construction en elle-même, prenant ainsi en compte les aléas du climat anglais. Les matériaux seraient d'excellente qualité, et la technique de construction inclurait les dernières découvertes de Marcus en matière de fondations.

Elle profiterait du double héritage artistique de ses

parents, le classicisme de son père, l'avant-gardisme de sa mère, en se gardant de sombrer dans l'excès.

Le succès de Morning Square Rose venait de son respect de l'environnement. Elle n'était pas tombée dans l'erreur que faisaient beaucoup d'architectes : elle n'avait pas essayé d'imposer un style méditerranéen aux Anglais. Les acheteurs potentiels désiraient en effet par-dessus tout se protéger d'un climat humide et froid.

Iphiginia jeta un œil critique sur son dessin. Toutes ses pièces présentaient de hauts plafonds et de belles fenêtres fort bien proportionnées, comme les aurait conçues son père, épris du style palladien. Mais l'envol de son escalier et la légèreté de ses ornements intérieurs rappelaient le sens artistique de sa mère et se mariaient fort bien avec le reste.

Elle posa son crayon et regarda machinalement par la fenêtre.

D'habitude, lorsqu'elle travaillait, les idées lui venaient facilement et s'organisaient d'elles-mêmes, mais ce matin-là...

Rien.

Comme la veille.

Comme depuis le fameux soir où Marcus l'avait emportée dans ses bras, loin du bal des Fenwick.

Le menton dans la paume, elle se mit à réfléchir. Elle avait pourtant déjà croisé nombre de difficultés dans sa vie, comme d'élever Corina, ou de voyager seule avec Amelia, mais jamais elle n'avait eu à affronter celle que représentait Marcus.

Au souvenir de l'intimité qu'ils avaient partagée, dans le cabinet de curiosités de Lartmore, Iphiginia se sentit de nouveau troublée. Elle se demanda s'il en était de même pour Marcus, ou si ce dernier n'y avait vu qu'un de ces épisodes sans grand intérêt qui jalonnaient sa vie amoureuse.

Deux jours s'étaient écoulés sans qu'il évoque cet instant, et, à sa grande surprise, il s'était conduit comme un parfait gentleman avec elle.

Sans doute avait-il réfléchi aux inconvénients qu'il y avait à faire l'amour à une femme en qui on ne pouvait avoir confiance...

Par la croisée, Iphiginia aperçut une marchande de quatre-saisons passer. De toute façon, songea-t-elle, il ne saurait être question de laisser Marcus la caresser à nouveau si intimement.

Pas avant qu'il n'éprouve respect, confiance et même tendresse vis-à-vis d'elle.

Ce n'était pas trop demander. Elle était bien amoureuse de lui... Lui pouvait donc ressentir quelque chaleur humaine.

Le mot Amour ne devait rien représenter pour cet homme...

La vie l'avait rendu trop insensible et s'ouvrir à ce sentiment l'obligerait à se montrer vulnérable... Il allait lui falloir découvrir ce qui avait pu engendrer pareille névrose, afin de comprendre pour quelle raison Marcus semblait si effrayé par l'amour.

Iphiginia était prête à beaucoup de sacrifices et de compréhension pour cela.

Mais si Marcus pensait qu'elle lui céderait sans exiger un minimum de confiance et d'amour, il se trompait!

Intelligent comme il l'était, il avait dû deviner combien elle était déterminée. Sans doute était-ce la raison de sa bonne conduite depuis deux jours...

Sans doute réfléchissait-il à sa prochaine tactique...

Sur ces entrefaites, la porte de la bibliothèque s'ouvrit.

— Iphiginia? (Amelia, vêtue de sa sempiternelle robe de serge grise, entra dans la pièce. Elle paraissait plus vieille que son âge.) Mrs. Shaw nous apporte le thé.

— Un thé bien chaud sera le bienvenu. Il faut que j'arrive à rassembler mes idées avant que Manwaring arrive.

— Il ne devrait pas tarder, dit Amelia en jetant un coup d'œil à la pendule. Il est si ponctuel! Au fait, j'ai dressé une liste des veuves et des célibataires qui pourraient être intéressées par notre petite aventure.

— Font-elles partie du groupement d'investissement de Morning Square Rose?

— Pour la plupart, oui. Sauf Miss Sanders et Miss Crest qui sont nouvelles. Je les ai connues la semaine dernière au musée. Elles ont un petit pécule qu'elles aimeraient faire fructifier.

— Parfait. Oh! Cela me rappelle quelque chose... J'ai rencontré Mrs. Osworth l'autre jour, et elle m'a raconté qu'elle attendait une nouvelle dame de compagnie de l'agence Wycherley.

Amelia fit la grimace.

— Je n'en suis pas surprise. Cette agence s'adresse tout à fait à des femmes comme elle. Très sélectives...

— Je me disais bien que ce nom ne m'était pas inconnu. C'était ton agence, n'est-ce pas?

— Hélas! Mais cela fait si longtemps!

Un coup discret fut tapé à la porte. Iphiginia leva les yeux.

— Oui, Mrs. Shaw?

La gouvernante passa la tête dans l'entrebâillement :

— Mr. Manwaring pour vous, madame.

— Qu'il entre.

Mrs. Shaw s'effaça devant le visiteur qui fut accueilli avec force sourires par les deux jeunes femmes.

Adam paraissait enchanté de revoir Amelia. C'était un homme de vingt-sept ans, honnête et plein d'esprit. Fils cadet d'un hobereau de province qui possédait des terres dans le Nord, mais sans espoir d'héritage, il avait dû faire son chemin dans la vie. Passionné par les chiffres, il avait adopté la carrière d'homme d'affaires.

Cela faisait trois ans qu'il ne travaillait que pour ces deux femmes, en toute dévotion. Elles lui avaient permis de trouver un emploi stable en dépit de sa jeunesse et de son manque de relations.

La loyauté sans faille d'Adam pour les deux cousines était cimentée par une immense gratitude, sans oublier l'intérêt financier. Adam avait, lui aussi, placé jusqu'à son dernier penny dans l'aventure de Morning Rose Square. Avec bénéfice.

Bien qu'Iphiginia ait toute confiance en lui, elle ne lui avait pas révélé son plan pour dévoiler le maître chanteur, et lui avait simplement demandé de taire sa véritable identité. Il avait cru que cette discrétion concernait le nouveau projet immobilier.

Peu intéressé par les ragots et la vie mondaine, Adam, cependant, connaissait tous les grands noms de la haute société, et chose plus importante encore, l'état de leurs finances.

— Prenez un siège, monsieur, proposa Iphiginia en ignorant délibérément les joues empourprées du jeune homme.

Comment sa cousine pouvait-elle ne pas remarquer l'attention que lui prêtait ce garçon? Ils étaient faits l'un pour l'autre.

Cela ne faisait que quelques semaines qu'elles connaissaient Adam. Auparavant, elles avaient traité avec lui par écrit. En le rencontrant, elles lui avaient trouvé un air honnête, un abord ouvert. Et lui était tombé amoureux d'Amelia.

— Comment se porte le projet Bright Place? s'enquit Iphiginia.

— Je suis heureux de vous apprendre que les plans sont presque terminés. (Adam étala quelques papiers sur le bureau devant lui.) Toutes les assurances ont été prises. Et nous avons traité avec le même maître d'œuvre que pour Morning Rose Square... Il ne manque plus que la liste définitive des investisseurs...

— J'en ai dressé une, intervint Amelia.

— Excellent! (Adam rougit à nouveau.) La même que la dernière fois, je suppose?

— A deux noms près, oui.

— Très bien. Au fait, certaines rumeurs commencent à circuler... On nous soupçonne... J'ai reçu des demandes d'hommes d'affaires qui ont entendu parler des profits réalisés sur Morning Rose Square.

Iphiginia lui lança un drôle de regard.

— Savent-ils que cette promotion immobilière a été faite par Miss Farley et moi-même?

— Non! Absolument pas, la rassura Adam. Vous pouvez être certaine de mon entière discrétion. Quand on me questionne, je réponds invariablement que les investisseurs principaux préfèrent garder l'anonymat.

Iphiginia se détendit.

— Ouf! Je n'aimerais pas être assaillie par des quémandeurs.

— Je comprends.

Amelia tapota son crayon sur sa feuille de papier.

— Qui sont ces hommes qui désireraient investir dans notre nouveau projet?

— J'ai leurs noms, ici. Attendez... Matthews, Conklin, Jenerette, Dogson...

Amelia fronça les sourcils, tandis qu'Iphiginia levait les yeux, interloquée.

— Dogson, dites-vous?

— Oui. Mr. Anthony Dogson. On rapporte qu'il aurait perdu pas mal d'argent et qu'il souhaiterait se refaire assez vite. Vous le connaissez?

— Non. (Iphiginia évita de regarder sa cousine dont le teint était devenu cireux.) Mais j'ai entendu parler de lui... et je n'ai guère envie de m'associer à ce genre de personne... N'est-ce pas, Amelia?

Cette dernière répondit d'un ton presque inaudible :

— Non. Certainement pas.

Iphiginia fixa Adam.

— Vous pouvez dire à ce Dogson que sa candidature est rejetée. Je verrai pour les autres... mais je préférerais m'en tenir à nos habitués. Beaucoup moins de tracas.

— Fort bien. (Adam remarqua l'expression affligée d'Amelia et reprit d'un ton ennuyé.) Puis-je vous demander pourquoi exclure ce Dogson ? Il posera certainement la question.

Iphiginia fit semblant d'étudier une des planches qui se trouvaient devant elle.

— Contentez-vous de lui dire que nous n'acceptons que les célibataires et les veuves.

— Je lui ai déjà dit...

— Que ces célibataires ou ces veuves ont souvent été obligées de gagner leur vie en tant que gouvernante ou demoiselle de compagnie, et que sa réputation est si exécrable que ces personnes ne souhaitent pas faire affaires avec lui.

— Je vois. J'ignorais que l'homme était de cette espèce. Je me ferai un plaisir de lui transmettre le message !

Amelia respira de nouveau plus librement. Elle cessa de tapoter son crayon.

— Bien, puisque tout est arrangé, reprit Iphiginia en se penchant sur ses dessins, si nous commencions à travailler ?

Marcus arrêta son phaéton noir juste devant la maison d'Iphiginia. Il lança les rênes à son groom et sauta à terre.

— Je reviens dans un instant.

Au moment où Marcus commençait de gravir les marches, la porte de l'hôtel particulier s'ouvrit sur un jeune homme, à la mine sérieuse, strictement vêtu.

— Je vous demande pardon, dit ce dernier encore ébloui par le soleil. (Il vit enfin l'attelage richement rehaussé d'or.) Oh ! My lord...

Il s'inclina poliment.

Marcus resta quelques secondes à l'observer se fondre dans la foule, les mâchoires serrées.

Damnation ! songea-t-il. Qu'il était désagréable de voir un homme sortir de chez Iphiginia... Et pourtant, il était persuadé qu'il n'était pas jaloux. La jalousie était un mot qu'il avait rayé de son vocabulaire. Il était tout simplement irrité... N'importe quel homme le serait à moins. Si toutefois il existait à Londres un homme dans la même situation que lui...

Ce qui paraissait hautement improbable...

Il devait être le seul homme de toute l'Angleterre à n'avoir une maîtresse qu'en titre!

— Puis-je vous aider? demanda la gouvernante depuis la porte restée grande ouverte.

Marcus se retourna lentement.

— Ayez l'obligeance d'informer Mrs. Bright que Masters est là!

— Certes, my lord. Donnez-vous la peine d'entrer. Mrs. Bright est dans la bibliothèque.

— Réflexion faite, ne prenez pas la peine de m'annoncer. Je m'en charge.

— Mais votre seigneurie!

Ignorant les protestations de la gouvernante, Marcus fit irruption dans la bibliothèque. Iphiginia, vêtue d'une robe en mousseline blanche, était à son bureau, sa cousine assise à ses côtés. Les deux femmes le regardèrent avec surprise.

— Masters! s'exclama Iphiginia qui s'empressa de glisser les papiers épars devant elle sous un livre. J'avais bien entendu un attelage, l'idée ne m'est pas venue qu'il puisse s'agir du vôtre. Je ne vous attendais pas avant une heure.

— Bonjour, mesdames! lança Marcus en traversant la pièce à grands pas dans l'espoir de voir ce qu'Iphiginia venait de cacher. J'ai cru que cela serait une bonne idée d'arriver tôt pour que nous puissions aller au musée.

— Tout à fait, répondit Iphiginia qui s'adressa à sa cousine. Peux-tu tenir compagnie à sa seigneurie pendant que je vais chercher ma cape et mon chapeau?

— Bien sûr, murmura Amelia.

Iphiginia se leva et sortit aussitôt.

Marcus et Amelia échangèrent un long regard. A n'en point douter, cette jeune femme le détestait, songea Marcus.

— Qui était cet homme qui partait lorsque je suis arrivé ?

— Mr. Manwaring.

— Hum... Je ne crois pas le connaître.

— Je doute qu'il fréquente les mêmes cercles que vous, my lord, répliqua sèchement Amelia. Aimeriez-vous un peu de thé ?

— Non, merci. Il paraissait pressé...

— Qui ?

— Ce Mr. Manwaring.

— Oh, vraiment ? s'étonna Amelia en rangeant quelques papiers. Sans doute avait-il un rendez-vous.

— Il a l'allure d'un homme d'affaires.

— C'est ce qu'il est... Une tasse de thé ?

— Non, merci. Depuis combien de temps vivez-vous avec votre cousine, Miss Farley ?

— Environ cinq ans, répondit Amelia.

— Vous étiez déjà là du temps de son mari, alors ?

— Oui. Oui, bien sûr.

— Je pense avoir connu une famille Bright dans le passé... (Marcus fit mine de rassembler ses souvenirs.) De Lake District, je crois.

— Je crains qu'il n'y ait aucun rapport. Mr. Bright n'avait pas de famille dans ce coin.

— Était-ce un Bright du Yorkshire, alors ? s'enquit Marcus innocemment.

— Non. Sa famille est du Devon.

— Oh ! Mais j'en connais quelques-uns, qui habitaient Plymouth.

— Mr. Bright venait de Deepford, un tout petit village plus au nord.

— Cela ne me dit rien du tout.

Amelia parut soulagée.

— Les Bright de Deepford sont peu nombreux... En fait, Mr. Bright était le dernier de sa lignée.

— Quel dommage. Ils n'ont pas eu d'héritiers ?

— Non.

— Comment trouvez-vous Londres, Miss Farley?

— Fort intéressant! (Amelia était contente d'aborder un autre sujet.) Et très instructif.

— Cela vous change de la campagne, n'est-ce pas?

— Absolument.

— Je suppose que vous et votre cousine ne pouviez venir souvent lorsque Mr. Bright était vivant?

— C'était un infirme. Voyager ne l'intéressait pas.

— Hum. Je vois... (Marcus se dit que tout cela ne l'avançait guère et qu'il devait essayer une autre tactique.) Peut-être prendrai-je un peu de thé tout compte fait.

Une fois servi, Marcus se promena de long en large, la tasse à la main. Il s'arrêta enfin devant la fenêtre inondée de soleil et observa la rue animée en contrebas.

— Une belle journée pour sortir, dit Marcus en posant brutalement son thé sur le bureau, en renversant ainsi sur le plateau.

— Oh! Mon Dieu! s'écria Amelia consternée.

— Fichtre! Quel maladroit je fais... Allez vite chercher votre domestique! ordonna Marcus du ton qu'il utilisait quand il voulait se faire obéir. Iphiginia était bien la seule qui avait refusé de se plier à ses ordres.

Amelia se dirigea vers la porte, tandis que Marcus bougonnait, en tentant de limiter les dégâts avec son mouchoir :

— Si vous vous dépêchez, il n'y aura pas trop de mal!

— Je l'espère... répondit sèchement la jeune femme. Iphiginia adore ce bureau. C'est son père qui l'a dessiné... Mrs. Shaw? Vite! Nous avons renversé du thé.

Marcus profita qu'elle eût le dos tourné pour regarder les feuillets qu'Iphiginia avait cachés. Il s'agissait des plans d'un ensemble de maisons qui portaient la mention « Bright Place. »

Il les glissa à nouveau sous le livre quand Amelia se retourna.

— La gouvernante arrive.

— J'ai presque tout nettoyé, expliqua Marcus en montrant son mouchoir taché.

Mrs. Shaw surgit sur ces entrefaites, un torchon à la main, suivie d'Iphiginia, qui avait enfilé une superbe cape blanche sur sa toilette et tenait une capeline du même ton à la main. Elle fronça les sourcils en constatant le remue-ménage.

— Qu'est-ce qui se passe?

Marcus la contempla. Elle paraissait si pure, si virginale. Quel dommage que cette innocence soit feinte.

— Un incident. J'ai renversé mon thé, mais votre bureau n'a rien.

— Quel bonheur! (Iphiginia lui sourit en mettant sa capeline.) Donc nous pouvons y aller? J'ai hâte de voir cette collection d'urnes grecques.

Marcus s'aperçut avec stupéfaction qu'elle emportait un tablier.

— Mais... Pourquoi est-ce fait?

Iphiginia fit la moue.

— Le blanc est une merveilleuse couleur mais qui a ses inconvénients, my lord!

Une demi-heure plus tard, Marcus et Iphiginia se tenaient dans l'obscure salle des tombeaux du musée.

La pièce regorgeait de débris et d'échantillons multiples de statues. La poussière dansait dans les rayons de soleil qui filtraient par les hautes et étroites fenêtres.

La jeune femme avait mis son tablier et se déplaçait à travers cet amoncellement d'antiquités avec un enthousiasme que Marcus trouvait contagieux.

Il s'était déjà penché sur l'étude de l'Antiquité, mais n'avait pas trouvé cela assez passionnant pour persévérer. Il préférait de beaucoup l'astronomie et la mécanique. C'était un homme moderne.

Mais aujourd'hui, il partageait volontiers la joie de la jeune femme.

Il l'observa étudier les dessins des urnes. Comme elle était belle ainsi absorbée ! Presque aussi belle que le soir où il l'avait tenue dans ses bras dans le cabinet de curiosités de Lartmore. A cette évocation, une vague de désir le submergea et il se força à examiner l'énorme vase qui avait attiré son attention.

— Étrusque, n'est-ce pas ?

— Non. Grec, je le crains, répondit la jeune femme, environnée par un nuage de poussière. C'est spectaculaire, non ? Leurs formes sont parfaites, idéales... Leurs dessins sont d'un grand intérêt intellectuel et artistique.

— Certes. Très impressionnant, murmura Marcus, troublé par la ligne suggestive de sa poitrine.

En tournant la tête, elle surprit son regard et rougit subitement.

— Avez-vous appris quelque chose, my lord ?

— Sur les vases grecs ? ironisa-t-il.

— Bien sûr ! Sur quoi d'autre, sinon ?

Marcus s'appuya contre un chapiteau en ruine et croisa les bras.

— J'ai beaucoup appris... mais je crains que cela ne soit pas suffisant.

Elle lui sourit avec approbation, comme elle aurait souri à un étudiant consciencieux.

— Il est dans votre nature de vouloir toujours plus, my lord. Mais les passions intellectuelles sont les plus difficiles à satisfaire, n'est-ce pas ?

— Sans doute. Fort heureusement, certaines passions sont plus faciles à assouvir. Il suffit d'attendre le bon moment, le bon endroit...

Barclay, l'homme d'affaires de Marcus, entra précipitamment dans le bureau de son employeur à quatre heures tapantes. Il soufflait bruyamment et son crâne dégarni luisait de transpiration.

— Vous m'avez demandé, monsieur ?

— En effet, Barclay. (Marcus leva les yeux des notes qu'il était en train de rédiger.) Merci d'être venu si vite.

— Je vous en prie, my lord! (Barclay s'assit pesamment et s'épongea le front avec un mouchoir.) Je suis toujours heureux de pouvoir vous rendre service. Que vouliez-vous?

— Deux choses. D'abord, que vous vous renseigniez sur un endroit appelé Bright Place. Je pense qu'il s'agit d'un projet immobilier.

— A Londres?

— Peut-être. Ou à Bath. (Marcus essaya de se souvenir de ce qu'il avait vu sur le bureau d'Iphiginia.) Enfin, dans une grande ville... Les dessins représentaient une cité...

— Je vois, renifla Barclay tout en prenant des notes.

— Deuxièmement, je voudrais que vous glaniez le maximum d'informations sur un certain Mr. Bright.

Barclay ouvrit des yeux ronds et s'éclaircit la gorge.

— S'agirait-il de feu Mr. Bright? L'époux de Mrs. Iphiginia Bright, de Morning Rose Square?

Marcus eut un lent sourire :

— C'est cette façon d'être toujours au courant des derniers ragots qui vous rend si indispensable, Barclay!

Barclay fit mine de ne pas entendre.

— Sauf votre respect, my lord, vous voulez des renseignements sur un homme décédé?

— En effet. (Marcus s'enfonça dans son siège et se mit à examiner son stylo à encre. Apparemment, il ne fuyait pas.) Vous ferez ça très discrètement, bien sûr!

— Bien sûr! (Barclay s'épongea de nouveau le front.) Votre seigneurie aurait-elle la bonté de me suggérer par où commencer?

— Pourquoi ne pas débuter par le Devon...

— Le Devon est grand, my lord! N'avez-vous pas la moindre petite idée...

— Si j'étais vous, j'essayerais Deepford.

8

A trois heures dix précises, le lendemain, Iphiginia fit irruption dans le salon de sa tante Zoe, Amelia sur les talons.

— Nous sommes venues aussi vite que possible, lança la jeune femme à sa tante étendue sur son nouveau sofa romain et à lord Otis qui buvait un verre de cognac.

— Dieu merci, vous êtes là, s'écria Zoe d'un ton théâtral.

Otis, un gentilhomme rondouillard, aux cheveux gris, aux sourcils en bataille, regarda les deux jeunes femmes avec désespoir.

— Le malheur a encore frappé!

— Bon sang! Mais que se passe-t-il? explosa Iphiginia en se battant avec les rubans de son chapeau. Votre billet parlait d'un nouveau désastre!

— J'ai reçu une autre demande de rançon, dit Zoe en tendant un papier à sa nièce. Regarde...

Iphiginia s'empara du billet et vit aussitôt le cachet de cire noire. Elle lut à haute voix :

Madame,

Si vous désirez que le secret sur une certaine affaire soit gardé, apportez cinq mille livres au nouveau monument funéraire de Mrs. Eaton, au cimetière de Reeding. Soyez-y au douzième coup de minuit, et placez-y la somme à l'intérieur.

Venez seule, sinon le prix risquerait de doubler.

Bien à vous,

Le Phénix.

Amelia se laissa tomber dans le fauteuil le plus proche.

— Ainsi nous avions raison, les demandes vont continuer...

— Je vous l'avais bien dit, marmonna lord Otis en tapotant avec tendresse l'épaule de Zoe. Les maîtres chanteurs ne s'arrêtent jamais. C'est dans leur nature.

— Mais que vais-je faire! glapit Zoe. Je peux encore payer, mais je ne pourrai pas le faire *ad vitam eternam*...

— Nous allons démasquer ce bâtard! rugit Otis. Et je lui tordrai personnellement le cou!

Zoe lui prit la main en un geste d'affection. Elle regarda sa nièce.

— Aurais-tu découvert quelque chose de nouveau?

Iphiginia ressentit le besoin de s'asseoir à son tour.

— J'ai éliminé trois des hommes qui jouaient habituellement avec Guthrie.

— Lesquels? s'enquit Otis.

— Lartmore, Judson et Darrow. J'ai fouillé leurs bureaux. Je n'ai trouvé aucune cire noire, aucun sceau au phénix...

— Ils auraient pu les avoir cachés, argua Amelia.

— Je sais. Masters me l'a fait remarquer. Mais j'ai vraiment fouillé soigneusement... Il ne reste plus qu'à continuer mes recherches.

— Cela ne nous mène à rien! lança Zoe, pathétique. Je suis une femme perdue! Qu'allons-nous faire?

— Allons, allons! Calmez-vous, ma chère. Nous trouverons une solution.

Iphiginia fixait d'un air soucieux le billet.

— Je me demande si l'amie de Masters a reçu le même...

— Moi, tout ce que je sais, dit tante Zoe, c'est qu'il faut que j'apporte l'argent à minuit.

— Dans un cimetière, à minuit... murmura Iphiginia. Comme c'est mélodramatique! On dirait une scène tirée d'un roman gothique.

— A moins qu'il ne s'agisse d'un nécrophile, marmonna Zoe.

— Hum... J'irai porter l'argent, fit Iphiginia d'un air décidé.

Zoe, Amelia et Otis la regardèrent avec effarement.

— Il n'en est pas question, protesta Zoe. Otis s'en chargera comme la dernière fois.

— C'est trop dangereux, renchérit sa cousine.

— Absolument, approuva Otis. Je m'en occupe!

Iphiginia leva la main pour obtenir le silence.

— Il est spécifié dans cette note que Zoe doit apporter elle-même l'argent. Il l'observera, sans aucun doute, tapi dans l'obscurité. Et s'il ne voit pas une femme arriver, il demandera le double la prochaine fois.

— Dix mille livres, souffla Zoe, anéantie.

Otis lui présenta un flacon de sels.

— Tenez, ma chère!

— Merci, répondit cette dernière en respirant avidement.

Otis regarda Iphiginia.

— Vous ne pouvez y aller. On reconnaîtrait votre phaéton blanc garé devant le cimetière.

— Ne vous inquiétez pas. Je prendrai une voiture de louage et je demanderai au cocher de m'attendre. Je porterai une vaste et sombre houppelande qui dissimulera mon visage. Ce type n'y verra que du feu!

— Mais Iphiginia, tu seras dans un cimetière, et à minuit! protesta sa tante.

— J'ai passé un an en Italie, plaisanta la jeune femme. Les ruines n'ont plus de secret pour moi.

— Cela n'a rien à voir avec Pompéi, coupa Amelia. Zoe a raison, c'est trop dangereux!

— Je ne peux pas la laisser faire ! dit Otis.

— Allons ! se défendit Iphiginia. Il n'y a aucun danger... Il n'est pas dans les habitudes d'un maître chanteur d'assassiner sa poule aux œufs d'or :

Zoe manqua de défaillir.

— D'assassiner ? Mon Dieu ! Je croyais...

— Excuse-moi. J'ai mal choisi mes mots. Je voulais simplement dire qu'il n'avait aucune raison de me faire du mal.

— Je viendrai avec toi, affirma soudain Amelia.

— Moi aussi, déclara Otis.

— Je vous suivrai, ajouta Zoe.

— Non. Non et non ! L'homme serait furieux et augmenterait ses prix. Nous devons suivre ses instructions à la lettre.

Amelia parut soucieuse.

— Pourquoi es-tu si déterminée à y aller, cette fois ?

— J'espère apprendre quelque chose, admit sa cousine.

Zoe ouvrit des yeux ronds.

— Ne me dis pas que tu veux tenter de l'apercevoir quand il s'emparera de l'argent ? Je ne permettrai pas que tu coures un tel risque !

— Non. Non, bien sûr... dit Iphiginia. Je ne ferai pas une chose pareille.

Mais c'était pourtant bien ce qu'elle entendait faire.

Le rendez-vous du cimetière de Reeding était la seule possibilité qu'elle avait de découvrir l'identité du maître chanteur.

Dix minutes avant que minuit ne sonne, une voiture de louage s'arrêta près des grilles du cimetière de Reeding.

Iphiginia, habillée de vêtements informes et grisâtres, essaya vainement de sonder les ténèbres de cette nuit.

Les tombes luisaient d'humidité, et les lumières de la voiture n'éclairaient que très faiblement dans cet épais brouillard. Iphiginia frissonna en prenant le sac rempli de billets de banque et se prépara à descendre.

Le maître chanteur n'aurait pu choisir pire endroit, songea-t-elle en ouvrant la porte.

Elle leva sa lanterne vers le cocher.

— Je reviens tout de suite!

Le visage de l'homme était dissimulé par un chapeau à larges bords.

— Vous z'êtes sûre de vouloir aller rendre visite à vot' morte, à c't heure, m'dame?

— Je lui ai promis. Et une promesse est une promesse.

— Maintenant qu'elle est plus... Elle s'fout de vot' promesse, sauf vot' respect! Enfin... J'vous attends.

— Merci.

Iphiginia se dirigea vers l'entrée du cimetière, en espérant qu'il ne soit pas fermé.

Les lourdes portes de fer forgé s'ouvrirent en grinçant sous sa poussée.

Iphiginia emprunta l'allée de gravier, la lanterne levée dans l'espoir d'y voir un peu. La flamme tremblante éclaira une rangée de tombes sur lesquelles elle put lire :

JOHN GEORGE BRINDLE, ÂGÉ DE TROIS ANS ET UN MOIS.
MARY ALICE HARVEY, ÉPOUSE ET MÈRE REGRETTÉE...
EDWARD SHIPLEY, 1785-1815. BRAVE SOLDAT, AMI EXEMPLAIRE...

Un froid intense s'abattit sur la jeune femme. Sa cousine avait raison, cela n'avait rien à voir avec la visite des ruines de Pompéi. Mais elle n'avait pas le choix.

Zoe ne serait pas restée deux minutes dans un endroit pareil. Elle se serait enfuie, au risque de recevoir une autre demande, plus importante que la précédente.

Soudain, de la brume surgit un étrange monument funéraire. Ses grilles curieusement ouvragées étaient ouvertes. Iphiginia retint son souffle et releva sa lanterne. Elle n'était pas du genre impressionnable, mais elle faillit faire demi-tour.

Sur la pierre frontale étaient écrits ces mots :

Elizabeth Eaton, 1771-1817.

Maltraitée par la vie... Qu'elle repose en paix.

Iphiginia hésita sur le seuil de la crypte sombre et humide. Son pouls s'accéléra et une brusque nausée la saisit. Elle n'avait qu'une envie, se précipiter vers la voiture.

Luttant contre sa frayeur, elle serra fermement la poignée du sac, se redressa et pénétra dans les lieux.

Elle eut l'impression d'entrer dans une grotte sombre et peu accueillante. A la lueur de sa lanterne, elle découvrit un décor surprenant. Celui qui avait fait construire ce monument n'avait pas lésiné sur la dépense. Les murs de pierre étaient entièrement sculptés. Des pampres de vigne et des livres ouverts en constituaient le principal dessin.

Elle leva sa lanterne pour déchiffrer ce qui était écrit sur l'un d'eux :

Les voies de la vengeance sont impénétrables mais certaines...

L'horrible grincement des grilles qu'on refermait résonna dans la nuit.

Iphiginia se lança en avant, un cri sur les lèvres.

— Non!

Mais il était trop tard. Une ombre furtive s'éloignait dans le brouillard. Les grilles étaient verrouillées.

Luttant contre la terreur, la jeune femme se rua sur la grille et secoua les barreaux.

— Attendez! S'il vous plaît... Attendez! Je suis là!

Seul le silence lui répondit.

Elle était prisonnière du tombeau.

Elle rouvrit la bouche pour crier. Le cocher ne devrait pas manquer de l'entendre. Mais, au même instant, elle perçut le bruit des roues sur les pavés.

La voiture s'éloignait.

— Au secours! Je suis enfermée! Au secours!

Tout était calme. Le brouillard étouffait le moindre bruit et montait inexorablement à l'assaut du monument.

Une vague de colère envahit Iphiginia.

— Bon sang!

Alors seulement, elle remarqua le billet qui gisait à ses pieds. Elle le ramassa prestement, il était cacheté de cire noire.

Vous étiez avertie... La prochaine fois que vous vous en mêlez, vous le paierez très cher!

— Diable! murmura Iphiginia en se demandant combien de temps encore brûlerait sa lanterne.

Sa seconde pensée fut pour Marcus. Qu'était-il en train de faire? Avait-il seulement remarqué son absence au bal des Sheltenham?

Marcus faisait les cent pas dans la bibliothèque d'Iphiginia, lorsque la porte s'ouvrit sur Amelia en déshabillé. Son visage était pâle et elle avait les traits tirés.

— Par tous les diables, où est-elle passée, Miss Farley? Attendez! Avant de me répondre, sachez que je ne suis pas d'humeur à écouter des balivernes. Iphiginia devait me rejoindre à une heure chez les Sheltenham, et il est presque deux heures!

— My lord, il est vrai que je ne vous apprécie guère, mais je dois vous avouer que je suis plutôt heureuse de vous voir! (Amelia referma la porte derrière elle et vint à sa rencontre, après avoir jeté un coup d'œil sur la pendule.) Je suis folle d'inquiétude depuis minuit...

— Pourquoi? s'enquit sèchement Marcus qui devinait que quelque chose d'anormal s'était passé.

— Je suis inquiète pour Iphiginia!

— Mais que fait-elle à pareille heure? Ne me dites pas qu'elle a entrepris de fouiller un nouveau bureau dans l'espoir de retrouver son fichu sceau! Je sens que je vais exploser... J'en ai plus qu'assez de ses lubies!

Amelia se drapa dans son déshabillé, le regard sombre.

— Elle est partie au cimetière de Reeding.

Marcus la dévisagea ahuri.

— Un cimetière? A cette heure? Bon sang, j'aimerais comprendre!

— Lady Guthrie a reçu une nouvelle demande de rançon.

— Diable !

— Les instructions étaient de déposer l'argent dans un des monuments funéraires du cimetière de Reeding. Iphiginia s'est offert de porter la somme à la place de sa tante.

Marcus eut l'impression que le sol se dérobait sous ses pieds. Puis une immense angoisse l'envahit, bientôt remplacée par une rage incontrôlée.

— Comment ose-t-elle faire ce genre de chose sans m'en parler ! explosa-t-il.

— Iphiginia n'ignore pas votre manque de confiance. Pourquoi vous révélerait-elle ses secrets ?

— Elle va trop loin, cette fois ! cria Marcus en se dirigeant vers la porte.

— My lord ! Où allez-vous ?

— Où croyez-vous que j'aille ? A Reeding, bien sûr !

— Oh merci ! souffla Amelia. J'ai si peur...

— Gardez vos remerciements pour vous. Je doute qu'Iphiginia apprécie ma venue... Vu mon état d'esprit, elle en viendra peut-être à regretter la compagnie de ses chers fantômes.

Les grilles du cimetière étaient ouvertes. Les pierres tombales et les monuments étaient à peine visibles dans la brume.

Marcus descendit de sa voiture, une lanterne dans la main gauche et une arme dans la droite. Il jeta un bref coup d'œil à Dinks.

— Attendez ici !

— Oui, m'lord. Voulez pas un peu d'assistance ?

— Non. Surveillez plutôt ces satanées grilles. Si quelqu'un tente de les franchir avant moi, arrêtez-le.

— Oui, m'lord ! (Dinks se saisit du pistolet qu'il cachait habituellement sous son siège.) J'm'en occupe, l'ira pas loin.

Marcus emprunta l'allée en surveillant ses arrières. Le brouillard était si intense qu'il ne voyait pas à trois pas. A la lueur de sa lanterne, il vit que l'herbe des bas-côtés avait été foulée récemment.

Marcus suivit ces traces, ignorant les tombes, ne cherchant qu'un monument de belle taille. Brusquement l'entrée d'une grotte funéraire surgit de la brume, droit devant lui. Or les traces de pas y menaient et y disparaissaient.

Une faible lueur au fond indiquait la présence d'une lanterne.

— Iphiginia !

Marcus se précipita sur la grille pour s'apercevoir que cette dernière était fermée à clé. Il posa sa lanterne et se mit à secouer les barres de fer de toutes ses forces.

— Iphiginia ! Êtes-vous là ? Par Dieu, répondez-moi !

— Marcus ! (Des bruits de pas se firent entendre.) Dieu merci, c'est vous !

— Fichtre ! cria Marcus en la voyant surgir. Je tuerai celui qui a fait ça ! Je vous le jure !

Iphiginia se dressa derrière les grilles, toute de gris vêtue, les yeux vides.

Marcus, en la voyant dans un tel état, sentit son estomac se serrer. Ses jolies lèvres tremblaient, et elle avait du mal à respirer. Il était clair que la peur qu'elle avait eue avait fait des ravages. Seul son orgueil l'avait empêchée de céder à la panique. Marcus éprouva de l'admiration pour elle.

— J'ai aperçu votre lumière, dit-elle d'une toute petite voix. J'ai prié pour que ce soit vous... mais je suis restée cachée jusqu'à ce que j'en sois certaine.

Marcus glissa sa main au travers des barreaux et lui prit doucement le menton.

— Je vais aller chercher mon cocher, il trouvera un moyen de faire sauter cette grille. Restez là, bien tranquille. Je reviens tout de suite.

Iphiginia eut un pâle sourire.

— Je ne risque pas de m'échapper...

— Non, en effet, dit Marcus. Je crains fort que vous ne puissiez aller nulle part, ce soir, sans moi.

Quinze minutes lui furent nécessaires pour forcer la serrure. Quand il eut fini, il tendit le marteau et la pince à son cocher.

— Tenez.

— Merci, m'lord, dit Dinks en prenant les outils.

Marcus fit voler la grille et s'élança à l'intérieur du passage. A cet instant, Iphiginia apparut en criant :

— Marcus !

Un profond bonheur envahit Marcus lorsqu'elle se jeta dans ses bras. Il la serra très fort jusqu'à ce qu'elle cesse de trembler.

— Damnation, jeune femme ! Ne me refaites jamais ça ! grommela-t-il. Allons, Dinks, nous partons.

— J'ai rien contre, m'lord ! (Dinks fronça le nez en regardant le sinistre monument.) Drôle d'endroit et drôle d'heure !

Iphiginia releva la tête et dit aux deux hommes :

— Merci. Merci à vous. Je n'oublierai jamais.

— C'est rien, m'lady, répondit Dinks en soulevant son chapeau. C'est rien. Ça fait dix ans que j'suis au service de sa seigneurie, jamais rien vu d'aussi excitant... Ça met un peu d'sel !

— Allez ! fit Marcus en prenant fermement la jeune femme par le bras. Nous avons perdu assez de temps dans ce sale endroit.

Ils longèrent les tombes jusqu'à l'entrée du cimetière. Une fois Iphiginia en sécurité dans la voiture, Marcus dit à Dinks :

— 5, Morning Rose Square.

— J'sais, m'lord !

Marcus monta aux côtés de la jeune femme. Il tira les rideaux et la regarda attentivement. Ses yeux étaient encore emplis d'effroi mais elle semblait en parfaite santé.

Il ressentit le même bonheur qu'il avait eu à la serrer dans ses bras, puis sa colère resurgit.

— Iphiginia, ce que vous avez fait est inadmissible, sans excuse. C'est la pire folie jamais commise ! Vous qui vous dites intelligente, expliquez-moi...

— Marcus...

— Damnation ! Mais pour qui vous prenez-vous !

Elle cilla.

— Faites-vous souvent la leçon à vos maîtresses de cette déplaisante manière ?

— Non, madame, pardonnez-moi, marmonna Marcus entre ses dents. Mais je n'ai jamais eu de maîtresse telle que vous !

Les yeux de la jeune femme se mirent à pétiller.

— Vous voulez sans doute dire « en titre » ?

— Hum... Vous jouez tellement bien ce rôle que je me sens des droits sur vous ! Par Dieu ! Iphiginia, vous m'avez fait peur. Par tous les saints, comment vous êtes-vous retrouvée enfermée dans ce monument ?

— Je suppose que vous avez parlé à Amelia ?

— C'est en effet votre cousine qui m'a averti de votre présence dans ce cimetière.

— Donc vous savez que les instructions du maître chanteur étaient claires : je devais déposer cette somme à l'intérieur du monument.

— Oui.

— A peine étais-je entrée que quelqu'un m'enfermait.

— Avez-vous vu cette personne ?

— Vaguement. Une silhouette encapuchonnée. C'est tout. Je ne suis même pas certaine que ce soit un homme ! (Iphiginia chercha quelque chose dans la poche de sa houppelande.) Voici ce qu'il m'a laissé.

Marcus prit le billet et le parcourut rapidement.

— C'est une menace !

— Certes. Il ou elle savait que je n'étais pas tante Zoe.

— Ce type en sait trop. C'est étrange... Au fait, qu'avez-vous fait de l'argent ?

Iphiginia manqua défaillir.

— Mon Dieu! Je l'ai oublié là-bas.

Marcus ouvrit la trappe de séparation et cria :

— Demi-tour, Dinks! Nous retournons au cimetière. Vite!

— D'accord, m'lord.

Le regard de la jeune femme s'illumina.

— Croyez-vous que nous arriverons à temps pour surprendre notre maître chanteur?

— J'en doute. Je crains fort que la chance n'ait tourné.

Dès que les grilles furent en vue, Marcus sauta de la voiture et se précipita vers le monument funéraire. Iphiginia s'élança derrière lui, le suivant aussi vite que le lui permettait son déguisement.

Mais il était trop tard.

Quelqu'un avait mis à profit les quelques minutes qu'avait duré leur aller-retour pour s'emparer des cinq mille livres.

Iphiginia contempla le monument dédié à Mrs. Eaton, baigné de brouillard.

— Il devait être là, à m'observer... à attendre. Tout le temps où j'étais là, il était là aussi!

— Il a dû penser que quelqu'un viendrait à votre secours. C'est très fort!

Iphiginia resserra son manteau frileusement.

— Vous avez raison, my lord. Qui qu'il soit, il en sait trop. Sur chacun de nous...

9

Marcus était négligemment appuyé contre le manteau de la cheminée, dans la bibliothèque d'Iphiginia, et surveillait cette dernière.

— Nous ferions mieux de commencer par ce monument funéraire. Apparemment, il a été choisi avec soin. Il doit y avoir une corrélation entre le maître chanteur et ce site.

— Peut-être, répondit la jeune femme en reposant sa tasse de thé sur sa soucoupe. Mais il peut l'avoir choisi pour son horrible atmosphère, propre à déstabiliser celle qui devait apporter l'argent. D'ailleurs, c'était fort bien vu !

Amelia fixait le feu de bois que Marcus venait d'allumer.

— Certes. Il a réussi à nous effrayer : d'abord avec des menaces, puis avec des fantômes... Qu'est-ce que cette défunte Mrs. Eaton viendrait faire dans l'histoire, à votre avis ?

— Je l'ignore, concéda Marcus. Mais nous ferions bien de chercher.

— D'accord, répondit Iphiginia.

Marcus lui jeta un bref regard. Il n'avait toujours pas accepté l'idée que quelqu'un ait voulu l'effrayer. Il tapota nerveusement le rebord de la cheminée. Il devait juguler cette colère qui montait en lui, et juger la situation — et Iphiginia — avec la plus grande impartialité.

Il était soulagé de voir qu'elle ne paraissait pas avoir souffert outre mesure de ces trois heures passées dans le cimetière. Il ne connaissait aucune autre femme qui s'en serait sortie aussi bien. Et pour être franc, peu d'hommes de sa connaissance auraient supporté le choc aussi bien qu'elle.

Sa maîtresse en titre était une personne pleine de courage, songea-t-il. Quand il aurait mis la main sur ce type, il se ferait un plaisir de le lui faire payer.

— Comment allez-vous procéder? s'enquit Amelia.

Marcus réfléchit quelques instants à ce qu'il allait répondre.

— D'abord, nous devons découvrir qui était cette Mrs. Eaton et, plus important, qui lui a édifié un tel monument!

— Notre homme d'affaires, Mr. Manwaring, va s'en occuper, proposa Iphiginia.

En entendant le nom de l'homme qu'il avait aperçu la veille, Marcus répliqua :

— Il n'en est pas question, je mettrai mon propre homme d'affaires sur le coup... (Brusquement, il se rendit compte que c'était impossible.) Bon sang! Je ne peux pas... Du moins, maintenant.

— Pourquoi? demanda Iphiginia.

— Barclay n'est... heu... pas à Londres pour le moment. Mais il ne sera pas absent longtemps et s'occupera de ce problème dès son retour.

— Êtes-vous certain de ne pas vouloir de Manwaring? C'est un jeune homme remarquable, n'est-ce pas Amelia?

— Absolument.

— Non. Barclay s'en chargera. (Marcus regarda alternativement les deux jeunes femmes.) Depuis combien de temps Manwaring est-il à votre service?

— Trois ans, répliqua Iphiginia. Pourquoi?

Marcus grommela :

— Pour rien. Je pensais juste qu'un homme d'affaires est plutôt bien placé pour détenir des renseignements sur ses clients...

Iphiginia se rebiffa.

— Je puis vous assurer qu'il est digne de confiance. Vous ne pouvez le suspecter !

— Excusez-moi... Mais ne croyez-vous pas qu'en trois ans il ait pu apprendre des choses sur votre tante ?

— Impossible, rétorqua Amelia, hautaine. Mr. Manwaring est un gentilhomme, monsieur. Il est au-dessus de tout soupçon. Il ne commettrait jamais pareil acte !

— Ma cousine a raison. Manwaring est un garçon honorable.

Marcus évita de leur expliquer que certaines personnes cachaient sous une façade de respectabilité une absence totale de scrupules.

— Après tout, c'est votre homme d'affaires... Je respecterai donc votre avis.

— C'est préférable, marmonna Iphiginia.

— De toute façon, même s'il pouvait faire chanter votre tante, je ne vois pas comment il ferait chanter mon amie.

— C'est évident, répondit Iphiginia d'un ton doucereux. My lord, est-ce que cette nouvelle lubie concernant ce pauvre Manwaring implique que vous ne me considérez plus comme une coupable potentielle ?

— Évidemment, vous auriez pu monter cette histoire de toutes pièces pour me faire croire à votre innocence... mais cela me paraît un peu tiré par les cheveux !

Le sourire de la jeune femme s'évanouit brutalement, et elle reprit d'un ton sec :

— Trop aimable. Vous est-il venu à l'esprit que je puisse vous soupçonner à mon tour d'avoir organisé cette petite plaisanterie ?

— Ne soyez pas ridicule, protesta Marcus, irrité.

— Ridicule ? lança-t-elle. Vous pourriez très bien être le maître chanteur.

Elle paraissait sérieuse et Marcus en fut estomaqué. Évidemment, depuis des années, les ragots allaient bon train sur son duel avec Lynton Spalding, mais personne jusqu'ici n'avait osé le lui faire remarquer.

— Vous êtes folle, ma pauvre Iphiginia! En tout cas, vous allez trop loin!

— Ou pas assez... riposta-t-elle.

Amelia lui jeta un coup d'œil ennuyé.

— Vraiment Iphiginia, je ne crois pas cela utile...

— Au contraire, dit sa cousine en continuant de fixer Marcus droit dans les yeux. Je vous prierai de considérer d'un peu plus près les faits : vous êtes un homme qui n'a pas froid aux yeux et vous êtes extrêmement intelligent. Suffisamment intelligent pour accumuler les secrets pendant toutes ces années.

— Cela suffit, Iphiginia, siffla-t-il.

Elle fit comme si elle ne l'avait pas entendu.

— Vous auriez très bien pu envoyer ces billets. Vous pourriez même être cette personne qui m'a enfermée cette nuit, dans le cimetière.

— Vous m'insultez, madame! s'exclama Marcus d'une voix blanche.

— Comme vous n'avez pas manqué de m'insulter ces derniers jours.

— Je dois dire que tous vos gestes m'étaient suspects. Vous faire connaître dans tout-Londres comme étant ma maîtresse, fouillant les bureaux de gentlemen, visitant les collections érotiques de Lartmore. Et surtout, vous promener dans un cimetière à minuit avec cinq mille livres!

— S'il vous plaît, supplia Amelia. Cela ne mène à rien.

— Oh que si! rétorqua sa cousine. Cela prouve à sa seigneurie que ses actions peuvent paraître aussi suspectes que les miennes.

Marcus explosa :

— Que le diable vous emporte! Je ne suis pas un maître chanteur.

— Mais rassurez-vous, je n'ai jamais pensé cela! riposta Iphiginia avec légèreté. Je ne faisais que vous rendre la pareille.

Marcus s'éloigna de la cheminée et vint se planter devant la jeune femme.

— Des hommes sont morts pour moins que ça!

— De votre main? Oh! Monsieur, vous êtes trop intelligent pour vous battre pour ce genre de peccadilles.

— L'honneur d'un homme est une peccadille pour vous?

— Non. Bien sûr que non. Ni l'honneur d'une femme d'ailleurs... Mais une balle en plein cœur vous fait-elle retrouver votre honneur?

Marcus se pencha au-dessus d'elle et murmura :

— Cette même balle peut mettre un terme aux pires ragots!

— J'en doute. Elle les enterre pour un moment, c'est tout... Mais qui se soucie des ragots? Vous et moi sommes immunisés, non?

— Il y a certaines limites à ne pas franchir, Iphiginia. Or, vous êtes en train de les franchir... Une maîtresse en titre peut aller jusqu'à un certain point, mais pas plus loin.

— Sur quoi vous basez-vous, monsieur, puisque vous m'avez avoué n'en avoir encore jamais eu?

Amelia leva la main.

— Il suffit! Cette dispute n'a aucun sens.

Marcus la regarda.

— Vous avez tout à fait raison, Miss Farley. Merci de nous rappeler à l'ordre.

— Je vous en prie.

Marcus se mit à arpenter la bibliothèque.

— Revenons à ce qui nous préoccupe... Une autre possibilité m'est apparue.

Iphiginia s'assit confortablement.

— Oui, monsieur?

— Je réfléchissais à ce qui a motivé notre dispute.

— A la possibilité qu'a un homme d'affaires de connaître certains secrets?

— Ce ne sont pas les seuls, d'autres personnes nous sont aussi proches.

Amelia le regarda avec attention.

— Les domestiques? Je ne crois pas qu'il s'agisse d'un domestique.

— Moi non plus, répliqua Iphiginia. C'est un homme qui fréquente la bonne société.

— Et qui connaît ses classiques pour employer le mythe du phénix, ajouta Amelia.

— L'écriture est celle d'une personne cultivée, reprit Iphiginia. Intelligente et déliée.

— Comme celle d'une gouvernante ou d'un secrétaire, laissa tomber Marcus.

Les deux jeunes femmes le fixèrent avec un regain d'intérêt.

— Mon Dieu! souffla Amelia. Il a raison. Ce genre de personne occupe une place idéale entre les domestiques et les maîtres... Ils sont aussi cultivés que leurs employeurs, lesquels parlent devant eux comme s'ils n'existaient pas.

Sa cousine soupesa cette nouvelle possibilité.

— En effet. Ils voient et entendent tout.

— Cherchons une femme qui aurait été employée dans les deux maisons, expliqua Marcus.

— Chez tante Zoe et chez votre amie? A combien de temps remonte son secret?

Marcus hésita quelques instants à dévoiler les confidences d'Hannah.

— Sept ans environ. Et celui de votre tante, dix-huit, n'est-ce pas?

— Oui, admit Iphiginia. Mais je doute que nous trouvions une gouvernante commune aux deux maisons.

— Enquêtons quand même. Mon hypothèse vaut bien la vôtre. Et cela vous évitera de fouiller les bureaux de certains hommes à la recherche de cet hypothétique sceau!

— Je proteste! Ma théorie est infiniment plus vraisemblable et logique que la vôtre. C'est évident... Ces hommes ont fréquenté vos deux cercles. Votre histoire de gouvernante n'est que pure conjoncture!

— Peut-être, mais elle est plus plausible!

— Non! D'ailleurs...

Amelia releva la main.

— Puis-je vous redemander de vous calmer? Vous ne tirerez rien de bon à vous disputer ainsi.

Marcus eut un sourire froid.

— Miss Farley, vous êtes la voix de la sagesse. Iphiginia n'a plus toute sa tête ce soir, ce qui est normal après ce qu'elle a subi.

— J'ai les idées aussi claires que vous, Masters.

— Mais à l'opposé des miennes, pourtant, répliqua poliment Marcus. Votre raisonnement repose sur la subjectivité, ce qui est dû certainement à votre tempérament artistique, le mien repose sur la raison et la logique grâce à ma passion des sciences et des techniques...

Iphiginia bondit hors du sofa.

— Ce que vous pouvez être arrogant, condescendant et présomptueux!

— S'il vous plaît! supplia Amelia. Arrêtez!

— Je suis d'accord, dit Marcus, calmé. Nous devons procéder d'une façon logique. Barclay, à son retour, fera des recherches sur ce monument funéraire. Pendant ce temps-là, nous demanderons à madame votre tante si elle a employé une personne qui ait pu surprendre son secret, et, de mon côté, je questionnerai mon amie.

— Mum... marmonna Iphiginia.

Marcus fit exprès de l'ignorer.

— Nous verrons ce que nous trouverons. Mais je jugerais préférable que vous quittiez Londres quelques jours, madame.

— Certainement pas! s'écria la jeune femme. Pourquoi quitterais-je Londres? J'ai trop à faire ici.

Marcus secoua la tête.

— Notre maître chanteur devient dangereux. Vous en avez eu un exemple ce soir.

— J'ai juste eu un peu peur!

— Sa seigneurie a raison, intervint Amelia. Le dernier

billet est une menace, ni plus ni moins. Que fera-t-il la prochaine fois ?

— Justement, je trouverais préférable de garder un œil sur Iphiginia, au moins jusqu'à ce que Barclay ait fini ses recherches.

— Sottises ! protesta la jeune femme.

Amelia ne lui prêta aucune attention, attentive à ce que Marcus allait suggérer.

— Et comment allez-vous faire ?

Marcus réfléchit quelques instants.

— Iphiginia pourrait retourner chez elle, à la campagne.

— Il n'en saurait être question ! Absolument impossible ! Je n'irai pas, un point c'est tout.

Quelle véhémence, songea Marcus. Il serait intéressant de voir ce que Barclay allait découvrir dans le Devon.

— Dans ce cas, reprit-il. Je suggère que nous nous rendions à l'invitation de lady Pettigrew, et que nous passions quelques jours dans sa maison du Hampshire.

Iphiginia se calma aussitôt.

— Cela me donnerait l'opportunité de fouiller le bureau de son mari...

Marcus lâcha un juron.

Bon... Je m'en occuperai, concéda-t-il, quant à vous, vous étudierez leur temple de Vesta, comme promis.

— Vous sauriez mener à voir bien une fouille ? demanda Iphiginia, légèrement dubitative.

— Je devrais y arriver. N'oubliez pas que je vous ai vue opérer chez Lartmore...

Iphiginia se mordit les lèvres.

— Parfait, my lord. Alors nous irons dans le Hampshire.

Marcus poussa un soupir de soulagement. Iphiginia serait à l'abri là-bas, et le temps qu'ils reviennent à Londres, Barclay aurait terminé son travail. Quelque chose lui disait qu'il y avait un rapport entre cette grotte funéraire et le maître chanteur. Il en aurait mis sa main à couper.

Ce maître chanteur était devenu une véritable nuisance. Et cette fois-ci, il avait été trop loin en effrayant Iphiginia.

Marcus n'aurait de cesse de l'attraper.

Trois jours plus tard, Marcus s'amusait à relever les titres des livres que contenait la bibliothèque de Pettigrew.

— Ciceron, Virgile, Newton et les dernières communications de la Société royale de philosophie ! Je vous félicite de votre choix, Pettigrew. Extrêmement intéressant... Je ne savais pas que vous vous passionniez pour de tels sujets.

Son hôte, un homme aussi rude que son épouse était extravertie, lança d'une voix sèche :

— Un gentleman se doit de lire autre chose que les journaux, s'il ne veut pas que son esprit s'ankylose.

— Bien dit ! apprécia Marcus en prenant l'exemplaire de la Société royale de philosophie et en le posant sur une table. Puis-je vous l'emprunter ?

— Je vous en prie. (Pettigrew se servit un verre de bordeaux.) Pourrais-je savoir combien de temps vous entendez rester ici ?

Marcus ignora cette remarque peu amène. Il était évident que cette réception était uniquement l'œuvre de lady Pettigrew. Lord Pettigrew, pour sa part, détestait les mondanités.

— Quelques jours seulement. Votre épouse a demandé à Mrs. Bright son avis sur votre temple de Vesta. Je suppose que cela lui demandera un peu de temps pour mesurer et comparer ce monument aux ruines qu'elle a vues en Italie.

— Notre temple est parfait. Inutile d'avoir l'opinion de Mrs. Bright... (Il lança un coup d'œil en biais à Marcus.) Pardonnez-moi, monsieur. Je viens juste de me rendre compte qu'elle était une de vos proches.

— Oui. En effet.

Marcus se plongea dans la table des matières du volume qu'il venait de prendre. Cet ouvrage avait un an. Il mit le doigt sur un article d'astronomie qui l'intéressait.

Ce livre ne lui était pas étranger, il avait le même chez lui. Il recevait depuis toujours ces volumes de la Société royale de philosophie, et cet article d'astronomie paru neuf mois plus tôt avait suffisamment éveillé sa curiosité pour qu'il se lançât, à l'époque, dans l'étude de cette science.

— Vous la connaissez depuis longtemps? bougonna Pettigrew.

— Qui? Oh! Mrs. Bright? s'étonna Marcus. Depuis assez longtemps, en effet.

— Je vois. Une curieuse femme...

— Oui, n'est-ce pas? Nous avons pas mal de choses en commun.

Pettigrew se troubla.

— Vous êtes passionné d'antiquités?

— Je m'y mets. (Marcus referma le livre.) Au fait, mon valet a oublié d'apporter mon écritoire. Croyez-vous que je puisse vous emprunter quelques feuilles de papier? J'ai du courrier en retard.

— Quoi? Oh! Oui, bien sûr! (Pettigrew désigna son bureau d'un geste ample.) Je vous en prie, faites comme chez vous...

— J'utiliserai votre sceau aussi... Cela ne vous dérange pas?

— Là-bas, à gauche.

— Merci infiniment.

— Vous feriez mieux de vous installer à mon bureau pour écrire vos fichues lettres. Je ne risque pas de l'utiliser avec tout ce va-et-vient dans ma maison. J'ignore pourquoi ma femme s'obstine à recevoir ici, pendant la Saison. Si elle a envie de mondanités, qu'elle reste à Londres, bon sang!

— Elle est en droit d'être fière de votre demeure. Il y a peu d'endroits dans le pays qui possèdent un tel temple de Vesta!

— Hum... Si encore il y avait les vierges qui vont avec! s'esclaffa Pettigrew. Mais de nos jours, c'est aussi rare que les licornes ou les phénix...

Marcus semblait perdu dans la contemplation du parc qu'il apercevait par les portes-fenêtres.

— Des phénix?

— Oui, vous savez, cet oiseau mythologique qui renaît de ses cendres.

— Oh! Les créatures mythologiques, comme les vierges d'ailleurs, ont cessé depuis fort longtemps de m'intéresser, répliqua Marcus d'un ton blasé.

— Quelle superbe soirée! murmura Iphiginia en contemplant la nuit étoilée.

Elle avait attiré Marcus sur la terrasse, sous prétexte de lui faire admirer ce beau soir d'été. En fait, elle voulait qu'il lui raconte ce qu'il avait appris l'après-midi même dans la bibliothèque de Pettigrew.

Maintenant qu'elle était seule avec lui sous le firmament limpide, elle n'était plus si pressée. Elle appréciait ce moment passé seule avec lui.

Il était presque minuit et, après un bon dîner et quelques parties de cartes, la majorité des invités s'étaient retirés dans leur chambre.

Ici, les soirées et les bals ne duraient pas jusqu'au petit matin. Passer quelques jours à la campagne, alors que la Saison battait son plein, permettait à certains de se refaire une santé.

Une brise légère faisait bruisser les arbres. L'air embaumait. Iphiginia respira avec volupté ces enivrants parfums nocturnes.

— Mon Dieu, dit Marcus, adossé à la balustrade. Je donnerais n'importe quoi pour être dans mes terres du Yorkshire.

— Pourquoi?

— Pour pouvoir utiliser mon télescope.

— Votre télescope? Vous vous intéressez à l'astronomie?

— En effet.

Iphiginia était étonnée : cet homme ne cesserait jamais de la surprendre.

— Je l'ignorais, my lord.

Il fit la moue.

— Pensiez-vous donc tout connaître de moi, sous prétexte que vous vous faites passer pour ma maîtresse?

— Non. Bien sûr! répondit-elle, le rouge aux joues. Mais je croyais avoir découvert vos principales passions.

— Ne vous inquiétez pas, vous les avez survolées. Si vous avez manqué mon intérêt pour l'astronomie, c'est qu'il est tout nouveau. J'ai découvert que j'étais attiré par l'astronomie en étudiant les propriétés du verre et de la lumière.

Iphiginia ne pensait plus à Pettigrew tant elle était curieuse de mieux connaître l'homme qu'elle aimait.

— Comment êtes-vous passé de l'un à l'autre?

— Très facilement, répondit Marcus en la regardant un instant avant de retourner à la contemplation du ciel. Pour étudier les étoiles, il faut avoir étudié la lumière. Les miroirs peuvent servir à voir à une grande distance.

— Comme dans les télescopes?

— Oui. Et ils peuvent aussi concentrer la lumière pour en étudier ses propriétés. J'ai travaillé là-dessus ces temps-ci. (Il la fixa d'un air hésitant.) Et j'ai inventé une machine à cet effet...

— Vraiment?

— J'ai pris un prisme et un petit télescope... Pardonnez-moi, pour une spécialiste de l'Antiquité, vous devez trouver tout ceci affreusement ennuyeux!

— Non. Non, pas du tout! assura-t-elle. Les anciens étudiaient les étoiles, eux aussi. Ils leur ont même attribué les noms de leurs dieux.

— Exact.

— Dites-moi ce que vous espérez trouver.

— Je ne sais pas... William Herschel a écrit quelque chose, il y a deux ans, qui m'a profondément intrigué...

— Oui?

Marcus s'empara de sa petite main fine et la conduisit vers le jardin, en contrebas.

— Il a fait remarquer que lorsque nous regardons les étoiles, nous regardons le passé de l'humanité.

— Je ne comprends pas.

— La lumière des étoiles met des milliers d'années à nous parvenir, selon nos calculs les plus récents.

— Oh ! Je vois... Elle a pu être émise il y a une éternité... Quelle idée magnifique ! Je n'y avais pas songé.

— Je trouve aussi, répliqua Marcus souriant. J'ai appris que seuls quelques initiés s'y intéressaient.

— Je comprends mieux.

Iphiginia appréciait le contact de sa main sur la sienne. Il lui semblait être liée à Marcus aussi bien physiquement que mentalement. Et elle était heureuse qu'il ne la soupçonne plus d'avoir fait chanter son amie.

— J'ai souvent été accusée d'être ennuyeuse, moi aussi.

— J'ai du mal à le croire.

— Mais c'est vrai. Je crains d'avoir eu une vie trop tranquille, ces dernières années.

— Due à l'âge et aux infirmités de votre défunt mari, je suppose ?

— Euh ! Oui...

— Évidemment.

— Oui ?

— Dites-moi, Iphiginia, demanda doucement Marcus, lui avez-vous été fidèle ?

Iphiginia, troublée, s'exclama :

— Quelle question !

Il la fixa un moment.

— Pourquoi ? Vous avez suffisamment fréquenté la bonne société pour savoir que les femmes fidèles sont rares.

— Je sais surtout que leur nombre ne dépasse pas celui des maris infidèles, rétorqua la jeune femme.

— Vous marquez un point !

Iphiginia devint grave.

— Avez-vous été un mari fidèle, my lord ?

Marcus garda le silence quelques instants.

— J'ai pour règle de ne jamais discuter du passé. Encore moins de mon mariage.

La rebuffade refroidit Iphiginia.

— Certes. Comment ai-je pu oublier? Mais comment pouvez-vous aimer vivre avec un code moral aussi strict?

— Cela m'a beaucoup apporté.

— La vie est courte, murmura Iphiginia. Trop de règles peuvent la rendre triste.

— Elles protègent ma vie privée.

— Qui doit manquer singulièrement de piquant, si vous vous obstinez à ne jamais déroger.

— Je ne suis que les règles que j'ai moi-même édictées et qui, donc, me conviennent.

Ils arrivaient dans une partie fort boisée du parc. Les lumières de la maison se devinaient au lointain. La nuit était claire et l'on distinguait parfaitement les étoiles et la lune ronde.

— C'est comme si nous étions seuls au monde, souffla la jeune femme.

— C'est très agréable... (Marcus vit un large monument sur sa droite.) Qu'est-ce que c'est?

Iphiginia remarqua à son tour les élégantes colonnes du temple de Vesta.

— C'est la ruine! J'ai fini mes calculs cet après-midi pendant que vous étiez dans le bureau de Pettigrew. Au fait, avez-vous découvert quelque chose?

— Non. Pettigrew utilise de la cire rouge uniquement, et son sceau porte l'emblème d'un cœur flamboyant.

— Quel dommage! Avez-vous fouillé ses tiroirs?

— Oui. Cet homme n'est pas notre maître chanteur. (Marcus se dirigea vers le temple.) Avez-vous trouvé qu'il ressemblait à l'original?

Iphiginia était déçue pour Pettigrew. Elle observa la superbe ruine inondée par la clarté de la lune qui dégageait une atmosphère mystérieuse et enchanteresse qu'elle n'avait pas dans la journée.

— Il n'est pas mal. Aussi aérien que celui de Tivoli. Notez la finesse des colonnes. Son cercle intérieur est au centimètre près le même.

— Vraiment?

Iphiginia se rendit alors compte que Marcus ne regardait qu'elle. Ses yeux brillaient malgré l'obscurité. Sa voix avait pris une intonation chaude.

Elle reprit sa respiration et continua de se montrer érudite et charmante.

— On peut presque voir les vestales apporter la flamme sacrée...

— Vous débordez d'imagination, dit Marcus, amusé, en la conduisant au centre du temple. Je me vois mal faisant apparaître quelques vierges ici, mais l'idée est amusante.

Iphiginia se troubla.

— Vous trouvez?

— En effet. (Il lui prit le visage entre ses puissantes paumes.) Ce nom de lady Starlight vous sied à ravir! Vous êtes née pour marcher parmi les étoiles...

Elle frissonna. Je suis née pour vous aimer, songea-t-elle. Une vague de tristesse la submergea. Elle ne pourrait certainement jamais lui dire ces mots. Il n'était pas apte à les entendre.

— Avez-vous aimé passer pour ma maîtresse, Iphiginia?

— Oh oui! Énormément. J'ai pu côtoyer nombre de gens intéressants. Je serai un peu triste quand tout sera fini!

— Vraiment?

— Un peu, oui, avoua-t-elle. Bien que ce fût difficile d'être ainsi le point de mire de tout le monde! Mais j'aurai vécu une grande aventure, presque aussi merveilleuse que mon voyage en Italie!

Marcus leva le sourcil.

— Presque aussi merveilleuse? Je suis ravi d'apprendre qu'être ma maîtresse est presque aussi merveilleux que de visiter l'Italie...

Iphiginia comprit qu'elle l'avait vexé.

— Je ne voulais pas vous offenser, my lord. Jouer ce rôle s'est révélé passionnant, bien sûr!

— Mais pas aussi intéressant que les ruines de Pompéi, n'est-ce pas?

— Pompéi est unique, my lord... dit-elle gentiment. Peu de choses au monde peuvent lui être comparées.

— Non, en effet... Alors laissez-moi y mettre un peu de piquant!

Ses lèvres vinrent à la rencontre de celles de la jeune femme. Et Iphiginia ne sut si c'était l'effet de la pleine lune ou celui de la chaleur du corps de Marcus qui mettait tous ses sens en émoi...

10

C'était l'endroit, le moment et l'homme idéal!

Iphiginia était troublée. C'était comme si la vie qu'elle avait menée jusqu'ici avait été vécue pour cet instant. Uniquement.

Maintenant, elle était libre. Libre vis-à-vis de sa sœur, libre de ne plus suivre les horribles règles qui régissaient sa vie à Deepford, libre de faire ce qu'elle voulait, loin du regard accusateur de ses voisins.

Depuis un an, elle avait peu à peu recouvré sa liberté, et, pour la première fois de sa vie, elle était libre d'aimer.

Elle devait profiter de ce moment sans se soucier des éventuelles conséquences.

Iphiginia se hissa sur la pointe des pieds et jeta ses bras autour du cou de Marcus.

Il frissonna et l'embrassa passionnément en la serrant contre lui.

— Ma douce lady Starlight... murmura-t-il en lui caressant le cou. J'avais une telle hâte de pouvoir vous toucher de nouveau.

— Oui, Marcus... S'il vous plaît!

Iphiginia sentit son châle en cachemire glisser de ses épaules et tomber à ses pieds.

Ses caresses, la pleine lune, tout la rendait nerveuse. Tout lui paraissait irréel et pourtant ses sens étaient en éveil. Elle percevait le frémissement de ses doigts sur la soie de sa robe, et l'air frais de la nuit sur la pointe de ses seins dénudés.

Elle cacha son visage dans son ample cravate.

— Superbes, murmura Marcus en posant ses paumes sur la poitrine de la jeune femme. Vraiment superbes.

Iphiginia sentit ses seins se durcir et elle frissonna en songeant au délicieux moment qu'elle avait passé avec Marcus, chez Lartmore.

Marcus ne l'avait pas encore vue nue.

Aucun autre homme non plus, d'ailleurs.

Elle aurait dû être gênée, mais au contraire l'admiration contenue dans la voix de Marcus la rendait fière. Terriblement fière.

Elle eut envie de le caresser comme il la caressait. Elle entreprit aussitôt de dénouer sa cravate et d'ouvrir sa chemise.

— Oui... souffla Marcus.

La cravate atterrit à son tour par terre.

Iphiginia le regarda longuement. Son visage viril était éclairé par la lune, ses yeux brillaient de désir, sa bouche esquissait un sourire d'une grande sensualité.

— Marcus...

Elle ne savait comment lui dire qu'elle espérait plus qu'un simple baiser, par cette belle nuit d'été.

— Pourquoi pas? répondit-il comme s'il lisait dans ses pensées. Je pensais que nous pourrions attendre l'intimité de votre chambre, mais il me semble que non.

Il déposa un léger baiser au creux de son épaule, et elle en profita pour glisser ses mains sous sa chemise, prenant plaisir à sentir ses muscles frémir.

— Vous êtes magnifique, my lord, murmura-t-elle. Absolument magnifique. Vous me rappelez une statue d'Hercule que j'ai vue à Venise.

Marcus sourit.

— Méfiez-vous, madame. Je n'ai rien d'une statue!

— Je m'en rends compte, répondit-elle, toute rougissante.

Il se débarrassa de sa cape et la déposa sur le sol. A la lueur de son regard, la jeune femme comprit que cette cape leur servirait de couche, le moment venu.

Iphiginia sourit, sans dire un mot.

Marcus la fixa un instant puis, encouragé par ce sourire, la prit dans ses bras et l'allongea tendrement sur la cape, à même le sol.

Iphiginia l'attira aussitôt à elle, fébrilement, comme si elle avait peur de le perdre.

— Iphiginia !

Marcus avait perdu toute sa réserve. Il la couvrit de baisers passionnés, de caresses voluptueuses. Il retroussa ses jupes.

— Vous me désirez, n'est-ce pas, demanda-t-il âprement.

— Oh oui !

Et Marcus lui donna ce à quoi elle aspirait tant.

— Marcus ! Oh ! Mon Dieu... Marcus !

Elle voulait que cela dure. Elle voulait plus, elle ne savait pas au juste quels étaient ses souhaits, mais tout son corps se tendait sous les caresses de Marcus.

— Embrasse-moi, commanda-t-il.

La jeune femme obéit avec une telle fougue que Marcus manqua de perdre le souffle.

Lorsqu'elle sentit sa virilité prête à la pénétrer, elle ne put s'empêcher de protester :

— Marcus, non ! J'ai peur...

— Tu es si étroite, murmura-t-il.

— Certes. Mais...

Il ne sembla pas entendre ses avertissements, et bientôt la jeune femme cria :

— Marcus !

Elle s'était arc-boutée sous le choc, le souffle coupé.

— Par Dieu, c'est impossible ! explosa Marcus. Impossible !

Un silence étrange retomba sur le temple de Vesta.

— Est-ce toujours ainsi? s'inquiéta la jeune femme.

Marcus la fixait avec colère.

— Vous êtes vierge!

Iphiginia se souvint de son histoire de veuve joyeuse.

— Non. Je vous assure... Mais cela fait si longtemps... Et mon mari n'était pas trop porté sur ce genre d'exercices... Et de toute façon, il n'était pas aussi... Hum...

— Menteuse! Vous êtes bel et bien vierge!

Le cœur serré, la jeune femme se rendit compte qu'il était furieux.

Le désespoir l'envahit. Elle ne savait quoi penser. Elle voulut apaiser sa colère.

— Personne ne le sait, à part vous, my lord! Cela n'a pas d'importance, au regard du monde, je suis toujours une veuve...

— Allez-vous finir de jouer ces rôles stupides!

Iphiginia en eut les larmes aux yeux.

— Je ne joue aucun rôle, en ce moment!

— Je vous en supplie, arrêtez de pleurer! (Il lui prit le visage entre ses mains.) Je ne le supporterai pas. Pas après ce que vous avez fait!

La colère et l'outrage la submergèrent.

— Je ne pleure pas! protesta-t-elle. Je vous défends de me parler sur ce ton... Et je vous demande de me laisser tranquille! Je ne mens pas, un point c'est tout!

— Iphiginia...

— Allez-vous-en!

Elle le repoussa de toutes ses forces. En vain.

— Mais petite folle, l'irréparable est fait!

— Je m'en moque! Je désirais vraiment que vous me fassiez l'amour... Enfin, je crois...

— Pourquoi, bon sang? Pour vivre une de vos autres belles aventures? Comme votre voyage en Italie?

— Si vous voulez... (Elle tenta de nouveau de le repousser.) Mais vous avez tout gâché!

— Mais pourquoi m'avoir choisi? Vous auriez pu prendre Hoyt ou Lartmore comme mentor...

— Parce que c'est vous que je préférais, espèce de triple buse! Fichez-moi le camp!

Marcus était atterré.

— Iphiginia...

— J'ai dit partez!

Marcus parut se transformer en statue de marbre. Seules quelques gouttes de sueur perlaient à son front. Ses mâchoires étaient serrées tel un étau. Brusquement, il se laissa rouler sur le côté, en proie à une angoisse mortelle. Le souffle lui manqua, et il resta là, absolument immobile, sans vie.

— Oh! Mon Dieu... Marcus?

Iphiginia oublia son propre inconfort tant elle était troublée par le malaise de Marcus.

Une pensée terrible traversa son esprit.

Marcus était mort par sa faute.

Iphiginia se redressa pour le secouer. Il ne bougeait pas. Son visage était de cire, ses yeux clos.

— Mon Dieu! Qu'ai-je fait? My lord... Je vous en prie! Parlez-moi...

Elle tenta de le prendre contre elle. Il était affreusement lourd. Elle réussit à poser sa tête sur ses genoux et lui caressa les cheveux. Des larmes coulaient sur ses joues.

— Je suis désolée, Marcus. Je ne voulais pas vous faire de mal... C'était la dernière chose au monde que je désirais... Par pitié, ne mourez pas! Nous venons juste de nous rencontrer... Et je ne le supporterai pas. Je vous aime, Marcus!

Par tous les saints!

Pour la seconde fois de sa vie, il venait de perdre la raison. Comme le soir de ses noces...

De sa mémoire surgit le souvenir de la répulsion dont sa femme avait fait preuve lorsqu'il l'avait touchée.

Vous et vos mains de fermier... Espèce de sale rustre!

— Marcus! Marcus, pardonnez-moi. Ouvrez les yeux, s'il vous plaît! Vous ne pouvez pas mourir!

Marcus ouvrit un œil.

— Oh! Vous êtes en vie... s'écria Iphiginia, soulagée. Merci, mon Dieu! (Elle lui souleva la tête.) Attendez, my lord. Ne bougez pas... Je vais chercher de l'aide.

Marcus ouvrit tout à fait les yeux et la saisit par la taille.

— Non!

— Mais vous avez besoin d'un docteur! Vous avez eu une espèce d'attaque.

— Je survivrai... Miss Bright! répliqua sèchement Marcus. Vous êtes fort habile à pousser un homme de trente-six ans à se conduire comme un gamin de vingt!

Elle le fixait avec appréhension, en lui caressant doucement la joue.

— Êtes-vous certain de ne pas vouloir de médecin?

— Tout à fait certain. J'aurai, en revanche, certainement besoin d'un nouveau manteau, ironisa-t-il.

— J'y pourvoirai, proposa Iphiginia. Je suis la seule fautive dans cette histoire, my lord.

— J'aurais dû deviner que vous seriez aussi douée dans le rôle de l'innocente victime que dans celui de la veuve joyeuse!

— Mais Marcus, je n'ai rien de l'innocente victime... J'ai passé l'âge!

— Vous êtes vierge, pourtant! Je n'ai jamais eu à faire à des vierges... C'était une de mes règles. Que je me faisais fort de respecter, jusqu'à ce soir du moins!

— Ne voyez que le bon côté des choses, my lord, protesta Iphiginia gentiment. Je ne suis plus vierge et donc vous ne violez plus vos sacro-saintes règles.

La colère envahit Marcus.

— Damnation! Vous et vos joutes oratoires! Vous rendriez fou n'importe quel homme sain d'esprit, et si je n'avais pas commis l'irréparable, je vous prendrais sur mes genoux pour vous flanquer une bonne fessée!

La jeune femme perdit son sourire.

— Monsieur, je peux comprendre que vous soyez en colère d'avoir dérogé à l'une de vos précieuses règles, mais vous n'êtes vraiment pas à blâmer.

— Une vierge déguisée en veuve avertie! marmonna Marcus en mettant de l'ordre dans sa toilette. J'aurais dû m'en douter!

— C'est ridicule! Et comment vous en seriez-vous douté?

Marcus se releva et la fixa d'un air furieux. Mais le spectacle de la jeune femme, baignée de lune, les jupes encore retroussées, les seins en partie dénudés, l'émut. Sa chevelure était en désordre, un de ses escarpins blancs reposait à quelques mètres de là, et une aura d'innocence l'enveloppait tout entière... Cette même innocence qui l'avait frappé la première fois qu'il l'avait vue.

— En fait, je le pressentais, expliqua-t-il calmement. Mais je refusais de m'avouer la vérité.

— Êtes-vous toujours aussi sévère envers vous-même?

— Je ne sais pas, marmonna Marcus en l'aidant à se remettre debout. C'est la première fois qu'une telle chose m'arrive. Venez, maintenant.

— Où allons-nous?

— Nous retournons dans nos chambres. (Il aida la jeune femme à agrafer sa robe.) Nous devons faire attention à ce que personne ne nous voie.

— Pourquoi, my lord? demanda Iphiginia légèrement énervée. Aux yeux du monde, rien n'a changé. Je suis toujours veuve, et toujours votre maîtresse... Qui peut connaître la vérité?

— Moi.

La vérité était qu'il venait de transgresser une de ses règles les plus importantes et qu'il allait devoir en payer le prix.

Un mariage avec Iphiginia changerait tout. Sa première épouse avait été une femme d'expérience sous ses airs de jeune vierge effarouchée. La seconde serait l'innocence même sous son allure de veuve joyeuse...

Oui, il devait voir le bon côté des choses. Cette fois-ci, il se marierait avec sa maîtresse au lieu d'épouser celle d'un autre...

Il prit la jeune femme par la main et la conduisit vers le manoir. La nuit embaumait de mille parfums et les étoiles étincelaient de tous leurs feux dans le ciel velouté.

Marcus songea combien sa vie était sur le point de changer, et il se demanda comment Bennet réagirait à l'annonce de ce mariage précipité.

A l'évidence, Iphiginia ne se formaliserait pas des heures qu'il passerait dans sa bibliothèque ou dans son laboratoire. Elle au moins comprendrait.

Il aurait peut-être des enfants... Peut-être même un fils qui hériterait du titre... Comme c'était curieux, il n'avait jamais songé auparavant à un héritier, mais ce soir, l'idée que la jeune femme portait sans doute le fruit de son amour l'emplissait d'une étrange sensation. Il eut brusquement conscience d'un futur possible.

C'était un concept nouveau pour lui...

— Marcus? murmura Iphiginia, à bout de souffle.

Il se rendit enfin compte qu'il marchait trop vite, obligeant ainsi la jeune femme à trottiner derrière lui.

— Oui?

— Je sais que vous êtes en colère, my lord. Je regrette vraiment ce que j'ai fait.

— Hum...

— J'aurais dû vous prévenir.

— Nous en reparlerons demain. Je dois d'abord y réfléchir.

— Certes, my lord. Je comprends. Vous êtes affreusement ennuyé et vous envisagez d'abandonner notre petite mascarade.

— Je ne vois pas d'autre alternative.

Puisqu'il allait passer du rôle d'amant à celui de mari.

— Si. Nous avons toutes les raisons du monde de continuer.

— Ce n'est plus possible, Iphiginia.

Puis-je vous rappeler qu'il me faut passer pour votre maîtresse. Absolument.

— Ce n'est guère le moment de me remémorer vos talents d'actrice!

Ils étaient arrivés en vue de la terrasse. Marcus vit que la plupart des lumières étaient éteintes. Les invités s'étaient couchés. Iphiginia ne devrait pas avoir trop de difficultés à regagner sa chambre.

— J'ai toujours de bonnes raisons d'agir ainsi, insista la jeune femme. Il nous faut découvrir l'identité de notre maître chanteur. Vous ne pouvez pas prendre le risque de...

— Le risque?

— Oui, le risque de m'éloigner de tous vos proches.

Son obstination à ne pas comprendre la gravité de ce qui s'était passé dans le temple de Vesta fit perdre à Marcus le peu de patience qui lui restait.

— Miss Bright, puis-je vous rappeler que vous avez maintenant un problème bien plus important?

Iphiginia le dévisagea avec incompréhension.

— Pardon?

— Vous n'avez plus rien d'une maîtresse en titre!

Elle parut retomber sur terre. Puis enfin, elle comprit.

— Oh! Je saisis.

— Vraiment?

— Certes. Mais je ne vois pas pourquoi ce bref interlude interromprait notre association...

— Enfer et damnation! Iphiginia!

— Marcus, s'il vous plaît... fit-elle en esquissant le geste de lui toucher la joue. Je sais que vous n'avez pas pris plaisir à ce qui s'est passé dans la ruine.

— Mon plaisir est bien le moindre de mes soucis! Il y a plus important...

— Mais, my lord, votre malaise me préoccupe beaucoup, répondit-elle en se méprenant. Mon Dieu! Pendant un moment, j'ai cru que vous étiez mort, ou que vous aviez eu une attaque d'apoplexie...

— D'apoplexie? Je deviens fou!

— Croyez-moi, j'ignorais que la découverte de ma virginité aurait un tel effet sur vous. Je suis vraiment désolée, my lord.

Marcus s'appuya contre la balustrade de la terrasse. Cette conversation prenait un tour pour le moins étrange et il trouvait cela fascinant.

— D'accord. Mais comment auriez-vous pu savoir l'effet que cela aurait sur mes sens délicats? ironisa-t-il.

Elle eut un merveilleux sourire.

— Je ne sais... J'espère que tout ceci n'est plus qu'un mauvais souvenir, n'est-ce pas?

— Je pense en effet avoir recouvré la santé... Étonnant, quand on considère les événements...

— Parfait. Ne parlons plus de ce choc.

— Ce choc! (Il hocha la tête comme un boxeur sonné.) Oui... C'est une bonne description...

— Certes. Vous avez été effrayé. Mais soyez rassuré, monsieur, je vous assure que tout va pour le mieux.

Marcus s'agrippa à la rambarde.

— Vraiment?

— Je vous donne ma parole d'honneur qu'il n'y aura pas de... (Elle s'éclaircit la gorge.) De suite, disons amoureuse, entre nous.

Il la fixa sans rien dire. Aucune autre femme, dans son souvenir, n'était, comme elle, capable de le laisser sans voix.

— C'est très délicat de votre part, Miss Bright.

— Je vous en prie, répondit-elle avec grâce avant de baisser le ton. Pour être parfaitement franche, j'ai trouvé ce petit intermède assez déplaisant, et je n'ai guère envie qu'il se répète.

Marcus se sentit brusquement glacé. L'intermède,

comme elle le surnommait, avait été purement et simplement une débâcle. Et le pire était qu'il avait ruiné sa première expérience amoureuse.

En dépit de la colère et de la déception qu'il ressentait, Marcus éprouvait de la culpabilité. Son but avait été initialement de lui donner autant de plaisir que lui-même en éprouverait. Et il avait échoué.

— Iphiginia, je regrette que cette expérience se soit avérée désastreuse. Si j'avais su...

— Non ! protesta-t-elle en posant un doigt sur ses lèvres. Ne vous excusez pas. Si j'avais été plus familière avec les privautés maritales, j'aurais été à même de...

— De quoi ?

— D'évaluer les risques encourus.

— C'est certainement la conversation la plus intéressante que j'aie jamais eue, mais il se fait tard et je préférerais la reprendre une autre fois.

— Lorsque vous aurez retrouvé votre sang-froid ?

— Si vous voulez. Regagnons nos chambres, madame. J'ai besoin de réfléchir.

— Il lui prit le bras et franchit la porte-fenêtre du salon.

— Marcus ! chuchota-t-elle en le tirant par la manche. Promettez-moi de ne dire à personne que je ne suis pas réellement votre maîtresse.

— Calmez-vous, Iphiginia. Ce soir, vous êtes assurément devenue ma maîtresse !

Elle lui lança un drôle de regard.

— Vous ne dévoilerez à personne que je ne suis pas veuve ?

— Croyez-moi, je n'ai pas plus envie que vous que cela se sache.

— Bien sûr. Comme vous n'aimeriez pas que l'on apprenne que vous avez manqué à l'une de vos règles ?

— Certes. Les choses vont devenir assez compliquées comme ça.

— Qu'entendez-vous par-là ?

— Rien, Miss Bright. Je vous expliquerai tout ceci à un autre moment. Mieux choisi.

— Mrs. Bright, s'il vous plaît! corrigea-t-elle avec vivacité. Nous devons continuer ainsi, aussi bien en privé qu'en public, sous peine de nous tromper.

— Toutes mes excuses, madame.

Marcus s'appuya au rebord de la fenêtre de sa chambre et contempla les étoiles.

Jamais il n'aurait cru se remarier.

Encore une de ces règles anéanties. Mais ce soir, avec le parfum d'Iphiginia qui imprégnait ses vêtements, il était incapable de réfléchir.

Il ne pouvait penser qu'au corps de la jeune femme penché sur lui, qu'à Iphiginia, folle d'inquiétude, qui lui murmurait, alors qu'elle le croyait mort : Je vous aime, Marcus!

Elle avait perdu la tête à l'idée qu'il était mort par sa faute. Ce ne pouvait être que pour cette raison qu'elle avait dit cela.

Le lendemain matin, lady Pettigrew assistait avec regret au départ de ses invités.

— J'aurais tellement aimé que vous puissiez rester un jour de plus! Nous avons tellement apprécié votre visite... n'est-ce pas, George?

— Certes... certes, grommela Pettigrew qui avait le plus grand mal à dissimuler sa joie de voir partir quelques-uns de ses hôtes.

Lady Pettigrew se tourna vers Iphiginia.

— Mrs. Bright, je ne puis vous cacher combien je suis soulagée d'apprendre que mon temple de Vesta est une parfaite réplique. Merci encore mille fois d'avoir pris le temps de vous en assurer!

— Je vous en prie, répondit la jeune femme, consciente de l'impatience presque palpable de son compagnon.

— Vous pensez vraiment que notre ruine est une réplique fidèle? demanda une dernière fois lady Pettigrew.

— Absolument, murmura Iphiginia.

— Fidèle dans les moindres détails, souligne Marcus. Je l'ai visitée moi-même, hier soir. Avec un peu d'imagination, j'aurais pu y voir une jeune vierge dansant dans le clair de lune!

Lady Pettigrew rayonna.

— Vraiment?

— M'étonnerait fort, grommela Pettigrew. Chacun connaît votre règle sur les vierges effarouchées!

Iphiginia eut l'air contrarié.

— Mais les règles sont faites pour être transgressées! Du moins en ce qui me concerne... répliqua-t-elle.

11

Le lendemain, à Londres, Barclay fut introduit dans le bureau de Marcus. Il s'assit pesamment, chercha longuement ses lunettes, puis fouilla fébrilement dans une liasse de feuilles de papier.

Marcus s'enfonça dans son siège en refrénant tant bien que mal sa curiosité, tandis que son homme d'affaires consultait ses notes.

— Bien? dit enfin Marcus au bout d'un moment qui lui sembla interminable.

Barclay s'éclaircit la gorge.

— Pour commencer, my lord, je n'ai trouvé trace d'aucun Mr. Bright. Du moins, d'aucun Mr. Bright marié à l'actuelle Mrs. Bright!

— Oui. Je sais... murmura Marcus en se souvenant de ce qui s'était passé dans le temple.

Pour la centième fois, il évoqua la douceur du corps d'Iphiginia, sa chaleur, la beauté de ses seins exquis, la saveur de sa peau délicate qui ne manquait pas d'évoquer le parfum d'un fruit exotique. Une saveur qu'il n'était pas prêt d'oublier.

Interloqué, Barclay fronça les sourcils.

— Je vous demande pardon, monsieur... mais si vous étiez déjà au courant, pourquoi m'avoir envoyé dans le Devon?

— Je ne l'ai su qu'après votre départ. Ne me demandez pas comment, je ne saurais vous répondre. Mais continuez je vous prie.

Barclay consulta ses notes.

— Miss Bright est née et a vécu à Deepford. Un tout petit endroit. Ça n'a pas été facile de le trouver, je vous assure.

— L'important est que vous ayez réussi.

— En effet, my lord.

Si Barclay était parvenu à découvrir Deepford et la non-existence d'un Mr. Bright, n'importe qui d'autre pouvait le faire, songea Marcus. Un maître chanteur, par exemple, pourrait très bien agir ainsi et fouiller le passé de la jeune femme. Or, Iphiginia était sans défense et refusait de reconnaître qu'elle était vulnérable.

— Continuez, Barclay!

— Ses parents — des gens plutôt excentriques — ont péri en mer quand elle avait dix-huit ans, et elle a dû élever seule sa jeune sœur, Corina.

Tout comme j'ai pris soin de Bennet, se dit Marcus.

— Comment a-t-elle subvenu à leurs besoins. Avait-elle hérité de quelque chose?

— Non. Juste de quelques peintures de sa mère et d'un ou deux livres que son père avait écrits.

Marcus fit tourner entre ses doigts son sceau à cacheter.

— Très peu d'argent, alors?

— En effet, my lord, mais Miss Bright possédait un grand sens des affaires...

— Qu'entendez-vous par là?

— La première chose qu'elle a faite, à peine remise du choc de la mort de ses parents, a été de vendre les toiles de sa mère et les livres de son père. La somme ainsi récupérée a été utilisée pour monter une école de jeunes filles.

De stupeur, Marcus en laissa tomber le sceau.

— Miss Bright instruisait les jeunes filles?

— Oui, my lord.

— Bonnes manières, travaux d'aiguille, etc. ?

— Entre autres choses. L'école avait excellente réputation. Un grand nombre de familles respectables y ont placé leurs enfants.

— Par Dieu ! s'esclaffa Marcus. La pensée d'Iphiginia — la célèbre, l'aérienne, la merveilleuse Iphiginia — donnant des cours de maintien l'amusait au plus haut point.

— Sa cousine, Miss Farley, est venue vivre avec elle, environ un an après qu'elle eut perdu ses parents. Miss Farley enseignait les mathématiques et l'histoire, je crois.

— Vous disiez que la réputation de cette école était sans tache ?

— En effet, my lord. Ainsi que celle de Miss Bright, d'ailleurs. Dans une petite ville comme Deepford, le moindre manquement aux règles, us et coutumes est sévèrement sanctionné ! Il y a environ trois ans, Miss Bright a fait une très bonne affaire.

— De quelle sorte ?

— Elle et sa cousine ont monté un groupement d'investisseurs composé de veuves et de célibataires qui leur ont confié leurs petites économies. Cet argent a servi à construire... Morning Rose Square.

— Fichtre ! (Marcus eut une grimace de connaisseur.) Elle a touché le pactole.

— En effet. Une partie des bénéfices a permis de doter sa sœur, qui habite Deepford et s'est mariée, l'année dernière, avec un certain Richard Hampton. Un fils de bonne famille.

— Je vois. Je suppose que les Hampton ignorent qu'Iphiginia joue la veuve joyeuse à Londres ?

— Certainement. Tout Deepford serait horrifié d'apprendre cela, alors que Miss Bright est supposée être en Italie avec sa cousine.

— Et que pense le tout Deepford de ce voyage ?

— Ils désapprouvent.

— Mais ils ne sont pas scandalisés ?

— Non, bien que certaines mauvaises langues aient prédit que Miss Bright tournerait mal, pour avoir fermé son école et être partie pour le Continent.

— Je m'en doutais, dit Marcus en se levant pour aller regarder à la fenêtre. Vous avez fait un excellent travail, Barclay !

— Merci, monsieur. Je fais de mon mieux.

— Je compte sur votre absolue discrétion.

— Bien sûr, protesta Barclay. Pas un mot ne franchira mes lèvres.

— Merci, Barclay.

Ce dernier semblait hésiter.

— Il y a un petit détail qui pourrait vous intéresser...

— Lequel ?

— J'ai dit que la sœur de Miss Bright, Corina, s'était mariée à un certain Richard Hampton.

— Et alors ?

— Il paraîtrait que, deux ans auparavant, ce même Hampton s'apprêtait à épouser l'aînée des filles.

Marcus sursauta.

— Ah oui ?

— Son revirement a provoqué quelque stupeur, reprit Barclay. Même Miss Bright n'a guère apprécié ce brusque intérêt pour sa sœur... A Deepford, on raconte qu'elle a eu le cœur brisé par cet abandon.

D'apprendre qu'Iphiginia avait pu aimer un autre homme, d'imaginer qu'elle l'aimait peut-être encore blessa Marcus. Ce fut comme un coup de poignard.

A-t-il vraiment brisé votre cœur, Iphiginia ? Est-ce pour cela que vous ne respectez plus les règles ? L'aimez-vous encore ? Et pensiez-vous à lui hier soir, lorsque me prenant dans vos bras, vous m'avez murmuré « je vous aime » ?

Marcus observa le jardin sur lequel tombait une pluie fine. La journée s'annonçait grise. Il se retourna et fit face à Barclay.

— Y a-t-il autre chose que je devrais savoir ?

— Non, my lord. C'est tout ce que j'ai trouvé.

— C'est du bon travail.

Barclay se leva à son tour.

— Ce fut un long voyage et j'ai hâte de regagner mes pénates.

— Ah! Une chose encore.

— Monsieur?

— Demain, j'aimerais que vous enquêtiez sur un nouveau sujet.

— De quoi s'agit-il?

— Trouver qui a récemment construit un monument funéraire pour une certaine Elizabeth Eaton, au cimetière de Reeding.

L'homme d'affaires de Marcus parut interloqué.

— Un monument funéraire?

— Oui, Barclay. Une sorte de grotte funéraire pour être plus précis.

Barclay prit l'air résigné.

— Fort bien, my lord. Je verrai si je peux découvrir quelque chose. Rien d'autre?

— Non. Vous pouvez partir.

Marcus attendit d'être seul avant de rejoindre son bureau et de relire le message qu'il avait reçu d'Hannah une heure auparavant.

M :
Dois vous voir. Toute urgence. A l'entrée des jardins Dollinger, à deux heures.
Votre,
H.

Marcus froissa lentement dans sa main la mince feuille de papier. Il craignait fort de savoir déjà ce qu'Hannah voulait absolument lui raconter. Au risque d'être vue avec lui.

Deux heures venaient de sonner quand Marcus grimpa

dans une voiture de louage stationnée non loin des jardins Dollinger.

Hannah l'attendait, vêtue de façon discrète. Les rideaux étaient soigneusement tirés et une douce pénombre baignait l'habitacle.

Il ne lui fallut guère de temps pour confirmer ses plus sombres hypothèses.

— J'ai reçu une nouvelle demande d'argent, Marcus. Encore cinq mille livres... J'ai été obligée de mettre en gage le bracelet de brillants que Sands m'avait offert lors de mon dernier anniversaire, dit Hannah avec tristesse. J'ai peur de ne pouvoir le récupérer, et je tremble à l'idée que mon mari me demande pourquoi je ne le porte plus !

— Où deviez-vous déposer la somme ?

— Les instructions n'avaient pas changé : dans un fiacre le long de Pall Mall... Marcus, ceci ne peut pas continuer ! Je ne peux mettre en gage tous mes bijoux, Sands ne manquerait pas de le remarquer.

— Je suppose qu'il est inutile d'essayer de vous convaincre d'avouer toute la vérité à votre mari ?

— Je ne peux faire une pareille chose ! (Hannah releva son voile, révélant un visage tourmenté.) Il se détournerait de moi ! J'en suis certaine.

— C'est un homme intelligent. Laissez-lui une chance, Hannah.

— Je l'aime trop pour prendre ce risque. Je ne pense pas que vous puissiez comprendre cela, Marcus... Vous n'avez jamais eu peur de quoi que ce soit. Et il est évident que vous n'avez jamais aimé personne comme j'aime mon mari. Si vous connaissiez un sentiment de cette profondeur, alors vous me comprendriez.

Marcus se demanda un instant si Iphiginia avait éprouvé une passion de ce genre pour Richard Hampton.

— Je vous donnerai cinq mille livres, Hannah, pour que vous puissiez récupérer votre bracelet.

La jeune femme parut se détendre.

— Merci, Marcus. Vous êtes un ami formidable ! Je vous rembourserai. C'est promis.

— N'en faites rien. Je ne suis pas à court d'argent.

Elle sourit enfin.

— Non, bien sûr... Mais là n'est pas la question, n'est-ce pas ? Beaucoup de mes riches amis ne me prêteraient même pas un penny.

Marcus ne releva pas.

— Ce sale type commence à bien faire ! explosa-t-il. Il faut l'empêcher de nuire davantage.

— Avez-vous découvert quelque chose sur lui ?

— A vrai dire, pas grand-chose... (Marcus la fixait d'un air songeur.) J'ai une question à vous poser.

— Oui ?

— Je crois me souvenir qu'à l'époque de la mort de Spalding vous aviez une dame de compagnie. J'ai dû la rencontrer une fois ou deux... Elle était rousse, non ?

— Caroline Baylor, laissa tomber Hannah avec un mépris non dissimulé.

— Que savez-vous d'elle ?

— Très peu de choses. Spalding m'interdisait de sortir seule, même pour rendre visite à ma famille. Il prétendait me protéger, mais en fait il me soupçonnait de vouloir m'enfuir... Il avait peur du scandale.

— Sale bâtard !

— Quand je me suis plainte d'être toujours enfermée dans la maison, il a engagé cette Caroline Baylor. Je ne l'aimais guère. C'était une fille sournoise... Pourtant elle venait d'une très bonne agence et avait toutes sortes de références, mais je supputais qu'elle était la maîtresse de Sands.

Marcus n'en fut guère surpris. C'était bien le genre de Spalding d'avoir sa femme et sa maîtresse sous le même toit.

— Qu'est-elle devenue ?

— Elle a disparu le matin suivant la... (Les doigts

d'Hannah se crispèrent sur son réticule.) la mort de Spalding. Mais elle n'était pas là, cette fameuse nuit... Elle était sortie... Vous le savez bien puisque vous êtes arrivé juste après que j'eus appuyé sur la gâchette !

— Vous parliez d'une agence respectable... Vous souvenez-vous de laquelle ?

— L'agence Wycherley. C'est une des meilleures de Londres.

— Peut-être la direction pourrait-elle nous dire ce qu'elle est devenue ?

Hannah ouvrit des yeux ronds.

— Vous pensez que Caroline Baylor puisse être notre maître chanteur ?

— Où croyez-vous qu'elle ait pu être cette nuit-là ?

— Je l'ignore. C'était une fille étrange. Elle allait et venait à sa guise. Pourquoi vous soucier d'elle ?

— J'ai une théorie. Ce maître chanteur pourrait très bien être un secrétaire ou une demoiselle de compagnie... Quelqu'un en mesure d'apprendre des secrets de famille. Chez l'une ou l'autre de ses victimes.

— Qui ferait chanter ses anciens employeurs... Mon Dieu ! Je n'avais pas pensé à cela. Caroline aurait ce profil, mais pourquoi aurait-elle attendu si longtemps ?

— Si c'est elle ! En tous les cas, c'est un commencement de piste. Mais je dois vous laisser, Hannah. Je vous ferai parvenir vos cinq mille livres le plus tôt possible, par mon homme d'affaires.

— C'est fort gentil à vous de m'aider après toutes ces années, murmura Hannah. Je ne sais ce que je deviendrais sans vous !

— Nous sommes amis et vous n'avez pas à me remercier, répondit Marcus en sortant de la voiture.

— Marcus, attendez ! (Hannah le rattrapa par le bras.) Pardonnez-moi de vous demander cela, mais allez-vous rejoindre Mrs. Bright ?

— Pourquoi ? répliqua sèchement Marcus.

— Laissez-moi vous dire que d'étranges rumeurs circulent sur son compte.

— Les rumeurs sont toujours étranges, surtout lorsque j'y suis mêlé.

— Mais il s'agit d'elle !

Marcus faillit lui avouer qu'Iphiginia était plus qu'une maîtresse pour lui, et qu'elle jouait un rôle important dans sa vie. Mais il n'avait pas à parler de ce genre de chose... et surtout pas à Hannah.

Il se retrancha derrière sa troisième règle : Ne jamais justifier ses actes.

— Hannah, vous savez que je ne discute jamais de ces problèmes, rétorqua-t-il avec un sourire triste. Vous qui m'avez appris à me conduire dans la société, vous seriez la première à me condamner si je me permettais de dire quoi que ce soit sur cette liaison. Ne vous inquiétez pas pour moi, je peux prendre soin de moi, conclut-il en s'éloignant.

Adam Manwaring, assis dans la bibliothèque d'Iphiginia, finissait de sortir ses papiers.

— Avant que je ne vous donne les résultats de mes recherches sur le personnel employé par lady Guthrie, je voudrais d'abord vous parler de Mr. Dodgson.

Amelia se raidit :

— Je suppose que vous lui avez signalé qu'il n'était point le bienvenu parmi nous ?

— En effet. J'ai informé Dodgson que ce groupement d'investisseurs était formé de célibataires et de veuves, qui avaient passé leur vie à travailler comme employées de maison. Et que, bien entendu, avec la sinistre réputation qu'il avait, il ne saurait être question d'accepter sa candidature.

— Qu'a-t-il répondu ?

— Il était furieux, a protesté de son innocence et a demandé à être reçu...

— Qu'avez-vous objecté ? coupa Amelia.

— Qu'il n'était pas question de le recevoir. Il a

recommencé à protester, à arguer qu'il n'y avait jamais eu d'incident avec ses employées, sous son toit!

— Vraiment? murmura Amelia.

Adam haussa les sourcils.

— Puis il a été pris d'une rage incontrôlée. Il hurlait que tout le monde savait que ces gouvernantes ne se faisaient embaucher que pour mieux séduire les mâles d'une famille, et qu'elles ne pouvaient être prises en considération!

Les deux cousines échangèrent un bref regard.

— Il a bien prononcé le mot gouvernante?

— Absolument.

— Donc il se souvient, murmura Amelia.

— On le dirait... (Iphiginia s'empressa de changer de sujet.) L'affaire est close. Voyons ce qu'il en est de la dame de compagnie de lady Guthrie.

Soulagé, Adam compulsa ses feuillets.

— Mes informations ne vous seront guère utiles, je le crains. Miss Todd est morte il y a cinq ans.

— Morte? s'étonna Iphiginia.

Adam lui lança un regard perçant.

— Mais elle avait presque soixante-dix ans! Vous la connaissiez?

— Non. Non... répondit Iphiginia qui avait retrouvé son aplomb. Mais un de mes amis croyait qu'elle était toujours en vie. Cette nouvelle va l'étonner. Avez-vous découvert quelque chose d'autre?

— Elle était vieille fille... Elle était née dans un petit village du Sussex et avait travaillé toute sa vie comme gouvernante ou demoiselle de compagnie.

— Une voie sans issue, marmonna Iphiginia. Je le lui avais dit.

— Pardon? s'étonna Adam.

— Rien d'important, répliqua la jeune femme. C'est tout?

— Oui, à part le fait qu'elle a fait toute sa carrière chez...

Il fut interrompu par quelqu'un qui frappait à la porte.

Iphiginia lança un coup d'œil à la pendule. Il était trois heures moins une. Elle remarqua alors, devant sa fenêtre, le phaéton noir. Son pouls s'accéléra.

C'était fou, elle ne pouvait laisser Marcus l'affecter de cette façon. Elle parvint à prononcer d'une voix indifférente :

— Oui, Mrs. Shaw?

— Le comte de Masters est là, madame. Dois-je lui dire que vous êtes à la maison?

— Où voulez-vous qu'elle soit! Quelle question idiote... (Marcus surgit dans la bibliothèque, très énervé.) Bonjour, Mrs. Bright. Miss Farley...

— My lord, répondit Iphiginia froidement. Vous êtes en avance.

— D'une minute. J'espère que vous me pardonnerez.

Marcus lui fit un baisemain, les yeux pétillants de malice comme s'il avait perçu le trouble de la jeune femme.

— Permettez-moi de vous présenter mon homme d'affaires, Mr. Manwaring.

Marcus daigna jeter un coup d'œil à ce dernier.

— Manwaring.

— Monsieur, répondit Adam avec civilité. J'allais partir.

— Vraiment? riposta Marcus d'un ton enjoué. Surtout ne vous mettez pas en retard pour moi.

Adam rougit sous la remarque et Iphiginia intervint aussitôt.

— Mr. Manwaring n'avait pas terminé, n'est-ce pas Manwaring?

Adam rassembla ses notes.

— Comme je le disais, il n'y a rien d'autre à ajouter, excepté le fait que Miss Todd ait toujours travaillé pour l'agence Wycherley.

— Par Dieu! s'exclama Marcus.

Iphiginia le regarda, surprise par sa réaction.

— Quelque chose ne va pas, my lord?

— Non. Une idée m'a traversé l'esprit, c'est tout.

La jeune femme se dirigea vers son homme d'affaires.

— Merci, monsieur. Vous nous avez été fort utile, comme d'habitude. Ce sera tout pour aujourd'hui.

Marcus intervint, sans toutefois daigner se retourner.

— Un instant, Manwaring !

— Oui, my lord ?

— Avez-vous fait des recherches sur Miss Todd auprès de l'agence Wycherley ?

— Oui, en effet. J'ai parlé à Mrs. Wycherley en personne, hier. Elle tient cette agence depuis vingt ans et c'est elle qui m'a averti du décès de Miss Todd.

— Je vois.

Iphiginia fixait le dos de Marcus d'un air étrange, en songeant que Manwaring était son homme d'affaires, après tout. De quoi se mêlait-il ?

— Amelia, tu devrais raccompagner Mr. Manwaring.

Les joues de la jeune femme s'empourprèrent.

— Oui, avec plaisir.

Adam rougit à son tour.

Iphiginia attendit que la porte se referme sur eux pour s'esclaffer :

— Ces deux-là sont vraiment faits l'un pour l'autre !

— De qui parlez-vous ?

— De ma cousine et de Mr. Manwaring. J'ai bon espoir qu'ils s'en rendent compte un jour. Ils ont tellement de choses en commun...

— Quel tissu d'inepties ! (Marcus se retourna avec impatience.) Vous jouez les marieuses maintenant ?

— Vous savez, j'ai un formidable instinct pour ces choses-là ! répliqua la jeune femme d'un ton hautain.

— Sottises ! Le seul instinct que vous ayez est celui de flairer les ennuis.

— Mais quelle mouche vous a piqué aujourd'hui ! Êtes-vous toujours chamboulé par ce qui s'est passé chez les Pettigrew ? Je vous ai pourtant dit que cela ne changerait rien. Tout va bien !

— Non. Que le diable vous emporte! Je ne suis pas chamboulé le moins du monde. Et ce qui est fait est fait!

— Alors que vous arrive-t-il?

Il s'installa avec difficulté dans une petite bergère, l'air dubitatif.

— Croyez-vous aux coïncidences?

— Parfois des choses curieuses arrivent.

— Moi, je crois aux coïncidences.

— Sans rire?

— Mon amie, l'autre victime, avait une demoiselle de compagnie, lors des événements qui ont motivé ce chantage...

— Je vous arrête tout de suite! (Iphiginia leva une main autoritaire.) Si vous vous apprêtez à me dévoiler que son nom est Miss Todd et qu'elle est supposée être notre maître chanteur, vous pouvez économiser votre salive... Elle est morte il y a cinq ans!

— La dame de compagnie de mon amie se nommait Caroline Baylor. Et la coïncidence réside dans le fait qu'elle ait été envoyée par l'agence Wycherley.

Iphiginia le fixa avec attention.

— Ah oui? C'est tout? Cette agence est renommée et a fourni les plus grandes familles anglaises.

— Il y a quand même un lien entre les deux femmes. Je pourrais parler à cette Mrs. Wycherley cet après-midi.

— Mais l'une est morte et l'autre a disparu. Qu'espérez-vous apprendre?

— Je lui poserai quelques questions.

Iphiginia parut intriguée.

— Je viens avec vous.

— Ce n'est pas la peine, répondit Marcus. Je vous raconterai.

— Si. Si, riposta la jeune femme déterminée. Ne sommes-nous pas compagnons de fortune?

Marcus réfléchit un moment.

— Très bien. De toute façon, vous seriez capable d'y aller seule.

— Vous ne vous trompez pas, dit Iphiginia d'un ton enjoué.

Elle prit une gorgée de thé en pensant que pour vaincre Marcus il fallait se montrer déterminée. C'était un homme habitué à commander et une faible femme ne ferait pas long feu à ses côtés.

— Alors, allons rendre visite à cette chère Mrs. Wycherley, capitula Marcus. Mais avant, j'ai deux ou trois questions à vous poser. Dont une sur le prétendu Mr. Bright.

— Je croyais ce sujet clos, monsieur! fit Iphiginia en se levant d'un bond.

— Nous avons abordé ce thème, en effet, mais sans toutefois nous étendre sur feu votre soi-disant mari... J'ai donc tenté d'approfondir la question et j'ai trouvé ça intéressant.

La jeune femme manqua défaillir.

— Qu'avez-vous découvert?

— Une école de jeunes filles, un village nommé Deepford et une jeune sœur mariée à un des hobereaux du coin... Pas mal, n'est-ce pas? répondit Marcus, le regard pétillant.

Iphiginia sentit le sol se dérober sous ses pieds. Elle retomba sur sa chaise, atterrée.

— Comment avez-vous fait? murmura-t-elle.

— Cela n'a guère d'importance... Mais ce qui est important, en revanche, c'est que si j'ai pu trouver ça, d'autres le peuvent aussi.

— Je suppose, monsieur, que si vous m'avez révélé cela c'est pour me mettre devant une alternative?

Marcus haussa les sourcils.

— Une alternative?

— Oui. Vous allez me demander de quitter la ville immédiatement ou bien de vous épouser.

— Vous vous trompez, jeune femme.

Iphiginia reprit espoir.

— Je me trompe?

— Il n'y a pas d'alternative, il n'y a qu'une solution : le mariage.

— Jamais ! s'écria Iphiginia avec un ton si ferme que Marcus ne put se douter que le cœur de la jeune femme s'était arrêté de battre une seconde. C'est absolument impossible ! Hors de question... Je ne peux accepter cette idée.

Marcus eut un curieux sourire.

— Une des choses les plus extraordinaires que j'ai pu découvrir dans le monde scientifique, c'est que rien, jamais, n'est impossible...

12

— Vous et vos satanées règles, reprit Iphiginia d'un ton hautain, les mains posées à plat sur son bureau, les yeux brillants de colère. Car c'est à cela que tout se résume, n'est-ce pas? Vous pensez avoir manqué à une de vos sacro-saintes règles et vous êtes prêt à en payer le prix!

— Calmez-vous, Iphiginia.

— Je n'entends pas me calmer, ni vous épouser. Pas pour une règle masterienne. M'avez-vous bien comprise?

— Certes. Mais je ne crois pas que vous ayez bien considéré toutes les facettes du problème.

— Ne prenez pas ce ton doctoral avec moi! Je ne suis plus une enfant, monsieur. Je suis une jeune femme intelligente, cultivée, raisonnable et je mérite quelque considération.

La colère submergea Marcus.

— Parce que jouer les veuves joyeuses est le signe d'un esprit rationnel, cultivé et fin?

— Vous ne vous en souciiez guère auparavant... Et même si ma mémoire est bonne, vous acceptiez d'entrer dans le jeu! L'idée d'avoir une nouvelle maîtresse pleine d'esprit vous plaisait, n'est-ce pas?

— C'était avant la fameuse nuit chez les Pettigrew, où je découvris que la seule chose d'authentique dans ce fichu temple de Vesta était la jeune vierge qui s'y trouvait!

Le visage d'Iphiginia se décomposa.

— Marcus! Voilà un détail sans importance... qui ne devrait pas influencer vos actions futures.

— J'en suis l'unique juge.

— Par Dieu, monsieur! Rien n'a changé.

— C'est inexact. Dans votre mascarade, un fait a changé!

— Ce n'est pas une mascarade... (Elle lui jeta un regard aigu.) C'est un plan fort intelligent qui a toutes les chances de marcher. Tout le monde pense que je suis votre maîtresse et que je suis bien veuve... Rien n'a changé.

— Pour combien de temps?

— Aussi longtemps que nous le désirerons, rétorqua-t-elle. Nul autre que vous ne doute de la véracité de mon histoire.

— Ce n'est qu'une question de semaines avant que quelqu'un ne se décide à fouiller dans votre passé.

— Ridicule! Qui s'en soucie? Soyons honnêtes, ce qui vous ennuie est uniquement le fait d'avoir manqué à l'une de vos règles.

— Je sais ce que vous pensez de mes règles, mais j'ai toujours vécu en les respectant, et je n'entends pas les violer quand cela me chante.

— Marcus, écoutez-moi! J'ai un profond respect pour vos règles et le sens de l'honneur qui vous anime, mais en l'occurrence, vous n'avez pas fauté!

— Non? Et qui était l'homme vautré sur vous avant-hier soir? explosa-t-il.

Iphiginia eut un haut-le-cœur et ne put s'empêcher de rougir violemment.

— Votre grossièreté est inadmissible! lança-t-elle, choquée.

— On croirait entendre une maîtresse d'école...

— Je suis une maîtresse d'école! Ou plutôt je l'étais. Je vous le répète, my lord, vous n'avez pas failli à l'honneur, mais moi si! Cela fait une différence, non?

— Non, s'obstina Marcus.
— Je suis seule responsable.
— C'est un raisonnement spécieux.
— Marcus, vous ne pouvez m'épouser et vous le savez!
— Non, pourquoi?
La jeune femme se tordit les mains d'exaspération.
— Parce qu'aux yeux du monde je suis votre maîtresse.
— Et alors?
— Un homme dans votre position n'épouse pas sa maîtresse...
Marcus vint se planter devant la jeune femme et la regarda droit dans les yeux.
— Je fais mes propres règles! Ne l'oubliez pas.
Elle cilla et fit un pas en arrière.
— Certes. Mais pour un cas comme...
— Dans tous les cas, Iphiginia!
— Je n'aime guère les règles en général, monsieur.
— C'est l'évidence même!
— Je les ai subies pendant trop d'années. Elles abrutissent les esprits. Je pensais qu'un homme tel que vous serait à même de comprendre ce désir de liberté qui m'habite.
— La liberté! Par Dieu, Iphiginia, personne n'est totalement libre. Nous vivons tous en respectant certaines règles, les nôtres ou celles des autres. Et si vous n'avez pas encore compris ça, c'est que vous êtes plus naïve que vous ne prétendez l'être!
Elle releva le menton en un geste de défi.
— Très bien. Puisque règles il doit y avoir, j'établirai les miennes, à votre instar.
— Et qu'allez-vous inventer pour vous sortir de la situation présente?
— Rien ne m'oblige à me marier. Pour être franche, je ne trouve aucun intérêt au statut de femme mariée... Je ne vois même pas l'intérêt des liens conjugaux! Et d'après ce que j'ai vécu l'autre nuit, les poètes exagèrent de beaucoup les transports amoureux.

Marcus eut l'impression d'avoir reçu un formidable coup de poing au creux de l'estomac. Il devint rouge brique.

— Je vous ai déjà dit que tout était ma faute. Je me suis montré maladroit et pressé.

Toute colère s'évanouit du regard de la jeune femme qui se précipita à sa rencontre.

— Oh! Marcus. Vous n'allez pas vous blâmer pour cela aussi? Ce n'était pas votre faute, mais la mienne!

— La vôtre?

Marcus n'en revenait pas de la voir se jeter dans ses bras.

— Bien sûr. Tout ce qui est arrivé l'autre soir le fut sur mon instigation. Je connaissais votre règle à propos des vierges, mais je désirais tellement que vous me fassiez l'amour! Je vous y ai encouragé... Je vous ai presque supplié...

— Iphiginia!

La jeune femme se serra contre lui et il la prit dans ses bras avant qu'elle ne change d'avis.

— Je vous ai purement et simplement séduit, souffla-t-elle contre son épaule.

— Non. Vous n'avez rien fait de tel. C'est moi qui vous ai séduite, qui voulais vous faire l'amour... (Sa voix s'était brisée.) Oh! Dieu... Même quand j'ai compris la vérité, je ne suis pas arrivé à m'arrêter! Mon seul regret est que vous n'ayez pas eu de plaisir...

— Mais j'en ai eu, murmura-t-elle. Au début...

— Iphiginia! Je vous promets que la prochaine fois sera merveilleuse.

Elle le regarda d'un air troublé.

— Vous croyez?

— Faites-moi confiance, murmura-t-il avant de l'embrasser.

— Oui... Oui, je vous fais entièrement confiance, Marcus!

Elle se mit sur la pointe des pieds et l'enlaça avec passion, lui rendant ses baisers avec enthousiasme.

Sa bouche était chaude et douce, ses seins se pressaient contre la poitrine de Marcus et il pouvait sentir ses hanches venir à sa rencontre. Jamais il n'avait éprouvé un tel bonheur.

Et surtout, il voyait l'amour briller dans ses yeux. Elle était rayonnante, tel un cristal aux mille facettes.

Un immense soulagement l'envahit, elle le désirait encore. Sa médiocre performance n'avait pas éteint son ardeur, tout irait bien maintenant.

— Donc tout s'arrange, n'est-ce pas? demanda-t-il.

Il eut droit à l'un de ses merveilleux sourires.

— J'accepte de faire un nouvel essai, si vous pensez que cela sera merveilleux.

— J'en suis certain.

— Cela signifie-t-il que vous acceptez que notre liaison continue? s'enquit-elle pleine d'espoir.

— Non. Cela signifie que nous allons nous marier aussi vite que possible.

— Je vous ai dit que c'était impossible.

— Et je vous ai répondu que rien n'était impossible.

Elle eut une moue butée.

— Marcus, êtes-vous capable de me répondre avec franchise?

— Iphiginia, je suis incapable de mentir.

— Très bien. Seriez-vous ici, aujourd'hui, à me demander en mariage si l'autre nuit vous aviez eu affaire à une veuve pleine d'expérience?

Marcus se gourmanda de n'avoir pas vu arriver le danger. Il bredouilla :

— Iphiginia, c'est absurde!

— Non.

Il sentit le piège se refermer sur lui et tenta désespérément de se rattraper.

— Qui sait ce que j'aurais fait? Je n'ai jamais rencontré

une femme comme vous, Iphiginia, et je ne peux dire quelle aurait été ma réaction.

— Vous auriez adoré me garder comme maîtresse!

— Fichtre! Que répondre? Je suis un scientifique dans l'âme, je n'apprécie que les faits tangibles, pas les conjectures ou les hypothèses!

— S'il vous plaît, répondez-moi, Marcus.

— La réponse à votre question pour le moins fantaisiste est que j'en ignore la réponse.

— Fort bien. Je vais vous le dire. La réponse est non. Et donc je suis dans l'obligation de refuser votre demande.

— Par Dieu, madame! Ne voyez-vous pas la situation? Vous n'avez pas le choix!

— Si j'avais dix-huit ans et si j'étais sans ressources, sensible à l'opinion d'autrui, cela serait exact. Mais j'ai vingt-sept ans, je suis financièrement indépendante et je me soucie comme d'une guigne de l'opinion publique! J'ai subi pendant trop d'années les diktats de Deepford pour accepter ceux de la bonne société. Il m'arrive encore de me réveiller la nuit et de me souvenir du nombre de fois où j'ai dû me mordre la langue pour ne pas répondre aux sermons du vicaire.

Marcus éprouva une bouffée de sympathie.

— Moi aussi, j'ai été élevé dans un petit village, je suis à même de comprendre.

— C'était sans fin, murmura Iphiginia. Ces yeux qui m'observaient... Personne n'appréciait mes parents. Ils avaient un tempérament artistique, vous savez.

— Oui, je sais.

— Ils avaient eu beau me dire d'ignorer les autres, lorsque je me suis retrouvée seule avec ma sœur, je n'ai pu suivre leur conseil. Puis Amelia est arrivée, un beau jour, meurtrie et esseulée elle aussi...

— Et vous vous êtes retrouvées trois.

— Oui. Trois à obéir à toutes ces règles mesquines de ces braves gens de Deepford. (Iphiginia regarda un instant par la fenêtre.) L'honorable Hampton et sa femme me gavaient de conseils sur la manière de se conduire... Mrs. Caler, notre voisine, se mêlait de vouloir instruire mes élèves... Le vicaire et sa femme surveillaient le moindre de mes gestes dans l'espoir qu'il puisse prêter à confusion !

— Je comprends, dit Marcus en la serrant dans ses bras.

— Et ces yeux qui m'observaient... Il me fallait être prudente. Nous dépendions toutes trois des revenus fournis par l'école. Et l'existence même de l'école dépendait des Hampton, du vicaire et de tous ceux à Deepford qui avaient érigé ces règles !

Marcus la serra un peu plus fort contre lui et sentit le parfum de ses cheveux. Soudain, il se sentait très proche d'elle, plus qu'il ne l'avait jamais été de personne.

— J'ai connu ce sentiment d'être prisonnier de ses responsabilités, murmura-t-il. Et du qu'en-dira-t-on.

— Il y a un an, j'ai quitté Deepford définitivement. Je n'entends pas y retourner, sauf pour rendre visite à ma sœur de temps à autre. Je suis déterminée à suivre votre exemple Marcus. Si je dois obéir à des règles, ce sera aux miennes.

Marcus lui caressa tout doucement le dos.

— Je comprends ce que vous ressentez, mais je ne peux vous laisser prétendre être ma maîtresse...

— Pourquoi ?

— C'est trop dangereux.

— Absolument pas ! (Iphiginia redressa vivement la tête.) Nous voulons tous deux découvrir ce maître chanteur, nous avions décidé d'unir nos forces dans ce but... Quel meilleur subterfuge pouvons-nous employer ?

Il la regarda d'un air pensif. Il avait prévu un affrontement, mais pas de cette ampleur.

— Premièrement, ce n'est plus un subterfuge.

La jeune femme s'empourpra.

— Mon Dieu ! Si l'idée de me faire de nouveau l'amour vous tracasse autant, abandonnons-la !

Marcus songea qu'il y avait autant de chances qu'il ne veuille plus faire l'amour à Iphiginia qu'il y en avait qu'il réussisse un jour à envoyer un vaisseau sur la lune.

Mais l'expérience lui avait appris qu'il valait mieux parfois ne pas aborder les problèmes de face.

Il prendrait son temps. Après tout, Iphiginia n'était peut-être pas en aussi grand danger qu'il le soupçonnait. Sans doute pouvaient-ils continuer leur mascarade encore quelque temps.

Et surtout, elle le désirait toujours... Cela le bouleversait, le rassurait tout à la fois. Éventuellement, il pourrait faire appel à cette faiblesse pour la convaincre.

La porte de la bibliothèque s'ouvrit, Amelia entra.

— Iphiginia? Mr. Manwaring m'a rappelé que nous devrions... (Elle rougit en voyant sa cousine dans les bras de Marcus.) Oh! Je vous demande pardon.

— Cela ne fait rien répondit Marcus. Nous finirons cette conversation une autre fois. De toute façon, il fallait que nous partions, n'est-ce pas Iphiginia?

— Certes. (La jeune femme se dégagea rapidement et sourit à sa cousine.) Nous nous rendons à l'agence de Mrs. Wycherley pour lui poser quelques questions.

— Inutile de lui faire mes amitiés, marmonna Amelia. Dieu! Que je déteste cette femme!...

Elle l'avait échappé belle!

Vingt minutes plus tard, après qu'ils eurent atteint Oxford Street sans échanger un mot, Iphiginia n'était toujours pas remise de leur querelle.

Elle descendit du phaéton noir en se répétant pour la énième fois que tout était sa faute, qu'elle aurait dû prévoir la réaction de Marcus.

Elle s'était crue la plus forte, elle avait pensé pouvoir le tromper comme elle avait trompé la haute société.

Elle avait cru le connaître...

Maintenant, il ne lui restait plus qu'à trouver un moyen

de le convaincre qu'il n'était nullement obligé de l'épouser.

— C'est au onze, expliqua Marcus qui fronça les sourcils en voyant l'endroit désert. L'agence a l'air fermée, les rideaux sont tirés.

— C'est curieux. Il n'est même pas quatre heures!

— Sans doute a-t-elle été obligée de fermer pour des raisons personnelles.

— Je croyais qu'elle avait des employées.

— Ah oui! (Marcus essaya d'ouvrir la porte.) C'est bel et bien fermé.

Iphiginia leva les yeux. Les deux étages du dessus semblaient sans vie.

— Je me demande si Mrs. Wycherley habite là...

— Probablement. Mais si elle est chez elle, elle ne reçoit visiblement pas de visiteurs.

— Elle est peut-être malade.

— Manwaring lui a parlé hier. Vous a-t-il dit qu'elle était souffrante?

— Non, mais elle a pu se sentir mal durant la nuit. Ou peut-être est-elle partie pour la campagne?

— Dans ce cas, répondit Marcus l'air intrigué, elle a tout abandonné, son domicile et son bureau...

Iphiginia lui jeta un bref coup d'œil.

— Pensez-vous à la même chose que moi?

— Comme vous me connaissez bien! ironisa Marcus en lui prenant la main et en l'entraînant. Venez! Il n'y aucun mal à vérifier certaines choses.

Il regarda autour de lui, mais la rue était déserte. Personne ne les avait vus. Ils contournèrent la maison par une petite allée sur le côté.

— Qu'espérez-vous trouver? demanda la jeune femme.

— Qui sait? Une des règles scientifiques est de se poser le maximum de questions.

— Lesquelles?

— Pourquoi une affaire aussi connue et aussi rentable juge bon de fermer avant quatre heures, par exemple?...

— Surtout le lendemain du jour où mon homme d'affaires est venu se renseigner.

— Précisément.

Ils étaient parvenus derrière la maison et Marcus tenta d'ouvrir doucement la porte. Sans succès.

Iphiginia regarda les fenêtres : l'une d'elles était entrouverte.

— Regardez, Marcus !

Il suivit son regard.

— J'ai l'impression que quelqu'un, dans sa hâte de partir, a oublié de vérifier les fermetures.

— En effet.

Marcus souleva la fenêtre à guillotine avec facilité, puis il tenta de percer l'obscurité de la pièce.

— Pouvez-vous voir quelque chose ? s'enquit Iphiginia tout excitée.

— Non. Il fait trop sombre. Attendez une minute... (Il recula de quelques pas.) Non, je crains de ne pouvoir me glisser dans cet espace.

— Moi, je pourrai, estima aussitôt Iphiginia.

Marcus prit l'air réprobateur.

— Si vous pensez que je vais vous laisser...

— Marcus ! Soyez raisonnable. Je vais me glisser par là et je vous ouvrirai aussitôt. Cela ne prendra qu'une minute.

— Hum... Bon, allez-y, mais ne perdez pas de temps à déverrouiller la porte !

— D'accord. Mais le rebord est trop haut, vous allez devoir m'aider...

— Voyons ça...

Marcus l'attrapa par la taille et la hissa sans effort.

Iphiginia frissonna à son contact. Le souvenir de leurs étreintes lui revenait en mémoire.

— Dépêchez-vous !

Une seconde plus tard, elle atterrissait sur le plancher à quatre pattes, au milieu de papiers épars.

— Eh bien! s'exclama-t-elle.

— Qu'y a-t-il? s'inquiéta Marcus.

— Rien. Juste quelques papiers par terre. Marcus! On dirait qu'une tornade s'est abattue sur la pièce!

— Ouvrez la porte! Vite!

Iphiginia s'exécuta promptement. Marcus entra et referma vivement derrière lui. Il resta un moment immobile pour s'habituer à l'obscurité.

— Par Dieu! jura-t-il. La pièce a été saccagée...

Iphiginia observa les lieux.

— Que s'est-il passé?

— Je ne sais pas, répondit Marcus en commençant de gravir l'escalier intérieur qui menait aux appartements privés. Attendez ici, pendant que je jette un coup d'œil là-haut.

La jeune femme, ignorant délibérément la consigne, monta derrière lui. Ils arrivèrent dans un petit salon parfaitement en ordre, au bureau bien rangé.

— Ici, tout va bien, remarqua Iphiginia.

— En effet.

Ils visitèrent les autres pièces sans succès, puis montèrent au deuxième étage.

Au moment où Marcus posa sa main sur la poignée de la porte, Iphiginia fut prise d'un pressentiment.

— Marcus?

— Laissez-moi faire...

Il ouvrit doucement la porte et se tint immobile sur le seuil de la chambre.

Iphiginia tenta désespérément d'apercevoir quelque chose par-dessus son épaule. Brusquement, la vue d'un bout de jupe de serge grise et d'une bottine gisant sur le tapis la glaça de terreur.

— Oh! Mon Dieu... Est-ce...

— Sans aucun doute. Ne bougez pas!

Pour une fois la jeune femme obéit. Elle observa Marcus se diriger vers le corps, et s'agenouiller pour l'examiner.

— On lui a tiré dessus...

Il prit le pouls de la victime.

— Est-elle... ?

— Morte ? Oui. (Marcus se redressa.) Depuis plusieurs heures, je pense.

Iphiginia eut un haut-le-cœur et se précipita sur le palier pour respirer un air plus pur. Marcus la rejoignit rapidement.

— Sortons d'ici. Je suppose que ni vous ni moi n'aimerions être découverts chez une femme assassinée.

— Est-ce l'œuvre d'un voleur ? demanda la jeune femme.

— Non. Sinon l'homme aurait fouillé le reste de la maison, pris les chandeliers d'argent ou tout autre objet de valeur.

— Alors que s'est-il passé ?

— J'ai peut-être une hypothèse qui expliquerait bien des choses.

— Laquelle ?

— Mrs. Wycherley devait être notre maître chanteur, mais mon amie et votre tante ne devaient pas être ses seules victimes... Et quelqu'un aura, comme nous, fait la relation.

— Vous supposez qu'une personne est venue après que Manwaring lui a rendu visite ?

— En effet. Il est plus que probable que cette femme ait été tuée par une de ses victimes.

— Et cette personne, après avoir exécuté ses basses œuvres, aurait fouillé le rez-de-chaussée en quête des preuves que possédait Wycherley ?

— Absolument.

— Mais Marcus, c'est brillant ! Cela expliquerait tout... (Iphiginia fronça le nez.) Et cela signifierait que tout est fini !

— Je le pense.

Iphiginia fut étonnée de ne pas se sentir plus soulagée.

Après tout, le secret de sa tante était de nouveau bien gardé...

Mais si l'incident du maître chanteur était bel et bien clos, rien ne justifiait plus qu'elle continue à se faire passer pour la maîtresse de Marcus...

13

Sept heures venaient de sonner et Marcus était assis à sa table de travail, dans son laboratoire, en proie à un crucial dilemme : comment transformer une maîtresse en épouse.

Il n'avait jamais était confronté à ce genre de problème auparavant, et en comparaison, l'invention de mécanismes sophistiqués, de puissants télescopes ou de stylos à réserve d'encre lui paraissait d'une simplicité biblique.

Il repoussa le carnet de notes qu'il venait de consulter, se renversa dans son fauteuil et posa ses pieds sur son bureau.

D'un œil torve, il contempla le serviteur mécanique qu'il avait construit l'année précédente et qui se tenait, immobile, un plateau d'argent entre les mains. Marcus lui avait peint un costume noir et une chemise blanche et avait tenté de donner à sa figure l'air blasé, sinistre et aristocratique de son majordome Lovelace.

Que la vie était simple avant l'arrivée d'Iphiginia ! Avant qu'elle ne bouleverse son univers si bien réglé. Mais il devait reconnaître que, telle une étoile filante dans la nuit obscure, elle avait éclairé son existence.

Mais il devait se hâter de trouver un moyen de l'attraper avant qu'elle ne cause une catastrophe.

Un coup frappé à la porte tira Marcus de sa rêverie.

— Entrez !

— Marcus ? (Bennet passa la tête par l'entrebâillement

de la porte.) Je pensais bien que tu étais là... En plein travail?

— Non. Entre.

Bennet avait une expression languide et désabusée qui intrigua son frère. Il avait plus que jamais l'allure de ces jeunes poètes romantiques dans le vent. Ses cheveux étaient artistement décoiffés et sa chemise était ouverte sur son torse nu. Il ne portait ni cravate ni veste.

— J'espère que tu auras l'idée de t'habiller pour sortir, grommela Marcus un tantinet irrité. Tu ne seras admis dans aucune soirée, ni aucun bal si tu as l'air de sortir du lit!

— J'allais me préparer...

Bennet se dirigea vers la fenêtre et s'appuya négligemment contre la vitre, regardant le jardin d'un air lugubre... L'ennui personnifié.

— Tu voulais quelque chose? s'enquit Marcus.

Bennet le fixa sans le voir.

— Je suis venu t'annoncer que j'avais pris une décision...

— Tu pars pour l'Europe! s'exclama Marcus, plein d'espoir.

— Je vais demander la main de Juliana à son père.

— Nom de Dieu! jura Marcus.

— Marcus! Je dois le faire... Ne peux-tu comprendre? Si j'attends de revenir de voyage, Dorchester l'aura mariée à quelqu'un d'autre.

— Pour cela, il faudrait que tu aies une chance incroyable! persifla Marcus.

— Va au diable! hurla Bennet. Je sais que tu n'as que peu d'estime pour Dorchester, mais pourquoi condamner sa fille? Elle ne lui ressemble en rien.

— Vraiment?

— C'est une jeune fille parfaite, innocente, à l'esprit aussi pur que... que...

— Neige?

— Je te préviens, je ne tolérerai pas davantage tes plaisanteries, alors que je suis sur le point de l'épouser!

— Que Dieu nous en préserve !
— Tu connais ton problème ?
— Non, mais tu vas me le dire...
— Tu n'es qu'un sinistre abruti ! Un cynique de la pire espèce, habitué aux femmes légères comme ta Mrs. Bright ! Et tu oses juger une innocente...
Marcus avait jailli de son fauteuil et se jeta sur son frère en deux enjambées, avant même que Bennet ait pu finir sa phrase. Il le plaqua contre le mur.
— Ne t'avise plus de la traiter de femme légère ! scanda Marcus.
— Par Dieu ! (Bennet prit l'air amusé.) Elle n'est qu'une de tes énièmes aventures... Heureusement !
— C'est surtout une grande amie, rétorqua Marcus. Si tu l'insultes, tu m'insultes. Tâche de retenir ça, cher frère !
— Eh bien ! J'ignorais que le sujet te tenait tellement à cœur.
Marcus ne daigna pas répondre et tint encore quelques instants Bennet par le collet avant de le relâcher.
— Tu ferais mieux de partir. J'ai du travail et tu as à faire, semble-t-il.
Bennet rajusta sa mise d'un air dégoûté.
— Je m'excuse, marmonna-t-il.
— D'accord. Maintenant, va-t'en.
— Tu ne peux me blâmer d'avoir ignoré que cette femme était si importante pour toi. C'est bien la première fois d'ailleurs qu'une femme t'importe tant ! observa Bennet.
— Tu ferais mieux de quitter cette pièce avant que je ne perde patience !
Bennet releva le menton d'un air de défi.
— Je vais de ce pas demander la main de Juliana.
— De toute façon, tout ce que je pourrai dire ne changera rien, n'est-ce pas ?
— Souhaite-moi bonne chance plutôt, riposta Bennet avec une note d'espoir dans la voix.

— Je regrette, je ne peux pas. (Marcus fixait l'automate d'un air buté.) Je ne peux croire que tu puisses trouver le bonheur avec cette fille.

— Que connais-tu du bonheur à être avec une femme? demanda Bennet d'un ton agressif. Tu t'es forgé tant de règles stupides que tu n'es plus à même de goûter aux joies de l'existence!

— Fiche-moi le camp!

— D'accord. Je me passerai de tes vœux alors. (Bennet se dirigea vers la porte et posa la main sur la poignée.) Tu sais, mon cher frère, j'éprouve une certaine pitié envers toi...

— C'est inutile. Garde ta pitié pour toi, pour lorsque tu seras marié à Juliana Dorchester.

Bennet, très pâle, sortit en claquant la porte derrière lui.

— Il y avait un article sur la mort de Mrs. Wycherley dans les journaux du matin, dit Zoe. Mais rien qui puisse confirmer qu'elle ait été un maître chanteur, bien sûr. Mon Dieu! Qui aurait pu croire cela... C'est purement inconcevable, non?

Elle se laissa aller, très théâtrale, dans les coussins de velours rouge de sa méridienne.

— C'est la seule conclusion à laquelle Masters et moi soyons arrivés, répondit Iphiginia en s'emparant de sa tasse de thé.

— Incroyable! Proprement inouï... insista Zoe.

Lord Otis fronça les sourcils.

— Et pourtant logique quand on y réfléchit.

— Certes, dit Amelia. Cela expliquerait pourquoi ma cousine n'avait pu découvrir un lien entre les cercles d'amis de Masters et de Guthrie.

— Et pourquoi je n'ai jamais retrouvé ce fichu sceau au phénix, enchaîna Iphiginia avec une pointe de regret. Dire que j'étais certaine de réussir!

— Masters est positivement brillant! s'exclama Zoe avec

admiration. Penser à rechercher nos anciennes dames de compagnie...

Iphiginia ouvrit des yeux ronds.

— Enfin son hypothèse initiale n'était pas tout à fait correcte, puisque ces personnes ne vous faisaient pas chanter! corrigea-t-elle.

— Non, mais sa théorie nous a conduits droit à notre maître chanteur, observa Otis. Cet homme est doté d'une belle intelligence.

Iphiginia fit la moue.

— Il ne le sait que trop! ironisa-t-elle.

Amelia eut un de ses rares sourires.

— J'ai l'impression que tu es jalouse de lui, Iphiginia.

— Évidemment, je défends mes propres intérêts, admit cette dernière. Enfin, l'idée de Masters s'est révélée bonne. Et Otis a raison, c'est logique. Pensez à toutes ces années où Mrs. Wycherley a collecté une foule d'informations grâce à son réseau de domestiques!

— Je n'aimais guère cette Miss Todd, dit Zoe. Elle avait des yeux de fouine... Je ne l'ai pas gardée très longtemps d'ailleurs.

— Tu aurais dû t'en débarrasser plutôt, fit remarquer sa nièce. Apparemment, elle est restée assez longtemps pour découvrir que Marianne n'était pas la fille de Guthrie!

— Apparemment, concéda Zoe. Combien d'autres victimes a fait Mrs. Wycherley? Est-ce que chaque bonne maison de Londres est infestée par ses espions?

— J'en doute. Elle était trop sélective et trop prudente pour ça. Elle devait choisir avec soin ses candidats au chantage.

— Ah! Ah! ricana Otis. Elle a commis une belle erreur le jour où elle a décidé de s'en prendre à Zoe et à l'amie de lord Masters!

— En effet, dit Iphiginia.

— Tout est fini maintenant. Remercions le ciel! fit Zoe en se servant un petit four.

Otis jeta un bref regard à Iphiginia.

— Masters est-il certain que l'histoire soit terminée?

Iphiginia hésita un instant.

— Il semble le croire.

— Alors tout est bien qui finit bien, déclara Otis.

Iphiginia se leva et remit son chapeau.

— Amelia et moi devons vous quitter, malheureusement. Nous avons rendez-vous avec notre homme d'affaires. Peut-être nous verrons-nous ce soir, au théâtre?

— J'en serai très heureuse, répliqua Zoe en souriant. Quel bonheur ce sera de pouvoir m'asseoir dans ma loge sans avoir à me demander si mon maître chanteur se trouve dans l'assistance!

— Une chose encore, reprit Iphiginia en les regardant avec insistance. J'espère que vous réalisez que, bien que cette affaire soit classée, je reste toujours Mrs. Bright aux yeux de la société? Je sais qu'au tout début de l'affaire j'avais promis que lorsqu'elle serait classée je me retirerais discrètement de la scène... Mais j'ai changé d'avis.

Zoe la dévisagea avec intérêt.

— Tu envisages de terminer la Saison en te faisant encore passer pour la maîtresse de Masters?

— Oui.

Zoe échangea quelques coups d'œil ennuyés avec Otis et Amelia.

— Et Masters est d'accord? reprit-elle.

— Plus ou moins, répondit Iphiginia d'un ton vague.

Elle ne voyait pas la nécessité de leur raconter que Marcus l'avait demandée en mariage. Ils auraient été capables de prendre son parti.

Et Iphiginia était bien décidée à ce que Marcus tombe amoureux d'elle avant de l'épouser.

Tandis que les deux cousines descendaient le perron de la maison de Zoe, Iphiginia se rendit compte qu'Amelia gardait un silence circonspect.

Lorsqu'elles furent installées dans le superbe phaéton

blanc et or, Iphiginia demanda, tout en arrangeant ses jupes :

— Amelia, peux-tu me dire ce qui te chagrine?

La jeune fille la fixa d'un air étrange.

— Tu as hésité avant de répondre à ta tante et à Otis que l'affaire était bel et bien finie. Quelque chose ne va pas?

La voiture commença à rouler et Iphiginia regarda par la vitre. Il était déjà cinq heures de l'après-midi, et les rues étaient encombrées d'élégants attelages se dirigeant vers le parc.

— Ce qui me trouble, c'est qu'hier Masters et moi avons fouillé de fond en comble le bureau de Mrs. Wycherley, avant de nous sauver... Nous n'avons découvert aucun sceau au phénix, aucune cire noire...

— Constance Wycherley était tout sauf idiote, coupa Amelia. Elle ne pouvait laisser au vu et au su de tous les marques de son infamie!

— C'est ce que Marcus m'a dit. Mais si elle était si intelligente, pourquoi aurait-elle pris le risque de faire chanter une amie de Masters, alors qu'elle devait bien se douter que ce dernier réagirait aussitôt?

— Sans doute a-t-elle fait chanter tellement de personnes qu'elle n'avait plus la notion du danger... Ou peut-être devenait-elle de plus en plus gourmande... Des dettes de jeu par exemple. Qui peut savoir?

— Évidemment. Je suppose que nous n'aurons jamais la réponse.

— Allez, Iphiginia! Tu as fini par admettre que ce qui te perturbait le plus était que l'hypothèse de Marcus se soit révélée juste. Maintenant que cette histoire est finie, que comptes-tu faire?

— Comment ça?

— J'ai entendu ce que tu as dit à Zoe, je ne suis pas sourde. Mais tu ne peux passer indéfiniment pour la maîtresse de Masters.

— Au moins jusqu'à ce que la Saison se termine... (Iphiginia s'éclaircit la gorge.) Car tu as sans doute deviné que ce n'était plus une mascarade.

— C'est en effet ce que je craignais.

Iphiginia jouait nerveusement avec son petit réticule de satin blanc.

— Ne t'inquiète pas.

— Mais si! Tu n'es pas seulement ma cousine, mais aussi et surtout ma meilleure amie. Je ne peux m'empêcher de me faire du souci.

— Occupe-toi plutôt de l'aspect financier de notre projet de Bright Place. Cela me fera plaisir.

— Tu sais qu'il risque de t'abandonner quand il sera fatigué de toi? Tu le sais, n'est-ce pas?

— Peut-être serai-je la première fatiguée de lui... répliqua avec désinvolture Iphiginia.

— J'aimerais qu'il en soit ainsi. Je suppose qu'il est inutile que j'essaye de te persuader d'abandonner cette histoire stupide?

— En effet. Mais sache que, dès la Saison terminée, mon association avec Masters prendra fin.

— Et que feras-tu alors?

— Je surveillerai les travaux de Bright Place. Je m'occuperai de mon livre d'architecture classique, répondit en souriant Iphiginia. J'ai plein de projets en tête. Je te jure que je ne ferai pas de dépression nerveuse! Et puis, de toute façon, il est trop tard. Je suis déterminée à vivre cette merveilleuse aventure. Il n'y aura pas d'autre occasion semblable à celle-ci... Masters est vraiment unique en son genre!

Marcus inclina légèrement la tête en voyant Hannah et son mari dans le hall du théâtre, ce soir-là. Mais Sands ne lui jeta qu'un bref coup d'œil, s'empressant d'aller saluer quelqu'un d'autre, bien décidé à l'ignorer.

Hannah, quant à elle, lui adressa un sourire crispé. L'angoisse se lisait dans son regard.

La foule scintillante formait un courant continu dont Marcus profita pour se rapprocher de son amie, sans éveiller les soupçons du mari.

— C'est fini, murmura Marcus en arrivant à sa hauteur. Notre maître chanteur se trouvait être Mrs. Wycherley, et elle est morte.

— J'ai lu ça dans la presse de ce matin, et je me demandais ce que cela signifiait... (Elle le fixa un bref instant, affolée.) Marcus ! Ce n'est pas vous, j'espère...

— Non. Certainement une de ses autres victimes.

— Mon Dieu !

— Allons, ma chère, dit Sands en se rapprochant, surpris d'apercevoir Masters auprès de sa femme. Venez prendre un verre d'orangeade.

Marcus se laissa emporter par la foule jusqu'au pied de l'escalier qu'il gravit sans hâte. Il regrettait l'animosité de Sands, sans toutefois lui en tenir rigueur. Depuis quelques jours, il éprouvait le même instinct de possession envers Iphiginia.

Marcus salua quelques connaissances tandis qu'il se frayait un chemin le long du couloir. Arrivé à la dernière loge, il en souleva l'épais rideau et y pénétra.

Dorchester, sa femme et la jolie Juliana le regardèrent avec un étonnement non dissimulé.

— Bonsoir, lança Marcus. La pièce vous plaît ?

Le visage de Dorchester refléta une certaine suspicion.

— Masters ! J'ignorais votre venue...

— My lord ! Quel plaisir de vous voir, coupa Beatrice Dorchester aussi pâle qu'une morte. Juliana ! Fais une révérence au comte de Masters.

Juliana se redressa vivement et s'exécuta sans plus attendre.

— My lord.

— Mrs. Dorchester, Miss Juliana... Vous semblez rayonnantes.

— Merci, my lord. Voulez-vous vous asseoir un moment ? Je vous en prie, prenez un siège près de Juliana.

— Je trouve Kean excellent ce soir!

— Oui. Cet homme est capable de jouer même éméché! répondit Dorchester d'un ton qu'il s'efforçait de rendre enjoué.

— Heureusement, car il est saoul du matin au soir, ricana Marcus.

— Ah! Ces acteurs... murmura Dorchester. Tellement instables.

— Il n'y a pas qu'eux.

Marcus surveillait le théâtre. Il repéra très vite Iphiginia dans une des loges situées sur le côté.

Elle portait une robe à l'antique, avec une coiffure agrémentée de plumes d'autruche blanches et un collier de simple cristal taillé à son cou.

Elle n'était pas seule dans la loge. Amelia était assise à ses côtés et bientôt le rideau se souleva, livrant passage à Herbert Hoyt, toujours impeccablement vêtu, un verre de limonade à la main.

Mais déjà, Mrs. Dorchester relançait la conversation.

— Ma fille et moi avons profité du beau temps pour faire une promenade dans le parc cet après-midi, n'est-ce pas Juliana?

— Oui, maman. (Juliana fixait son éventail comme si elle craignait que Marcus ne le lui arrache des mains.) C'était fort agréable... Et j'ai vu votre frère! s'exclama-t-elle soudain radieuse.

— Oh?

Juliana pâlit au ton réticent de Marcus, et sa mère lança un coup d'œil impérieux à son mari pour que ce dernier intervienne.

— Au fait, comment allez-vous?

— Très bien, ma foi, répliqua Marcus, secrètement amusé.

— Excellent! s'écria Dorchester, voulant se montrer amical. Content d'entendre ça!

— Je vais d'autant mieux que j'ai décidé de me marier...

Un silence de plomb accueillit cette remarque.

— Je pensais que vous aviez abandonné l'idée de vous remarier... Vous n'aviez pas une règle, là-dessus?

— J'ai changé d'avis, répliqua Marcus. Une de mes amies m'a expliqué que certaines règles se devaient d'être enfreintes!

— Je vois, marmonna Dorchester. Bien, alors toutes mes félicitations! Cette nouvelle va faire sensation...

Juliana, après avoir sollicité ses parents du regard, lui adressa un merveilleux sourire.

— Je vous souhaite beaucoup de bonheur dans votre mariage, monsieur!

Marcus leva le sourcil.

— Merci, Miss Dorchester.

— Quand annoncerez-vous la bonne nouvelle? s'enquit Mrs. Dorchester pour le moins intriguée.

— Très prochainement, assura Marcus.

— Et qui est l'heureuse élue? demanda Dorchester. Enfin, si je ne suis pas trop indiscret.

— Je préfère ne rien dire pour l'instant... Il y a encore quelques petits détails à voir, les derniers arrangements financiers à... Enfin, vous comprenez. Préparer un mariage n'est pas de tout repos, je commence à m'en rendre compte.

— Vous trouvez? dit Mrs. Dorchester.

— Fichtre! Il faut penser à tout. Rédiger mes dernières volontés par exemple, pour protéger ma future femme et, pourquoi pas, ma future progéniture...

— Progéniture? répéta Mrs. Dorchester, atterrée.

— Il faut y penser. Un titre est en jeu... Il faut aussi revoir les rentes versées aux autres membres de la famille.

— Comment ça, revoir? s'étonna-t-elle.

— Ne donner que le minimum. Il ne saurait être question qu'un autre que mon fils hérite de ma fortune.

— Je pensais que votre frère était votre héritier, intervint Dorchester.

— Cela va changer maintenant que je suis sur le point de me marier. Avec un peu de chance, j'aurai un fils pour prendre possession du titre et de la fortune.

Mrs. Dorchester semblait sur le point de défaillir.

— Je vois, marmonna-t-elle.

— Mon frère continuera de percevoir une rente, bien sûr, assura Marcus en soulevant le rideau pour prendre congé. A moins qu'il ne se marie sans mon approbation, ajouta-t-il avec un grand sourire.

— Pardon? hoqueta Dorchester.

— Je suis intimement persuadé que Bennet devra trouver une riche héritière pour assurer son avenir. Après tout, lui aussi aura des enfants...

— Des enfants... répéta d'une voix atone Dorchester.

— C'est la vie, n'est-ce pas?

Sur ces mots, Marcus s'en fut, laissant retomber le rideau.

Il suivit le couloir jusqu'à la loge d'Iphiginia et y pénétra alors que Hoyt en sortait.

— Bonsoir Iphiginia. Miss Farley... salua Marcus en s'asseyant d'autorité.

— My lord... répondit Amelia d'un ton glacial.

Iphiginia, quant à elle, lui adressa un superbe sourire. Ses yeux brillaient de curiosité.

— Bonsoir, my lord. Je crois bien vous avoir vu dans la loge des Dorchester...

— J'avais quelque chose à leur dire... Mais pourquoi dois-je toujours me heurter à ce satané Hoyt? Il est tout le temps dans vos jupes!

Iphiginia haussa les épaules.

— Mr. Hoyt est un ami... et quelqu'un d'inoffensif. D'ailleurs, vous n'êtes pas sans le savoir, my lord.

— C'est surtout un empêcheur de tourner en rond!

Iphiginia parut étonnée.

— Vous me semblez être dans un curieux état d'esprit, monsieur.

— En effet. (Marcus fixa la scène tandis que les lumières baissaient.) Espérons que le jeu de Kean saura me rendre ma bonne humeur!

— Espérons-le...

Iphiginia lui lança un drôle de regard avant de se concentrer sur la pièce.

Marcus, quant à lui, ne parvenait guère à s'intéresser à ce qui se passait sur la scène. Il ne désirait qu'une chose, confier son désarroi à Iphiginia et lui demander son opinion sur l'obstination de son frère à vouloir épouser Juliana Dorchester.

Mais quémander un conseil n'était pas dans son genre. De toute façon, ses règles l'en auraient empêché, on n'avouait pas sa faiblesse.

Au beau milieu du dernier acte, le rideau de la loge livra passage à un Bennet très pâle, les poings crispés, l'air furieux.

— Tu iras griller en enfer, Marcus! Je ne te pardonnerai jamais! Jamais! Je suis au courant de tes manigances, mais cela ne marchera pas... Tu m'entends? J'épouserai Juliana.

Marcus se retourna avec une lenteur affectée, conscient de la stupéfaction des deux jeunes femmes.

— Aurais-tu oublié tes bonnes manières? Permets-moi de te présenter Mrs. Bright, Miss Farley...

Bennet lança un regard mauvais à Iphiginia.

— Pourquoi devrais-je me montrer poli devant ta maîtresse alors que tu ne daignes pas l'être devant ma future femme et sa famille?

— Suffit! Je te le répète, Bennet, nous discuterons de ceci plus tard.

— Non. J'aurais dû savoir que tu tenterais n'importe quoi pour saboter mon bonheur! Mais franchement, je ne pensais pas que tu irais aussi loin... Me déshériter!

— Nous aborderons ce sujet en privé, si tu le veux bien, riposta Marcus avec aigreur.

— Je me moque que tu me coupes les vivres! Je ferai

mon chemin dans la vie. Juliana le sait. Elle a confiance en moi, elle! Pas comme toi et son père.

— Puisque tu es déterminé à faire une scène, allons dehors.

— Pas besoin. Je pars... (Bennet était blanc de colère.) Au fait, permets-moi de te féliciter! J'ai cru comprendre que tu allais bientôt annoncer ton mariage...

Iphiginia retint à grand-peine une exclamation.

— C'est exact.

— Tout le théâtre ne parle que de ça. L'idée que j'épouse Juliana devait te désespérer pour que tu brises ainsi l'une de tes sacro-saintes règles!

— Bennet! Cela suffit.

— Mais c'était inutile, Juliana m'épousera avec ou sans fortune, avec ou sans titre! Tu verras... Elle m'aime pour moi-même. Ce qui est plus que ce que tu ne peux dire de ta future femme... Qui qu'elle soit!

Sur ce, Bennet tourna les talons et sortit.

14

Iphiginia prit place dans le phaéton noir et arrangea ses jupes autour d'elle sans dire un mot. Marcus, assis en face d'elle, allongea l'une de ses jambes bottées et regarda par la vitre d'un air morose.

Ils avaient quitté le théâtre avant la fin de la pièce, Marcus ayant prétexté qu'il appréhendait la circulation du retour, argument auquel Iphiginia n'avait guère cru.

Le phaéton se mit en route et Marcus brisa enfin le silence.

— Je regrette que vous ayez dû assister à cette malheureuse scène, au théâtre, laissa tomber Marcus tout en scrutant la nuit. Mon frère semble être dans une phase plutôt mélodramatique en ce moment!

— Marcus, je crois avoir droit à une explication.

— Bennet s'imagine être éperdument amoureux de cette Juliana Dorchester.

— Et vous êtes loin d'approuver, n'est-ce pas?

Marcus la regarda d'un air étonné.

— Comment avez-vous deviné?

— Ce n'était pas difficile.

— Dorchester s'est mis en tête de marier richement sa fille pour rétablir sa fortune chancelante. Quant à son épouse, elle ne rêve que d'un titre! Cela fait deux Saisons qu'ils poussent Juliana dans les bras de tout gentilhomme correspondant à ce descriptif...

— Vous en avez fait partie?

— La Saison dernière... Pendant un court moment. Dorchester a été jusqu'à tenter de compromettre sa fille avec moi.

— Mon Dieu! Et que s'est-il passé?

— Je n'entrerai pas dans les détails. C'était un petit complot minable et si transparent! Inutile de dire qu'il a échoué.

— Je vois. (Iphiginia frissonna brusquement et s'enveloppa aussitôt dans son châle.) Vous vous en êtes tiré à bon compte, je suppose.

— Oui.

J'ai expliqué à Dorchester que je n'épouserais pas sa fille, même s'il s'arrangeait pour que nous soyons trouvés tous deux nus dans un lit! Et je lui ai rappelé ma règle anti-mariage. Apparemment, Dorchester m'a cru. Lui et sa fille ont cessé leur petit manège. Mais cette Saison, il a dû penser que mon frère ferait un agréable substitut!

— Aussi avez-vous essayé de l'en dissuader. Mais cette fois-ci, vous vous êtes retrouvé avec un problème d'un genre très différent... Votre frère se trouve être amoureux de Juliana.

— Mon frère a juste succombé à une attraction purement physique. Et la prose de Byron n'y étant pas étrangère... Il a cru aimer, c'est tout!

Iphiginia nota le ton dégoûté de sa voix.

— Comment pouvez-vous être certain qu'il ne s'agit pas d'amour?

— Par Dieu! Il a juste vingt ans. Il connaît les tourments d'une première passion et, comme tout jeune mâle, il sublime son désir en lui donnant le nom d'amour!

— Peut-être ses sentiments pour Juliana sont-ils plus profonds que vous ne le croyez.

— Que Dieu nous en préserve!

— Qu'espériez-vous prouver en annonçant vos prétendues fiançailles ?

— Mes fiançailles sont tout ce qu'il y a de plus réelles. Nous sommes sur le point de nous marier, ne l'oubliez pas, Iphiginia !

— Nous aborderons ce sujet un autre jour, murmura-t-elle. Pour l'instant, nous parlons de votre frère, et de votre annonce de remariage faite pour décourager Dorchester.

— J'ai vraiment envie de me remarier.

Iphiginia fit semblant de n'avoir rien entendu.

— Vous avez peut-être réussi à persuader le père, mais qu'en est-il de Bennet et de Juliana ?

— Eux ? Mais les Dorchester ne voudront plus entendre parler de Bennet s'il est déshérité ! Leur but était de mettre la main sur une partie de la fortune des Masters... Or c'est moi qui gère tout.

— Marcus, je crains que cela ne soit pas aussi simple... J'ai vu le visage passionné de votre frère, ce soir.

— Il découvrira bientôt que j'avais raison. Dorchester va envoyer sa fille jouer ailleurs, maintenant !

— C'est stupide ! Dorchester et vous êtes assez idiots pour croire que vous pouvez contrôler la vie des autres... Juliana et Bennet sont jeunes, mais adultes. Dieu sait quelle sera leur réaction, si vous entendez les plier à vos désirs !

Marcus l'observa un moment.

— Qu'essayez-vous de me dire ? Qu'ils peuvent se rendre à Gretna Green ?

— C'est une possibilité, non ?

— Non. Bennet pourrait être assez fou pour envisager cela, mais pas Juliana. C'est une jeune fille qui a la tête sur les épaules et qui n'envisagerait pas d'épouser un homme sans fortune.

— Vous sous-entendez qu'elle se mariera par intérêt et non par amour ?

— Absolument. N'oubliez pas ce qui s'est passé l'année dernière.

— Je pense que ce sont les parents qui sont coupables. La pauvre Juliana n'a fait qu'obéir à leurs ordres!

— Quelle est la différence?

— Marcus, désolée de vous dire ça, mais vous n'êtes pas très bon juge en matière de sentiments, et encore moins en affaires de cœur.

— Les affaires de cœur devraient être conduites comme des affaires tout court. On doit les traiter avec soin et prudence.

— C'est-à-dire avec cynisme, n'est-ce pas? Mais je comprends ce que vous essayez de faire, reprit-elle avec gentillesse. Vous essayez de protéger votre frère d'un mauvais mariage... en vous y prenant fort mal!

— Ceci ne vous concerne pas, Iphiginia.

— Ah oui? Alors pourquoi avoir annoncé vos fiançailles à Dorchester? Maintenant, je suis concernée. Nous aurons à répondre à une foule de questions gênantes. Les difficultés commencent.

— Je ne vois pas où est le problème. J'ai pour règle de ne pas répondre aux questions personnelles.

— Marcus, enfin! Les gens attendent de vous que vous épousiez une de ces jeunes débutantes de bonne famille. Mais surtout pas votre maîtresse, par Dieu!

— Eh bien, je me fiance avec une jeune personne qui fait sa première Saison, vous! plaisanta Marcus.

— Vous êtes l'homme le plus buté qu'il m'ait été donné de connaître de toute ma vie!

— Vous avez intérêt à vous y faire car je n'ai nulle intention de changer, ricana-t-il.

Iphiginia poussa un soupir exaspéré.

— Revenons à nos moutons... Je vous conseille de ne pas conserver une ligne de conduite aussi stricte envers Juliana et Bennet. Cela ne peut que les pousser dans les bras l'un de l'autre!

— Je ne me souviens pas d'avoir sollicité votre avis.

— Alors pourquoi discutez-vous?

— Je n'en sais fichtre rien! marmonna-t-il. Ceci n'est pas votre affaire. Bennet est mon frère après tout, et je suis seul à savoir ce qui lui convient.

— Marcus, vous voulez le protéger malgré lui!

— Et alors? Quel mal y a-t-il à cela?

— Aucun. Vous l'avez élevé, vous vous êtes conduit plus en père qu'en frère. J'ai fait la même chose avec ma jeune sœur.

— Je sais, répondit-il doucement.

— Vous et moi sommes devenus des parents avant même d'avoir eu une chance de devenir d'abord des adultes. Nous voulons protéger tous ceux qui nous entourent, mais nous ne pouvons le faire *ad vitam aeternam*.

— Je protégerai quand même Bennet de cette satanée Juliana Dorchester.

— Vous vous y prenez mal.

— Que me suggérez-vous alors? grommela Marcus. De leur donner ma bénédiction?

— Oui.

— Jamais!

— Écoutez-moi! Dites à votre frère que vous accepterez ce mariage s'il consent à respecter de longues fiançailles.

— Longues?

— Un an, comme cela se fait dans la haute société. Vous pouvez convaincre Bennet du bien-fondé de cet argument. Et au pire, vous obtiendrez six mois. Si Juliana n'est pas la femme qu'il faut à Bennet, il aura amplement le temps de s'en apercevoir.

— Et que se passera-t-il si Juliana s'arrange pour être compromise par mon frère, pendant cette période?

— Le problème se pose déjà. Je pense même que le risque est plus grand maintenant que ces deux-là sont désespérés. Si Juliana est aussi amoureuse de Bennet que lui d'elle, ils doivent se prendre pour des amants maudits! Et ils risquent fort de vouloir défier leurs parents et la société par la même occasion...

— Qu'ils aillent au diable ! Heureusement, Juliana n'est pas amoureuse de Bennet... Vous verrez que j'ai raison et que les Dorchester vont mettre un point final à ce projet de mariage.

— C'est une opinion qui n'engage que vous, my lord. Vous êtes un scientifique et, pour ces questions-là, vous êtes aveugle. L'amour fait faire des choses incroyables !

— Vous parlez en experte, il me semble ? fit-il d'un air rogue.

— J'ai pu observer ma sœur.

— Avec l'homme dont vous pensiez qu'il vous aimait ?

Iphiginia se troubla.

— Vous connaissez l'existence de Richard Hampton ?

— Oui, répondit Marcus d'un ton neutre.

— Vous croyez tout savoir, n'est-ce pas, my lord ?

— Je sais, par expérience, qu'il vaut mieux être en possession de toutes les informations avant de prendre une décision.

— Puisque vous êtes si remarquablement informé, je n'ai pas besoin de vous en dire plus.

— L'aimiez-vous ?

— Ma réponse n'a que peu d'intérêt pour un homme qui ne croit pas en l'amour.

— Vous ne répondez pas à ma question.

— Je fais mienne votre règle de ne pas répondre à des questions trop personnelles... Mais je veux bien faire un marché avec vous...

— Un marché ?

— Une réponse pour une question !

— Très bien. Mais vous répondez d'abord. Pensiez-vous être amoureuse de ce Richard Hampton ?

Iphiginia tenta d'être aussi honnête que possible.

— Je crois que j'aurais pu apprendre à l'aimer, répondit-elle enfin.

— Apprendre à l'aimer ! Quelle idiotie !

— Non, je ne pense pas. Je suis une bas-bleu, une littéraire. Je crois au pouvoir de l'esprit. Je suis persuadée que si tous les facteurs sont réunis, et avec une bonne dose de détermination, de bonne volonté, il est possible d'apprendre à aimer.

— Les poètes se gausseraient d'entendre parler de rationaliser ainsi l'amour ! ricana-t-il.

— Mais vous n'êtes pas un poète, my lord, alors pourquoi vous moquez-vous ?

— Votre histoire de facteurs réunis est trop drôle ! Et dans le cas Hampton, quels étaient-ils ?

— Richard est un homme bon, fort, agréable et sur qui on peut compter. J'aurais pu apprendre à l'aimer, répéta-t-elle.

— Quel parangon ! Honnêtement, auriez-vous pu être heureuse avec lui ?

— Oui.

— Et vous lui auriez été fidèle ?

Elle fronça les sourcils.

— Bien sûr !

— Même si vous aviez rencontré l'homme de votre vie après avoir été mariée ? Un homme qui vous aurait fait éprouver les feux de la passion ? Un homme qui vous aurait fait comprendre ce que les poètes racontent, qui vous aurait fait toucher du doigt les étoiles ?

— Seriez-vous en train de parler de vous, Marcus ? ironisa-t-elle.

Dans l'ombre, elle le vit se raidir.

Iphiginia eut un sourire en coin.

— Il eût été hautement improbable que nous nous soyons jamais rencontrés, vous et moi, si j'avais épousé Hampton. Mais je répondrai néanmoins à votre question : je lui serais restée fidèle. Je me fiche peut-être des règles, mais j'ai le sens de l'honneur !

— La passion est souvent au-dessus des convenances, madame.

— Je ne suis pas d'accord. Et vous non plus, je pense.

Nous sommes des êtres intelligents, évolués. Nous pouvons, si nous le désirons, contrôler la passion, déjouer la tentation.

A sa grande surprise, Marcus sourit.

— Vous devez avoir raison. Alors que penser de notre comportement? C'est bien une absence totale de volonté!

— Non. (Elle agita doucement son éventail avant de le refermer d'un geste sec.) Nous sommes libres de vivre une passion si nous en avons décidé ainsi. C'est notre prérogative, notre droit en tant qu'adultes responsables. Si nous étions mariés, le code de l'honneur exigerait que nous la reniions.

— Je vois. Être libres nous permet d'être tentés, aussi le sommes-nous. C'est une idée intéressante...

— Nous ferions mieux de reprendre notre conversation là où nous l'avions laissée. Il est impossible que vous continuiez à régenter la vie de Bennet, Marcus...

— Croyez-vous que je l'ignore? Je ne veux rien régenter, je veux seulement le protéger.

— Il a le droit d'aimer qui il veut. Tout ce que vous pouvez exiger, c'est qu'il réfléchisse un peu à ses actes, qu'il prenne le temps de connaître Juliana afin d'être sûr qu'il ne s'agit pas d'une amourette.

— Les choses étaient si simples quand Bennet était petit... murmura Marcus. Il m'écoutait alors. Il n'hésitait pas à demander mon aide quand il en avait besoin. Il recherchait mon approbation avant de se lancer dans quelque chose d'importance.

— Je comprends, répondit Iphiginia d'un ton amical. Il en était de même avec ma sœur. Mais tout le monde grandit, Marcus.

— Mais doivent-ils détruire leur chance d'être heureux pour autant?

— Parfois...

— C'est payer bien cher le droit à l'erreur! Je ne peux pas le laisser faire, Iphiginia.

— Je crains que, si cette affaire devait mal finir, Bennet ne devienne comme vous, ou plutôt qu'il ne devienne une pâle copie de Marcus Masters.

— Et que lui reprochez-vous? répliqua Marcus plutôt sèchement.

— C'est un homme qui vit en suivant des règles si étroites et si rigoristes qu'il ne lui reste plus de temps pour aimer.

Un silence de plomb s'abattit sur la voiture. Marcus semblait transformé en statue de sel.

— My lord, il est vrai que je ne connais rien de votre premier mariage, mais je ne peux m'empêcher de conclure qu'il n'a pas été heureux.

— Ce fut un enfer!

— A mon tour de vous poser une question et j'aimerais que vous y répondiez. A cette époque-là, y a-t-il eu quelqu'un qui souhaitait vous dissuader de vous marier et que vous auriez écouté?

— Non. Évidemment non. J'imaginais savoir ce que je faisais. J'étais sûr d'être amoureux... Et je croyais que Nora m'aimait!

— Et sans doute vous aimait-elle, suggéra Iphiginia avec douceur.

— Absolument pas! (Marcus balaya l'argument d'un geste de la main.) Elle cherchait uniquement un père pour son enfant.

Iphiginia fronça les sourcils.

— Je ne savais pas...

Marcus la regarda avec froideur.

— Personne ne le sait! Je n'ai jamais confié à âme qui vive que Nora était venue vers moi enceinte d'un autre.

— Oh, Marcus! Cela a dû être terrible...

Il resta silencieux un long moment. Iphiginia ne trouvait rien à dire, tant elle était abasourdie qu'il eût gardé ce secret enfoui si longtemps.

— La famille de Nora vivait dans une des fermes voisines, reprit Marcus avec difficulté. Je la connaissais depuis toujours. J'avais un an de plus et je crois bien que j'étais amoureux d'elle depuis l'âge de mes seize ans.

— Marcus, je vous en prie... Vous n'êtes pas obligé...

Mais il ne tint pas compte de son interruption.

— Elle me trouvait drôle, et bien utile aussi. Je lui ai appris à danser, à pêcher. Elle a été la première fille que j'ai embrassée...

Iphiginia ne tenait pas à en entendre davantage.

— S'il vous plaît...

— Mais je n'étais qu'un simple fermier. A cette époque, le titre appartenait à un vieil oncle éloigné et je n'espérais pas en hériter. Nora voulait un style de vie que je n'étais pas en mesure de lui donner. Elle était très belle, et ses parents étaient convaincus qu'elle pouvait obtenir mieux qu'un simple gentleman farmer. L'année de ses dix-huit ans, sa famille l'a emmenée à Londres pour la Saison.

— Et alors? s'inquiéta Iphiginia redoutant la suite.

— Quand elle est revenue en juin, les choses avaient changé. Elle n'était plus la charmante et joyeuse jeune fille que j'avais connue. Elle s'est jetée dans mes bras en me racontant qu'elle avait finalement compris qu'elle m'avait toujours aimé.

— Hum...

Iphiginia agita de nouveau son éventail comme pour chasser l'atmosphère de colère et de peine qui régnait dans le phaéton.

— Et j'étais si naïf et si inexpérimenté que je l'ai crue... (Marcus fixait les rues sombres qui défilaient devant ses yeux.) Elle affirmait qu'elle avait découvert que la vie à Londres ne pouvait lui convenir, qu'elle désirait que notre mariage se fasse le plus vite possible, ses parents étant d'accord. Le père alla jusqu'à me proposer de nous rendre à Gretna Green.

— Donc pas de fiançailles?

— Ils en étaient tous arrivés à la conclusion qu'il n'y

avait pas lieu de perdre notre temps et notre argent. J'étais si épris d'elle que je n'ai soulevé aucune objection. Nous sommes donc allés à Gretna Green et nous avons passé notre nuit de noces là-bas, dans une auberge... Je la désirais tant! J'étais déterminé à être aussi gentil et doux qu'il était possible de l'être. Mais elle a pleuré toute la nuit, pendant des heures et des heures, me semblait-il... Elle criait que je lui avais fait mal, que j'avais des mains de laboureur! (Marcus reprit sa respiration.) Et c'était vrai, j'avais des mains de travailleur... Je n'étais qu'un fermier, après tout.

La jeune femme frémit au souvenir de ses mains qui l'avaient si bien caressée. Mon Dieu... Ses mains que toute femme devrait désirer. Les larmes lui montèrent aux yeux.

— Le lendemain, poursuivit Marcus. Les draps étaient souillés... J'ai su plus tard que sa mère avait veillé à ce qu'ils le soient grâce à l'aide d'une servante. Mais elle s'est donné beaucoup de mal pour rien...

— Je ne comprends pas.

— Même sans cette tache de sang, je n'aurais jamais soupçonné que Nora m'ait trahi. J'étais le plus innocent des deux, ce soir-là, le plus ignorant.

— Alors comment l'avez-vous su?

— Elle a perdu le bébé un mois après notre mariage. J'ai failli devenir fou. J'ignorais ce qui pouvait bien se passer, je pensais qu'elle était en train de mourir!

— Oh! Mon Dieu...

— J'ai appelé le médecin. Quand tout a été fini, il a voulu me rassurer... Il supposait, bien sûr, que j'étais le père et que nous nous étions mariés précipitamment en raison de sa grossesse avancée. Il m'a gentiment tapé sur l'épaule en m'assurant qu'il y aurait bientôt un autre bébé.

— Vous ne lui avez pas avoué la vérité?

Marcus fit la grimace.

— Il n'en était pas question. Quel homme reconnaîtrait avoir ainsi été dupé? Et puis Nora était ma femme.

— Et vous vous sentiez obligé de la protéger, n'est-ce pas? supputa Iphiginia.

Pour toute réponse, Marcus grommela.

— Vous vous étiez occupé de votre frère durant des années. C'était dans votre nature d'aider le pauvre et l'orphelin... Comment a réagi Nora?

— Quand je lui ai dit que je savais la vérité, elle s'est mise à pleurer. Et puis, elle m'a avoué sa sordide histoire. A Londres, elle avait été séduite par un de ses admirateurs, un jeune coureur de dot qui n'avait nulle intention de l'épouser et qui n'avait pas hésité une seconde à la laisser tomber.

— La pauvre!

— Les rumeurs avaient été bon train et sa réputation ruinée. Aucun espoir de mariage puisque sa famille n'avait pas le pouvoir d'obliger son séducteur à l'épouser...

— C'est alors qu'ils l'ont forcée à rentrer et à se jeter à votre cou?

— Ils ont supposé que le fruste gentleman farmer que j'étais serait assez bête pour ne rien deviner! (Marcus fixa un instant ses mains.) Et ils ont eu raison. Depuis ce jour, je me suis souvent demandé si j'aurais fini par apprendre la vérité, si elle n'avait pas fait cette fausse couche.

— Vous l'auriez su de toute façon, puisque l'enfant serait né avant terme.

— J'en doute. Comme je vous l'ai dit, j'étais très ignorant de ces choses. On m'aurait annoncé qu'il était prématuré et je l'aurais cru!

— On dit que Nora serait morte d'une fièvre.

— En effet. Six mois après sa fausse couche.

— Et le duel? souffla Iphiginia. Il y a bien eu duel, n'est-ce pas? A la mort de Nora, vous êtes venu à Londres et vous avez provoqué son séducteur...

— Il m'a traité d'imbécile, ce qui était exact d'ailleurs, et m'a demandé quelle différence cela faisait maintenant que la p... était morte! Sur ce point, je n'ai pas su lui répondre.

— Vous défendiez l'honneur de votre femme même si elle vous avait trahi. Alors peu importait qu'elle soit encore vivante! (Iphiginia sentit une larme rouler sur sa joue.) Marcus, c'est vraiment tout vous.

— Par Dieu! Seriez-vous en train de pleurer? marmonna-t-il, gêné.

— Non, répliqua-t-elle en reniflant.

— J'espère bien, car le sujet n'en vaut pas la peine.

— Si, Marcus. Je suis si désolée pour vous et Nora. Comme elle a dû être paniquée quand elle a découvert qu'elle était enceinte et que sa réputation était ruinée.

— Certes.

— Elle était si jeune et désespérée... une innocente jeune fille qui s'était laissé séduire, qui avait fait fi des règles les plus élémentaires. Elle devait savoir qu'elle aurait à le payer très cher... Et elle s'est tournée vers vous, son ami d'enfance!

— Il est vrai que j'en étais tellement amoureux que je l'aurais prise malgré tout, que je lui aurais donné mon nom, que j'aurais reconnu le bébé, si elle m'avait avoué la vérité. C'est ça que je ne peux lui pardonner!

— Parce que vous pensez avoir été berné.

— J'ai été bel et bien berné!

Iphiginia eut un frisson. Elle aussi l'avait berné, et il était en droit de le croire aussi.

Elle se pencha et posa sa main gantée sur son genou.

— Nora ne vous a pas pris pour un imbécile. Personne ne pourrait le faire d'ailleurs, vous agissez avec tellement de loyauté, de chevalerie! Vous avez vengé son honneur et gardé précieusement son secret.

— Je n'avais pas le choix. Révéler mon déshonneur m'aurait fait passer pour un imbécile.

— Je ne crois pas que ce soit ça qui vous ennuie le plus dans cette triste histoire, dit Iphiginia. Je crois plutôt que c'est le fait de lui avoir donné votre amour et de n'en avoir point reçu en retour. Vous avez l'impression qu'elle s'est servie de vous pour sauver sa réputation.

— C'est ce qu'elle a fait.

— Je ne discuterai pas, mais n'oubliez pas que votre femme n'était qu'une enfant effrayée à l'époque. Et ses parents ne cherchaient qu'à sauver leur fille de la ruine.

— Certes.

— Votre mariage avait commencé sous de mauvais auspices. Et même si vous étiez vierge la nuit de vos noces, vous étiez plus âgé qu'elle, mentalement. La vie vous avait rendu plus responsable aussi.

Marcus ne dit mot.

— Savez-vous à quoi je pense? reprit Iphiginia. Je crois que, si Nora avait vécu, elle serait devenue plus sage et serait sans nul doute tombée amoureuse de vous. Elle vous aurait aimé pour toutes les merveilleuses qualités qui sont les vôtres.

Marcus la regarda d'un drôle d'air.

— Pour une femme intelligente, vous dites parfois de sacrées sottises! Par tous les diables! Qu'est-ce qui peut bien vous faire croire ça?

Elle lui adressa un de ses merveilleux sourires.

— Parce que je sais combien il est facile de tomber amoureuse de vous, my lord... N'est-ce pas ce qui m'est arrivé?

15

Marcus crut que la terre s'était arrêtée de tourner. Les étoiles lui parurent tout à coup fort étranges, la lune elle-même ne semblait plus à sa place.

Iphiginia venait de lui avouer son amour.

Pour la seconde fois.

Et très clairement...

Marcus l'observa avec attention, mais elle ne paraissait pas être sous le coup d'une quelconque émotion, comme ce fameux soir dans le temple de Vesta lorsqu'elle avait cru l'avoir tué.

— Marcus ? s'inquiéta la jeune femme. Vous allez bien ?

— Pas vraiment.

Il était tout bonnement incapable de dire ce qui n'allait pas, ni ce qui avait brusquement changé. En fait, il était incapable d'émettre une phrase à peu près cohérente.

Aussi préféra-t-il attraper Iphiginia par la taille, la soulever et la déposer sur le siège à côté de lui, bien à l'abri de ses bras protecteurs.

Elle poussa un léger cri de surprise et laissa tomber son éventail et son châle quand il s'empara de ses lèvres.

— Marcus !

Elle lui passa les bras autour du cou et se blottit tout contre lui, tandis que Marcus, tout en l'embrassant, tirait les rideaux de la voiture.

Il l'embrassait avec passion, avec ardeur, avec tout le désir qu'il avait refoulé depuis leur première nuit.

Elle ne parut pas surprise de sa fougue et y répondit en s'accrochant à lui, faisant glisser ses doigts dans sa chevelure.

Marcus passa une main sous ses jupons à la recherche de sa peau satinée, juste au-dessus du porte-jarretelles. Il la caressa doucement, de plus en plus près de son intimité secrète. Ses mains tremblaient de désir et il dut lutter pour garder la maîtrise de soi. Il s'était juré de ne pas se jeter sur elle comme la première fois. Il ne se conduirait pas en fermier mal dégrossi. Et surtout, il voulait qu'elle puisse y prendre plaisir.

Il voulait absolument qu'elle ait du plaisir.

C'était un devoir.

C'était une nécessité.

Il l'installa confortablement sur la banquette de velours noir et commença de déboutonner ses pantalons.

Iphiginia l'attira à elle.

— Marcus, que faites-vous?

— Je vais vous faire l'amour...

— Dans la voiture?

A la faible clarté qui régnait dans le phaéton, il remarqua que ses yeux s'étaient agrandis de stupeur.

— Il vaut mieux que cela se passe ici que sur votre perron, étant donné que je ne pourrai jamais attendre d'être dans votre lit.

— Oh!

Iphiginia, troublée, retira lentement ses longs gants de satin de blanc, doigt par doigt.

Ce spectacle était une des choses les plus érotiques que Marcus ait jamais vues, et cela lui coupa le souffle.

— Marcus? Vous vous sentez bien, n'est-ce pas? Vous n'allez pas défaillir comme la dernière fois?

Marcus éclata de rire.

— Non! Je vous regardais, c'est tout... Je vous désire

Iphiginia, mais je ne veux pas vous brusquer. C'est vous qui allez prendre l'initiative.

— J'accepte, mais l'art amoureux m'est presque totalement inconnu... Et je ne pourrai me baser que sur ce que nous avons fait, et sur ce que j'ai vu de la collection Lartmore!

— Cela me paraît amplement suffisant, je vous assure! dit-il en la caressant avec lenteur. Plus que suffisant...

— En êtes-vous certain?

Marcus grommela, surtout attentif à lui donner quelque plaisir.

— Oh! Mon Dieu... Marcus!

La jeune femme tendit son corps à la recherche de ce qu'il lui donnait, et Marcus sourit, heureux.

Iphiginia tenta à son tour de lui prodiguer des caresses qui, quoique maladroites au début, amenèrent Marcus très rapidement au bord de la folie.

Enfin la jeune femme s'offrit d'elle-même, et Marcus, doucement, la pénétra, prolongeant le plaisir qu'il venait de lui donner.

Iphiginia gémit, s'accrocha à lui, murmura son nom sur tous les tons de la passion, implora, bredouilla...

Pour se laisser enfin aller.

— Marcus!

Cet ultime cri de plaisir éveilla en Marcus une petite sonnette d'alarme, bien vite réprimée. Il détestait ces moyens de protection français et, de toute façon, il était déjà trop tard...

Ils reposèrent ainsi enlacés, enfin satisfaits, sur les coussins de velours, tandis que le phaéton poursuivait son inlassable course dans les rues sombres de la capitale.

La voiture finit par s'arrêter.

Marcus s'étira et ralluma la lanterne. Il mit un certain temps à comprendre qu'ils étaient arrivés.

— Iphiginia! Nous sommes chez vous.

Elle bafouilla quelques mots indistincts, bougea vaguement, ce qui fit glisser ses jupes, et sourit dans son sommeil.

— Réveillez-vous, chérie. Allons!

Marcus tenta de l'asseoir alors qu'il entendait déjà le valet de pied descendre pour venir leur ouvrir la portière.

— Iphiginia!

— Oui... (Elle cligna des yeux, bâilla, la chevelure en bataille.) Est-ce l'heure de se lever?

— Non. Il est minuit et vous avez l'air de quelqu'un qui vient de faire l'amour...

Iphiginia eut un petit rire.

— A qui la faute, my lord?

Marcus fut ravi de la voir si heureuse. C'était en effet sa faute... et c'était bien plus satisfaisant que d'inventer des machines de toutes sortes ou d'étudier les étoiles.

Le valet de pied frappa à la portière.

— Vot' seigneurie voudrait p'être descendre?

— Un moment, Jenkins! (Marcus sortit aussitôt de sa rêverie.) Tournez-vous! Votre corsage est tout chiffonné et votre coiffure défaite.

— Oh! My lord... Comment ai-je pu me mettre dans un tel état! ironisa-t-elle.

Puis elle obéit et se tourna afin qu'il répare les dégâts.

— Voilà... Maintenant, regardez-moi. (Marcus contempla son œuvre d'un œil critique.) Donnez-moi une épingle!

Elle en sortit une de son chignon, en riant.

— Je vous en prie, ne vous donnez pas tout ce mal...

— Arrêtez de glousser ainsi! Le valet va croire que je vous lutine.

— C'est certain...

— Bon, cela devrait tenir.

Marcus s'empressa d'ouvrir la portière à Jenkins qui attendait patiemment, le visage impassible.

Marcus réprima à grand-peine un sourire en voyant Iphiginia descendre avec beaucoup de dignité, comme s'ils avaient passé tout ce temps à ne discuter que d'art grec.

Quand Iphiginia posa le pied sur le trottoir, elle adressa un de ses merveilleux sourires à Jenkins et lui murmura merci avec grâce.

Marcus songea qu'elle ferait une parfaite comtesse.

Il l'accompagna jusqu'à sa porte et attendit qu'elle soit entrée. Il lui fallait un réel courage pour ne pas la suivre, la prendre dans ses bras et la porter sur son lit, à l'étage.

— Vous aviez au moins raison pour une chose, my lord... chuchota Iphiginia dans l'entrebâillement de la porte.

— Oui, quoi?

— C'était bien meilleur cette fois-ci.

— N'est-ce pas? Et j'ai survécu à ce deuxième assaut... Nul besoin de docteur pour me ranimer! ironisa-t-il.

Iphiginia sourit.

— Apparemment, vous êtes doté d'une robuste constitution, my lord.

— Apparemment.

Sur ces mots, Marcus referma la porte et descendit les marches du perron en sifflotant. La nuit était douce et parfumée.

— Belle soirée, m'lord, s'pas? dit Jenkins en lui ouvrant la portière.

— Tout à fait... Dites à Dinks de nous ramener à la maison.

— Oui, m'lord.

Marcus sauta dans la voiture et se laissa retomber sur la banquette de velours noir, où lui et Iphiginia avaient fait l'amour un moment plus tôt. Un gant de satin, oublié là, brillait dans la pénombre.

Il le prit dans sa main et le contempla, songeant à quelque étoile reposant dans sa large paume. Il referma les doigts et le tint fermement serré.

Arrivé chez lui, Marcus se rendit immédiatement dans son bureau. Il voulait pouvoir réfléchir à la décision qu'il prendrait avant le retour de son frère.

Il était presque trois heures du matin quand la voiture de Bennet s'arrêta devant l'hôtel particulier. Marcus reprit son verre de cognac et attendit de pied ferme que son frère fasse irruption dans la pièce.

— Lovelace vient de m'avertir que tu souhaitais me parler ?

— En effet.

Bennet alla s'adosser contre la cheminée, l'air méfiant.

— Bien... Qu'y a-t-il ? Je ne vois pas très bien ce que nous aurions encore à nous dire.

Marcus contempla les flammes un moment avant de laisser tomber :

— Je regrette d'avoir voulu anéantir tes projets de mariage avec Miss Dorchester.

Bennet le fixa avec effarement.

— Pardon ?

— Tu m'as fort bien entendu. (Marcus but une gorgée de son cognac.) Je n'aurais pas dû essayer d'effrayer les Dorchester. Ni t'effrayer toi d'ailleurs, en te faisant croire que j'allais te couper les vivres. Ce qui est faux de toute façon... Ce n'était que du bluff.

— Marcus ? Qu'es-tu en train de faire ? J'espère que cela n'a rien d'un jeu cruel...

— Si tu décides d'épouser Juliana Dorchester, sois assuré que je te donnerai de quoi vivre confortablement. Et tu pourras toujours percevoir ta rente. Dès demain, j'en avertis mon homme d'affaires.

Bennet semblait changé en statue de marbre.

— Je ne comprends plus... Serais-tu en train de me donner ta bénédiction ?

— Oui. Demain, je préciserai aussi à Dorchester que je ne vois plus d'objection à cet engagement.

— Mais ce soir, tu m'as signifié qu'il ne saurait être question de ce mariage !

— J'ai dit beaucoup de choses, ce soir, que je regrette. Toutes mes excuses !

— Tes excuses ! glapit Bennet.
— Il est vrai que j'ai agi ainsi dans le but de te protéger d'un destin semblable au mien...
— Juliana n'est pas Nora, par Dieu !
— Exact. Elle n'est pas Nora.
Bennet secouait la tête comme pour remettre ses idées en place.
— Je ne sais quoi te dire.
— Tu es mon unique frère, mon unique famille. Je ne pourrais pas plus me séparer de toi que de mon bras droit ! Et de toute manière, je préférerais perdre mon bras droit que mon affection.
— J'espère que c'est sincère.
Marcus tourna son verre de cognac de façon à faire jouer la lumière sur le verre taillé.
— Tu peux dire à Dorchester qu'il convient que son homme d'affaires se mette en contact avec le mien pour traiter de ce mariage. Ces choses prennent du temps, tu sais. Plusieurs mois sont souvent nécessaires pour des fortunes comme la nôtre.
— Eh ! Je n'ai pas encore fait ma demande à Juliana.
— Non ? s'étonna Marcus. Bien, alors je pense que rien ne presse, maintenant que tu as mon accord.
— Marcus, je ne sais comment te dire... (Bennet passa ses doigts dans ses superbes boucles.) Je n'espérais pas un tel changement... surtout venant de toi !
— Moi non plus, à vrai dire, bougonna Marcus.
Bennet, surpris, fronça les sourcils.
— Que dis-tu ?
— J'ai été impulsif et je n'ai pas pris le temps de réfléchir à mes actes. Je te demande de bien vouloir me pardonner.
— Oui. Bien sûr... hésita Bennet. Merci. Tu ne peux savoir combien tout ceci me va droit au cœur. Tu verras comme Juliana est une jeune fille fine et gracieuse. Elle fera une excellente épouse.
— Je suppose que tu souhaites que cela se fasse le printemps prochain.

— Dans un an? s'exclama Bennet, déconcerté. C'est long!

— Nous pouvons peut-être ramener ça à six mois, mais une année de fiançailles me semble convenable.

— Eh bien... A vrai dire, je ne pensais pas vraiment à de vraies fiançailles. Pour être franc, Marcus, j'avais eu envie de filer avec Juliana à Gretna Green.

Marcus manqua s'étrangler avec son cognac.

— Je vois, marmonna-t-il. Mais il n'est plus question de Gretna maintenant. Mrs. Dorchester voudra certainement d'un mariage en grande pompe pour son unique fille.

— Sans aucun doute, et Juliana aura à cœur d'obéir à sa mère. C'est une de ses principales qualités. Bien. (Bennet eut une grimace soulagée, comme si un énorme poids lui avait été enlevé des épaules.) Alors, il ne me reste plus qu'à aller parler avec Juliana et à te tenir au courant des dates choisies.

— D'accord. A ta convenance. Laisse juste assez de temps à nos hommes d'affaires pour régler au mieux toutes les formalités.

— Promis, Marcus. Je ne peux m'empêcher d'être troublé par ce brusque revirement de situation. Toi qui avais pour règle de ne jamais revenir sur une décision! Mais cela t'ennuierait-il de m'expliquer ce qui nous vaut ce changement d'attitude?

— J'ai pris le temps de réfléchir et j'ai compris que je m'étais trompé...

Bennet le dévisagea avec circonspection.

— Et pour le reste?

— Quel reste?

— Juliana m'a rapporté que, non content de vouloir me couper les vivres, tu avais déclaré vouloir te remarier. Était-ce aussi du bluff?

— Non.

Bennet sourit.

— Je suis content d'entendre ça! Cela fait longtemps

que je te conseille de te remarier. Je t'ai assez prévenu que, si tu continuais comme ça, tu ressemblerais bientôt à un de tes automates!

— Je tâcherai d'éviter semblable fin!

— Alors? s'enquit Bennet plein de curiosité. Qui est l'heureuse élue?

— Je ne suis pas encore prêt à dévoiler son nom. Il y a encore, euh... maints détails à régler.

— Oui, je vois. Si mon mariage demande tant de préparation, le tien doit prendre encore plus de temps! J'imagine ce que ce doit être dans ta situation. Le titre est en jeu, après tout!

— Absolument.

— Mais tu peux te confier à moi... Ne suis-je donc pas ton frère? Est-ce la petite Chumley?

— Non.

— Elizabeth Anderson, peut-être?

— Non.

— Laisse-moi deviner... J'ai trouvé! La fille Henderson. Quel est son nom... Charlotte?

— Je vais épouser Iphiginia Bright, laissa enfin tomber Marcus.

Bennet en resta bouche bée.

Marcus fronça les sourcils.

— Tu n'en diras rien à personne avant d'en avoir la permission! Tu as compris? Cela doit rester un secret entre nous.

— Fichtre! Marcus, tu n'es pas sérieux en prétendant vouloir l'épouser?

— Je suis on ne peut plus sérieux.

— Mais elle est ta maîtresse, par Dieu!

— Elle est surtout la femme avec qui j'ai envie de me marier. Et je t'ai déjà prévenu que je ne tolérerais aucune critique à son égard.

— Tu es comte de Masters! cria Bennet en tapant avec force sur le manteau de la cheminée. C'est une chose d'avoir une liaison avec une femme comme cette Mrs. Bright, c'en est une autre de vouloir l'épouser!

— Donne-moi une seule bonne raison pour que je ne le fasse pas, dit Marcus, provocant.

— Une seule? Mais il y en a des dizaines! Un homme dans ta position se doit d'épouser une jeune fille et non une femme. Un tendron de bonne famille, tout droit sorti du couvent, sans tache. Ta femme se doit d'être respectable, innocente, vierge en un mot! Et non pas une veuve excentrique ayant eu une liaison avec toi.

— Iphiginia Bright est d'un âge idéal. (Marcus croisa les doigts, l'air pensif.) Elle est d'une bonne famille, elle est respectable, et tu peux dire à ceux qui n'apprécieraient pas qu'ils risquent de se retrouver avec une épée sous la gorge.

— Tu ne peux pas faire ça, Marcus!

— Je trouve tes remarques sur mon futur mariage assez exaspérantes. Étant donné ce que j'ai pu dire sur ton mariage, je suppose que tu me comprends.

— Mais cela n'a rien à voir!

— Si.

— Mon Dieu! Cette femme t'a envoûté!

— Crois-tu? (Marcus sembla réfléchir.) Tu sais, en ma qualité d'homme de science, je me targue de ne pas croire à ces foutaises.

Bennet rougit de colère.

— Je n'en crois pas mes yeux...

— Voir c'est croire, mon cher frère! C'est le fondement de toute investigation. Ainsi tu finiras par croire à ce mariage et tu n'en souffleras mot d'ici là.

— Tu es fou, Marcus! Tu es l'héritier d'un comté... Tu as les responsabilités et les devoirs qui sont attachés à ce titre. Tu ne peux permettre à tes passions de prendre le pas sur tes actions!

Marcus eut un lent sourire.

— Pardon? Peux-tu répéter, je crains d'avoir mal entendu... C'est toi, mon frère, ce grand romantique, qui me demandes d'ignorer mes passions?

Bennet grimaça.

— Tu sais très bien ce que je veux dire!

— Certes. Tu espères que je vais faire fi de mes émotions et que je vais me conduire de façon plus rationnelle. Tu me parles exactement comme je t'ai parlé lorsque tu m'as avoué ton amour pour Juliana.

— Juliana et moi, c'était différent.

— Non. (Marcus lui lança un regard sévère.) Et n'oublie pas de garder cette nouvelle pour toi, tant que je n'en aurai pas fait l'annonce!

— Ne t'inquiète pas, riposta Bennet, furieux. Je ne me risquerai pas à subir à l'avance l'humiliation que va nous causer ce mariage.

— Fort bien.

— Cette nouvelle est suffisamment dure à digérer! Je vais de ce pas prier pour que tu recouvres tes esprits avant que d'envoyer la nouvelle aux journaux.

— Inutile de perdre ton temps en prières...

— Va au diable! hurla Bennet qui avait déjà ouvert la porte. J'espère quand même que tu réagiras avant qu'il ne soit trop tard!

— C'est bien toi qui avais peur que je ne devienne rien moins qu'un automate si je ne me mariais pas au plus vite?

— Sauf que cette Mrs. Bright ne correspondait absolument pas à l'idée que je me faisais de ton épouse!

Sur ces mots, Bennet claqua la porte avec violence.

Marcus resta calmement assis pendant un moment. Puis il se leva et alla se resservir un verre de cognac, avant d'aller s'adosser à la fenêtre.

Il avait réussi! songea-t-il. Il avait suivi l'avis d'Iphiginia et du coup violé plusieurs de ses règles. Ne jamais justifier ses actes, discuter du passé ou changer d'avis.

Toutes ses règles, brisées en une seule nuit...

Peut-être Bennet avait-il raison. Iphiginia semblait avoir quelque pouvoir sur son esprit.

D'un autre côté, pensa Marcus, il se sentait revivre, et ce, pour la première fois depuis bien longtemps.

16

Le lendemain soir, au grand bal donné par les Platt, Zoe se précipita sur sa nièce dès son arrivée.

— Je t'ai attendue toute la journée, ma chérie ! Tu n'as pas reçu mon message ?

— Non, tante Zoe. Je suis désolée... dit Iphiginia qui ignorait que la lettre avait été déposée aux cuisines, tôt dans la matinée.

— Tu connais la dernière ? reprit sa tante tout excitée. On raconte que Masters est sur le point d'annoncer ses fiançailles.

— Londres est vraiment la ville des commérages, et toi qui les adores, tu le sais mieux que personne ! (Iphiginia sourit à Herbert qui fendait la foule à sa rencontre.) Il y a tellement de ragots qui circulent en ce moment... J'ai bien entendu que Masters donnait sa bénédiction au mariage de son frère, alors qu'il l'avait menacé de lui couper les vivres.

— Oui. Oui, je sais... Mais ce n'est pas la même chose ! riposta Zoe d'un air ennuyé. Si c'est vrai, Masters va violer sa principale règle.

— C'est hautement improbable, répondit Iphiginia alors que Herbert s'approchait tout joyeux, un verre à la main.

— Je n'en suis pas si sûre... (Zoe se mordit les lèvres.) Il y a un titre en jeu, après tout. Et beaucoup d'argent... Il est normal qu'un homme dans sa position finisse par considérer où est son devoir. Il a trente-six ans. Ce n'est pas comme s'il avait un pied dans la tombe!

— Le titre ira à son frère.

— Oui, mais ce n'est pas la même chose que d'avoir un héritier en droite ligne... Je suis désolée pour toi, ma chérie. Je sais que cela doit être douloureux, car il est évident que depuis quelque temps tu t'étais amourachée de cet homme. Que vas-tu faire?

— Rien pour l'instant. (Iphiginia se tourna vers Herbert qui venait d'arriver à sa hauteur.) Ah! De la limonade... J'en mourrais d'envie. Merci, Herbert. Vous êtes si prévenant.

— Je vous en prie. Ouf! Quelle cohue!

— Bonsoir, lady Guthrie. Je ne vous avais pas vue, sinon je vous aurais aussi apporté quelque chose à boire.

— Tout va bien. Je viens juste de finir mon champagne. Iphiginia et moi discutions des rumeurs de mariage de Masters...

— Oh! Tante Zoe... Je pensais que nous avions épuisé le sujet.

— J'en ai entendu parler à mon club, répondit Herbert. Le livre des paris est plein! Chacun misant à qui mieux mieux...

Zoe fronça les sourcils.

— Les gens essayent de deviner qui sera l'heureuse élue?

— Absolument, confirma Herbert après un regard embarrassé à Iphiginia. Ce ne sont qu'hypothèses, bien sûr... On parle de la petite Chumely, ou d'Elizabeth Anderson. Les deux en sont à leur première Saison... Plutôt ravissantes. De bonne famille. Réputation sans tache...

Iphiginia, percevant la gêne d'Herbert et le souci de sa tante, sourit comme si de rien n'était.

— Tout le monde devrait savoir qu'il est extrêmement difficile de savoir ce que Masters compte faire, dit Iphiginia calmement.

— C'est un homme mystérieux et énigmatique, admit Herbert. Personne ne sait ce qu'il a à l'esprit.

— Le secret ne sera pas longtemps gardé. Après tout, la famille de la future mariée est bien au courant !

— La future mariée... (Herbert prit l'air songeur.) Si Masters a recommandé la plus extrême discrétion à sa famille, pas un mot ne filtrera avant l'annonce officielle, vous pouvez en être certaine. On ne désobéit pas à Masters ! En tout cas, pas s'ils veulent que l'affaire soit conclue avant la fin de cette Saison.

— Oui, je suppose que vous avez raison, admit Zoe à contrecœur. Ah ! Masters et ses sacro-saintes règles !

— Justement. (Herbert se tourna vers Iphiginia.) Mrs. Bright, me feriez-vous l'honneur de cette danse ?

— Avec plaisir, Herbert.

Tous deux se dirigèrent vers la piste de danse et se mirent à tournoyer au rythme d'une valse.

— Cette affaire vous tracasse, n'est-ce pas, ma chère ?

— Pas le moins du monde, répliqua Iphiginia. Masters et moi sommes de très bons amis, comme vous n'êtes pas sans l'ignorer. Je peux vous assurer que ce soi-disant engagement n'est qu'une rumeur sans fondement.

— Vous pardonnerez ma franchise, Iphiginia, mais je n'aime guère l'idée que vous soyez intime avec Masters.

— Il est inutile de vous en faire.

— L'homme est connu pour ne pas prendre de gants. Il est parfaitement capable d'épouser une jeune innocente et de vouloir vous garder pour maîtresse !

— Balivernes.

— Vous n'accepteriez pas une telle situation, n'est-ce pas ? s'exclama Herbert, choqué. Ce serait intolérable pour une jeune femme comme vous, si fière, si spirituelle ! Devoir le partager avec sa femme...

Iphiginia lui lança un regard désapprobateur.

— On partage toujours ses amis avec d'autres personnes, mon cher Herbert.

— Damnation ! Il est votre amant, non votre ami... Il y a un monde entre les deux.

— Cela suffit, Herbert !

Herbert s'empourpra.

— Je ne voulais pas être indiscret, mais c'est un secret de polichinelle.

— Vraiment ?

— Certes. Étant un de vos proches, il est de mon devoir de vous demander de faire attention. Vous êtes la femme la plus élégante, la plus gracieuse, la plus intelligente, la plus admirable que j'aie eu l'honneur de rencontrer !

— Merci, Herbert, fit Iphiginia, touchée par tant de galanterie. C'est très gentil à vous.

— C'est parce que vous êtes quelqu'un de vertueux que je vous conjure de penser à votre avenir. C'est une chose d'être la maîtresse d'un homme puissant, c'en est une autre d'être mise au rancart...

— Au rancart ?

Iphiginia s'arrêta net.

— Masters ne vous épousera jamais. S'il est déterminé à briser une de ses règles, ce sera pour se marier à une jeune vierge de la bonne société qui lui donnera un héritier. C'est la seule chose à faire.

— Vous allez trop loin, Herbert. Vous savez que je me refuse à parler de ma relation avec Masters.

Iphiginia avait conscience des regards posés sur elle.

— Il n'était pas dans mon intention de vous offenser, madame, rétorqua Herbert, affreusement embarrassé, en la prenant par le bras pour lui faire quitter la piste de danse. Je vous prie de bien vouloir m'excuser.

— Naturellement.

— J'ai été un peu brutal dans mes propos, mais uniquement parce que je m'inquiète pour vous.

— Je sais, Herbert. Mais je n'ai rien d'une oie blanche. Je suis une femme avertie, capable de prendre soin d'elle-même.

— Si vous le dites, murmura-t-il en s'épongeant le front. Vous êtes une femme courageuse, ma chère, et vous avez toute mon admiration. Surtout, rappelez-vous que si vous avez besoin d'aide, un jour, vous pouvez compter sur moi.

— Merci, Herbert, dit-elle en souriant. Je vous prierai de bien vouloir m'excuser, mais je viens juste d'apercevoir quelqu'un à qui je dois dire deux mots.

— Oui. Bien sûr.

Iphiginia s'éloigna sous le regard pensif d'Herbert.

Elle savait qu'il n'agissait que par gentillesse et que sa tante ne demandait qu'à la protéger. Aucun d'eux ne connaissait la vérité, et la jeune femme n'entendait pas leur révéler dans quelle étrange situation elle se trouvait.

Tandis qu'elle se dirigeait vers les portes-fenêtres grandes ouvertes, la foule des invités la dévisageait curieusement. Les rumeurs allaient bon train depuis que Masters avait mentionné son prochain mariage.

Le nom d'Iphiginia était sur toutes les lèvres, une fois de plus, comme à son arrivée dans leur petit monde policé, quelques semaines auparavant. Mais cette fois-ci, pour spéculer sur ce qui allait advenir d'elle.

Nul n'envisageait que Marcus l'abandonne. Il semblait normal aux yeux de tous qu'il veuille garder sa femme et sa maîtresse.

Mais l'on se demandait comment allait réagir cette maîtresse si indépendante, si imprévisible, face à une telle situation. Allait-elle vouloir le partager?

Tous étaient intrigués sans en être choqués pour autant. La seule chose qui aurait pu les stupéfier, c'eût été de découvrir qu'il s'apprêtait à épouser sa maîtresse.

Et plus encore, de savoir que cette dernière n'entendait nullement accepter.

Mais personne n'envisageait de telles possibilités. Le comte de Masters donnerait le ton, une fois encore, par son excentricité.

Iphiginia s'échappa par une des portes-fenêtres et alla respirer l'air frais de la nuit.

Elle ignora les quelques personnes qui la dévisageaient et se réfugia dans un coin de la terrasse. Elle avait besoin de solitude. La journée avait été dure et la soirée guère plus reposante.

Le bruit d'un pas derrière elle la fit se retourner et elle vit une silhouette masculine se découper à contre-jour.

— Mrs. Bright ? s'enquit Bennet à voix basse.

Iphiginia sourit.

— Bonsoir, Mr. Cloud.

— Je vous ai vue sortir.

Bennet jeta un coup d'œil à la salle de bal brillamment éclairée, puis la dévisagea de nouveau. Il redressa les épaules et inspira profondément. Il affichait une expression de détermination totale.

— Vous me rappelez votre frère quand vous faites cela ! s'exclama la jeune femme.

— Quand je fais quoi ?

— Rien... Que voulez-vous ?

— Mrs. Bright, je serai franc. Tout le monde s'attend à ce que mon frère épouse une débutante. Mais je connais la vérité...

— Vraiment ?

— Il m'a dit qu'il entendait vous épouser, vous. C'est parfaitement idiot, mais je le connais bien et j'ai peur qu'il soit tout à fait capable de mettre ce projet à exécution s'il...

— S'il quoi ?

— S'il lui en prend la fantaisie... parce qu'il n'a que faire de l'opinion publique.

Iphiginia détaillait ce visage aux traits réguliers.

— J'ai entendu dire que votre frère n'avait plus d'objection à ce que vous épousiez Juliana Dorchester.

— Quel rapport ?

— Masters m'avait confié ne pas voir d'un bon œil ce mariage. Puis il a réfléchi et estimé qu'après tout vous étiez adulte et donc à même de prendre vos propres responsabilités.

— C'est normal, je suis adulte en effet. (Bennet fit craquer ses articulations.) Mais mon histoire n'a rien à voir avec la vôtre, je le répète.

— Contre sa volonté, mais par respect pour vous, Marcus a jugé bon de rester en dehors de cette affaire. Pourquoi ne pas lui rendre la pareille ?

— Par Dieu ! Il ne s'agit pas de la même chose. Miss Dorchester est une jeune fille parfaitement honorable, à la réputation sans tache. Marcus n'avait pas de raisons à opposer à ce mariage !

— Si vous le croyez...

— Sans vous offenser, madame, on ne peut en rien vous comparer à Juliana. Vous êtes une femme avertie, si je puis m'exprimer ainsi.

— Votre frère me semble être un homme averti lui aussi.

— Oui, mais il n'agit pas en tant que tel ! On a l'impression qu'il a été envoûté par vous... Je jurerais que vous lui avez jeté un sort !

— Quelle drôle d'idée !

— Pourquoi violerait-il ainsi ses règles les plus sacrées ? Il avait juré ne pas se remarier... Bien que je confesse être heureux qu'il ait changé d'avis. Mais je n'imaginais pas qu'il soit assez fou pour épouser sa maîtresse !

— J'en ai assez d'entendre évoquer les soi-disant règles de Masters ! rétorqua Iphiginia avec violence. Il n'est pas le seul à avoir voulu vivre suivant ses propres diktats. Moi aussi, j'entends respecter les miens !

— On peut se demander ce qu'une femme comme vous peut bien avoir comme règles... Prendre uniquement des hommes riches pour amants ?

— Je n'en ai nul besoin ! Au cas où vous l'ignoreriez, Bennet, je suis à la tête d'une belle fortune.

— Alors vous courez après un titre.

— C'est le cadet de mes soucis. Ma liberté en tant que riche veuve vaut bien tous les titres de la terre !

— Alors quelles sont ces fameuses règles, Mrs. Bright ?

— Il y en a une qui vous intéressera... Je me suis juré de ne jamais épouser un homme qui ne m'aurait pas dit « je t'aime ». Votre frère n'ayant jamais prononcé ces mots, il ne vous faudra pas une grande intelligence pour comprendre que Marcus ne craint rien.

Bennet la regardait fixement.

— Mrs. Bright...

— Allons, monsieur ! Je déteste ces discussions. Je vous serai gré de me laisser maintenant.

Iphiginia tourna les talons et se précipita vers les marches qui menaient au jardin. Dans sa hâte, elle glissa, trébucha et tomba dans les bras de Marcus qui gravissait l'escalier.

— Diable ! Que se passe-t-il ici ?

Iphiginia redressa vivement la tête en percevant le ton métallique de sa voix.

— Rien d'important, monsieur. Votre frère s'inquiétait de votre futur mariage, juste comme vous l'avez fait pour le sien.

— Mon frère ferait mieux de garder ses opinions pour lui, riposta Marcus. Compris, Bennet ?

— Elle te fera courir à ta perte, si tu la laisses agir ! lança Bennet avec violence. Elle est bien plus intelligente que Nora... Tu ne t'en rends pas compte ?

— N'importe quel imbécile le verrait ! Et c'est une des raisons pour lesquelles je l'épouse. Je ne supporte pas les femmes sans cervelle.

— Tu ne peux espérer en faire une comtesse, Marcus. Elle tournera ce titre en ridicule !

En dépit de son désir d'en finir avec cette scène odieuse, Iphiginia prit fort mal cette dernière remarque.

— Juste un moment, Mr. Cloud ! Votre frère n'était qu'un fermier, un homme qui a travaillé durant des années sa terre avant d'hériter de ce comté... Et il a magnifiquement supporté ce nouvel état de fait. Je peux vous assurer, pour ma part, que je suis tout à fait capable d'assumer ce rôle, si j'en décide ainsi !

— Absolument ! grommela Marcus.
— Ridicule ! aboya Bennet.
— C'est toi qui te conduis d'une façon parfaitement ridicule, répliqua Marcus. Tu ferais mieux de partir avant que je ne perde mon sang-froid...
— Ça dépasse tout ! Je n'ai plus qu'à prier pour que vous respectiez bien vos règles, Mrs. Bright, et que vous ayez la décence de laisser mon frère tranquille !
— Tu vas trop loin ! s'exclama Marcus, l'air menaçant.
— Marcus, non ! Vous n'allez pas vous quereller à cause de moi.
— Cela ne vous concerne pas, ma chère. C'est entre Bennet et moi !
— Par Dieu, Marcus ! Si vous en venez aux mains, je vous jure que je quitte Londres, dès ce soir.
— Que dites-vous ?
— Je ne vous laisserai pas faire une scène à Bennet. Il n'a agi ainsi que dans l'espoir de vous protéger. Exactement comme vous l'avez fait pour lui...
— Il a agi comme un sale petit poseur, oui ! Mais pour qui se prend-il ?
— Pour votre frère. Il est terrifié à l'idée que vous commettiez une magistrale erreur. Cela ne vous rappelle-t-il rien, Marcus ? Souvenez-vous... Hier soir.
— Cela n'a rien à voir.
— Si. (Sentant qu'elle avait marqué un point, Iphiginia fit un pas en avant.) Allez, my lord. Venez faire un tour dans le jardin. J'ai vraiment besoin d'un peu d'air frais.

Marcus hésita, regarda son frère se diriger vers la salle de bal au travers des portes-fenêtres grandes ouvertes, puis il se décida à lui prendre le bras.
— Fort bien.

Consciente qu'ils avaient évité le désastre de justesse, Iphiginia poussa un soupir de soulagement.

Elle avait espéré se rappeler cette Saison comme celle du premier grand amour de sa vie, mais ce ne serait pas le cas.

Elle ne pouvait permettre que la relation entre les deux frères se brise à cause d'elle.

Il était grand temps de quitter la ville.

— Que dirais-tu d'aller faire un tour en Amérique? demanda Iphiginia à sa cousine le lendemain matin, alors qu'elles prenaient leur petit déjeuner.

Amelia leva le nez de son journal.

— Tu parles sérieusement?

— Tout à fait.

— Mais il n'y a nulle trace d'anciennes civilisations... Tout est neuf! Il paraît que les gens vivent dans des petites maisons de bois très rustiques.

— La simplicité peut, à l'égal des vestiges antiques, inspirer mon sens artistique...

— Quelle idiotie! (Amelia lâcha son journal et fixa sa cousine d'un œil critique.) Serais-tu en train de songer à fuir cette liaison dans laquelle tu t'es si volontiers jetée?

— C'est une idée qui m'a traversé l'esprit.

— Ai-je besoin de te rappeler que rien n'est moins simple. Nous sommes en pleines tractations pour Bright Place et nous ne pourrons mener à bien ce projet si nous sommes en Amérique. Une lettre met des semaines à arriver là-bas!

Iphiginia cilla.

— Je suppose que tu as raison.

— Si tu désires mettre fin à cette histoire, pars pour Deepford.

— Jamais! s'exclama Iphiginia. Les terres sauvages d'Amérique seraient mille fois préférables aux étouffantes règles de ce maudit village! Je n'y retournerai jamais.

— Alors choisis un autre endroit, suggéra Amelia en se servant du café. Pourquoi cette soudaine panique? J'avais l'impression que tu gardais le contrôle de la situation, non?

— Non. Les choses m'échappent, grommela Iphiginia.

— Vraiment? (Les yeux d'Amelia s'arrondirent sous

l'effet de la surprise.) Oh! Mon Dieu... Tu n'es pas enceinte au moins?

Iphiginia sursauta.

— Non! Quelle drôle d'idée...

Enfin, j'espère que non... pensa-t-elle en croisant les doigts.

Amelia fronça les sourcils.

— J'imagine que Masters, en homme du monde, prend ses précautions.

— Euh... Oui, bredouilla Iphiginia en remuant fébrilement son café. Oui, bien sûr!

Marcus n'avait jamais évoqué la possibilité d'une grossesse... et elle n'avait pas envisagé ce cas de figure. Que Dieu l'ait en sa sainte garde!

Une image d'elle-même tenant l'enfant de Marcus dans ses bras lui traversa l'esprit. Ce fut une vision si fantastique qu'elle en eut le souffle coupé.

Un enfant qui serait la fidèle reproduction de Marcus, qui aurait sa brillante intelligence, ses yeux d'ambre...

Il serait merveilleux, et elle l'aimerait autant qu'elle pouvait aimer son père.

— Iphiginia! est-ce que tu m'entends?

La jeune femme reprit brusquement ses esprits.

— Je te demande pardon?

— Puisque tu es ennuyée par la tournure que prend ta relation avec Masters, je suggère que nous allions à Bath. J'ai toujours voulu prendre les eaux.

— Je vais y réfléchir... Mais ne seras-tu pas déçue de ne plus travailler de concert avec Mr. Manwaring?

— Qu'est-ce que tu veux dire?

— Je trouve que notre projet a bien avancé depuis que nous avons cet homme sous la main. Il lui est facile, en habitant si près, de venir nous voir au moindre problème. Ce ne sera pas aussi facile si nous allons à Bath. Nous dépendrons des postes et de ses rares visites.

— Mais nous faisions du bon travail aussi lorsque nous

étions à Deepford et lui à Londres, réfuta Amelia en s'emparant de nouveau de son journal et en fronçant le sourcil à la vue d'un article. Ce sera la même chose si nous allons à Bath.

Iphiginia en fut interloquée. Sans doute s'était-elle trompée et avait-elle conclu, à tort, à l'attirance mutuelle de ces deux êtres. Elle ne pouvait se fier à son intuition en matière d'amour.

Sa propre situation en était une preuve éclatante. Jusque-là, elle s'était dit que Marcus ne voulait pas s'avouer qu'il l'aimait. Mais peut-être était-il incapable d'aimer ?

— Imbécile de Nora, siffla-t-elle entre ses dents.

Amelia leva les yeux.

— Que se passe-t-il ?

— Rien. Rien...

Iphiginia pianota sur la table. Une chose était certaine, elle devait faire attention à ne pas tomber enceinte, car c'était le plus sûr moyen d'être obligée d'épouser Marcus, ne serait-ce que pour l'avenir de l'enfant.

— Tu sais, Amelia, être une maîtresse n'est pas une mince affaire ! explosa-t-elle.

— J'ai entendu dire qu'être une épouse était encore plus éprouvant, ironisa Amelia.

— Oui... Évidemment.

Mais si Marcus venait à l'aimer, c'est un risque qu'elle courrait volontiers, songea-t-elle.

Le billet reposait sur le siège de velours blanc du phaéton d'Iphiginia. Elle l'y trouva, l'après-midi même, au retour d'une expédition dans les meilleures boutiques, et, à sa vue, fut prise d'un étrange pressentiment.

Elle attendit que son cocher referme la portière pour s'en emparer. A son grand soulagement, il n'y avait nulle trace d'un seau de cire noire.

Elle le déplia lentement et se mit à lire :

Ma mère Pandora,

Si vous souhaitez ouvrir la boîte et découvrir la vérité, toute la vérité sur le passé, le présent ou le futur, rendez-vous au 19, Lamb Lane, au coin de Pall Mall, ce soir, sur le coup de minuit.

Venez seule, n'en dites mot à personne... sinon vos proches risqueraient d'en souffrir. Votre sœur, par exemple... ou votre tante, Lady Guthrie ?

Bien à vous,

Un ami qui vous veut du bien.

La jeune femme replia la lettre en tremblant.

Votre sœur.

Votre tante.

Ces mots semblaient brûler le papier. Aucune erreur possible, cette personne connaissait l'existence de Zoe et de sa sœur. Elle n'ignorait rien...

Ma chère Pandora...

Iphiginia déplia la note une nouvelle fois et relut l'en-tête. Il faisait référence à la légende de cette Grecque qui, ayant cédé à la tentation d'ouvrir la boîte de Pandore, avait ouvert, par la même occasion, la voie au chaos.

Iphiginia comprenait fort bien l'allusion.

Son correspondant avait dû noter leur similitude...

Iphiginia n'avait-elle pas, à l'instar de Pandora, cédé à la tentation d'approcher Marcus, de le découvrir... laissant ainsi entrer le chaos dans sa vie ?

17

La lumière n'avait pas été encore installée dans Lamb Lane, petite ruelle obscure bordée d'échoppes minables.

La voiture s'arrêta dans un affreux grincement de roues et le cocher lança un retentissant :

— 19, Lamb Lane !

Iphiginia, après avoir jeté un regard alentour, rabaissa la capuche de sa houppelande et ouvrit la portière avec précaution.

— N'oubliez pas. J'ai payé pour que vous m'attendiez !

— J'attendrai, bougonna ce dernier. Mais y aura un extra si vous ramenez un d' vos clients !

— Pardon ?

— M'avez entendu ! Vot' client, y m'paye et j'vous donne vot' commission, comme j'fais avec les autres filles.

Iphiginia se sentit rougir de colère et de honte.

— Mais pour qui me prenez-vous, mon brave ?

— Pour une d'ses filles qui traînent par ici, à c't heure de la nuit ! Eh ! Les affaires... Allez, et pensez que l'compteur y tourne jusqu'à vot' retour.

Iphiginia tourna les talons, dégoûtée, et regarda l'entrée du 19. Un rayon de lune éclairait la plaque sur la porte.

> MUSÉE DU DOCTEUR HARDSTAFF.
> DÉDIÉ À LA DÉESSE DE LA VIGUEUR MASCULINE,
> ET À SES POUVOIRS OCCULTES.

Sa curiosité allait enfin être satisfaite, se dit Iphiginia, tout en jetant un coup d'œil par-dessus son épaule pour s'assurer que le cocher était toujours là. Les lanternes de la voiture brillaient faiblement dans le brouillard.

Iphiginia s'avança et se prit à souhaiter que Marcus soit avec elle.

Elle était plus anxieuse que la nuit de sa visite au cimetière de Reeding. Les menaces contenues dans le billet trouvé dans sa voiture lui avaient mis les nerfs à fleur de peau.

Sur la plaque, une main peinte incitait les visiteurs à emprunter la petite allée qui séparait les deux immeubles. Iphiginia hésita un instant, puis courut jusqu'à l'entrée latérale.

Aussi rapidement que ses jupes le lui permettaient, elle monta l'escalier. Il n'y avait qu'une porte sur le palier, et rien n'indiquait qu'il s'agisse bien de celle du muséum.

Elle allait tourner la poignée lorsqu'elle entendit un bruit de roues sur les pavés. Le fiacre l'abandonnait.

— Non! bredouilla-t-elle en redescendant l'escalier quatre à quatre.

Arrivée dans l'entrée, elle s'aperçut que sa peur avait été vaine. Ce n'était pas sa voiture qui partait, mais une autre qui arrivait.

Des voix se firent entendre :

— Attendez-moi, ordonna un homme.

— Ouais, my lord. Prenez vot' temps. Ai amené un gentleman la semaine dernière, qui y a passé toute la nuit! Sacrée déesse... fait des miracles, à c'qui paraît.

— Je ne serai pas long, précisa le nouveau venu.

Des pas résonnèrent, puis l'homme marqua un arrêt avant de poursuivre son chemin. Iphiginia eut brusquement très peur et remonta rapidement l'escalier.

C'était une question de secondes avant que cet homme, qui apparemment se rendait aussi chez le docteur Hardstaff, ne gravisse à son tour l'escalier et ne tombe sur elle.

Toute retraite était coupée. Iphiginia fit la seule chose qui lui restait à faire : ouvrir la porte palière qui se trouvait devant elle.

Le pêne grinça légèrement, et la jeune femme, tout en surveillant le palier, entra à reculons, puis referma avec précaution.

Un bras, surgi de l'ombre, la tira violemment en arrière. Plaquée contre une solide poitrine, bâillonnée par une large et puissante main, Iphiginia ne put que pousser un cri étouffé.

— Nom de D... siffla Marcus. Est-ce vous, Iphiginia?

Elle hocha énergiquement de la tête, brusquement soulagée.

— Mais par tous les diables! jura encore Marcus en enlevant sa main de sa bouche.

— Quelqu'un monte l'escalier, Marcus! chuchota Iphiginia d'un ton pressant. Il sera là dans une seconde.

— Fichtre! (Marcus la relâcha et l'entraîna aussitôt.) Par ici... Vite. Ne faites pas de bruit!

Elle obéit sans discuter. Les pas résonnaient déjà derrière la porte.

Marcus lui fit traverser l'entrée, ouvrit une seconde porte et la poussa dans une pièce éclairée par quelques appliques.

— Oh! (Iphiginia parut atterrée par le spectacle qui s'offrait à elle.) Mais où sommes-nous?

La lueur dansante des bougies révélait la plus curieuse chambre qu'il lui eut été donné de connaître. Des draperies exotiques couvraient les murs à la façon d'une turquerie; un immense lit à baldaquin, recouvert d'oreillers moelleux, entouré de statues qui n'étaient pas sans rappeler celles de Lartmore, attirait les regards.

Des fresques couraient le long des murs, représentant des scènes mythologiques, pleines de dieux et de déesses dénudés et lubriques.

— Bienvenue au musée du fameux docteur Hardstaff! grommela Marcus en la poussant au centre de la pièce.

Une nuit passée dans cet endroit thérapeutique et votre impuissance est vaincue à tout jamais.

— Marcus, que faites-vous en un pareil endroit?

— Excellente question... D'ailleurs, je me permettrai de vous poser la même lorsque nous aurons une minute! Mettons-nous à l'abri en attendant.

— Mon Dieu! pouffa Iphiginia en contemplant une scène où des nymphes étaient assaillies par des satyres. Ce sont les plus affreuses copies que j'aie jamais vues.

— Je regrette que votre sens artistique ait à en souffrir, ironisa Marcus en soulevant une épaisse tenture de velours rouge. Mais vous en discuterez avec le docteur Hardstaff, plus tard.

— Qu'allons-nous faire?

— Disparaître. Rester hors de vue.

Marcus fit grimper Iphiginia sur une petite scène où étaient placés quelques urnes grecques et un piédestal. Une porte étroite se trouvait sur la gauche, cachée par les plis de la tenture.

— Mais, Marcus...

— Passez par cette porte et cachez-vous dans le corridor. (Marcus lui prit le menton, l'air sévère.) Ne revenez pas avant que je ne vous en aie priée. Et surtout, aucun bruit! Compris?

— Oui, mais... (Elle s'arrêta net en entendant des pas dans l'entrée. Sa bouche devint sèche.) Oh! là! là!...

— Chut!

Marcus relâcha le rideau, masquant ainsi Iphiginia aux regards. Elle se retrouva brusquement dans une obscurité presque totale. Elle tâcha de trouver son chemin, heurta par la même occasion le piédestal et étouffa un cri de douleur.

La porte de la chambre vola en éclats. Iphiginia se figea. Plus question de bouger de crainte de heurter d'autres objets.

— Vous, Masters! hurla une voix furieuse. Je n'arrivais

pas à le croire, quand j'ai reçu ce fichu billet! Je me suis dit qu'il devait s'agir d'une sinistre blague... Mais j'ai l'impression que j'ai été un idiot, une triple buse!

— Bonsoir, Sands, répondit Marcus d'un ton totalement indifférent. Je n'avais pas compris qu'il y aurait quelqu'un d'autre ce soir, à ce rendez-vous. J'avais bien précisé à Hardstaff que je voulais un traitement personnalisé.

Iphiginia réalisa que l'homme en question n'était autre que le mari de la mystérieuse lady Sands.

— Où est ma femme, sale bâtard?

— Je n'en sais rien, dit Marcus toujours aussi calme. Comme vous pouvez le voir, je suis seul et fort marri de cet état. J'espérais un peu mieux de cette thérapie que quelques peintures lubriques.

— Vous rencontrez Hannah ici, n'est-ce pas? glapit Sands. C'est ce que le billet laissait entendre.

— Le billet?

— Quelqu'un vous connaît bien, apparemment, Masters. Ce billet a été déposé dans ma voiture, ce soir. On m'incitait, si je voulais découvrir la vérité sur vous et ma femme, à me rendre sans plus tarder, au 19, Lamb Lane.

— Ce quelqu'un vous a joué un sale tour, Sands. Cependant, cette personne était au courant de mon rendez-vous...

— Avec mon épouse!

— Certes non.

A ce moment, la petite porte de l'avant-scène s'ouvrit et une silhouette en surgit, une chandelle à la main. C'était une femme. Elle semblait assez jolie, était blonde et vêtue d'une chemise de nuit diaphane.

Mais lorsqu'elle vit Iphiginia, elle s'arrêta net, l'air furieux.

— Eh toi! Qu'est-ce que tu fabriques ici? C'soir, c'est moi qui joue la déesse de la virilité!

Un brusque silence tomba de l'autre côté du rideau.

Iphiginia fixait la nouvelle venue en essayant désespérément de trouver quelque chose à dire.

— Désolée, souffla-t-elle. Il doit s'agir d'une erreur...

— Qu'est-ce qu'il se passe? cria Sands en se dirigeant vers l'épais rideau de scène.

— Je pense que la pièce commence, expliqua sèchement Marcus.

La blonde parut étonnée.

— Y en a deux, c'coup-ci?

— J'en ai peur, murmura Iphiginia.

— Défense de toucher à c'rideau! hurla la blonde. Hardstaff a rien dit d'cette histoire... Deux types? Pour qui y me prend?

Marcus regardait Sands avec amusement.

— Si j'étais vous, mon vieux, je ne m'en mêlerais pas.

— Du diable si j'y comprends quelque chose! bredouilla Sands.

— J'ai dit, personne touche à c'rideau! continua à vociférer la fille. Allez, dis-moi... T'es là pour tenir la chandelle au second?

— Euh... bredouilla Iphiginia. Oui, je suppose.

— D'accord. Tout va bien, alors. Nous allons leur en donner pour leur argent, à ces deux types! J'suis Polly et toi?

— Euh... Ginny.

Iphiginia se débarrassa doucement de sa houppelande et la posa sur le piédestal.

— T'es nouvelle? s'esclaffa Polly en voyant sa compagne apparaître en robe de mousseline blanche. T'es ben trop vêtue!

— J'apprendrai vite, protesta Iphiginia. Je suis une bonne élève.

— Assez! hurla Sands en s'empêtrant dans la draperie. Sortez d'ici, vous deux! J'ai quelques questions à vous poser.

— Stop! cria à nouveau Polly, exaspérée. C'est interdit de venir sur scène.

— Je n'ai pas l'habitude de me faire commander par une catin ! riposta Sands furieux.

— Voyez pas que c'est un théâtre, que z'avez affaire à des actrices ! aboya la fille. Z'allez me faire le plaisir de nous traiter avec respect, ou vous allez tirer un trait sur vot' traitement, c'soir !

— Je ne suis pas là pour ça, répliqua Sands. Je cherche quelqu'un...

— Y a personne sur c'te scène, à part nous. Alors, asseyez-vous et appréciez la performance, conseilla Polly.

— Cette fille marque un point, constata Marcus. J'apprécierai de pouvoir regarder tranquillement ce pour quoi j'ai payé.

— Une performance ? (Sands paraissait tout bonnement écœuré.) Elle appelle ça une performance ?

— On m'a dit que c'était fort distrayant, rétorqua Marcus. Excitant, même...

— Le spectacle commence ! hurla Polly. Si vous voulez suivre le traitement à deux, c'est vot' affaire, messieurs... Mais j'vous préviens, j'double les prix !

— A moins que vous ne vouliez payer votre place, Sands, c'est le moment de filer, conseilla Marcus.

— Il est hors de question que je parte, répondit Sands, furieux. Pas tant que je n'aurai pas éclairci ce qui se passe ici !

— Puisque vous restez, aboya Polly, rendez-vous utile. Allumez la chandelle près de la porte !

— Certainement, répliqua Sands. Ainsi pourrai-je voir qui est derrière ce fichu rideau !

— Y a plus de respect pour les artistes... marmonna Polly en allumant les bougies de la scène.

Puis elle vint actionner le lourd rideau au moyen d'une corde. Ce dernier se souleva lentement pour laisser la place à un léger voile de mousseline.

— Fichtre ! murmura Marcus.

Iphiginia se rendit brusquement compte que les lampes

ainsi placées révélaient leurs silhouettes respectives de la plus suggestive manière.

— Intéressant, admit Sands, calmé. Combien disiez-vous avoir payé pour voir ça, Masters?

— Trop, de toute façon, protesta Marcus. Je me suis fait avoir.

— Sont toujours en train de critiquer la première fois, expliqua Polly. Mais y changent bien vite d'avis! (Elle s'arrêta et fronça les sourcils.) Prends ton urne! Dépêche-toi, allez!

Iphiginia prit une grande inspiration et se décida à bouger. Elle s'empara d'un des vases grecs posés sur la scène. Il était étonnamment léger.

— Et maintenant, qu'est-ce que je fais? chuchota-t-elle

— Garde la pose. Tu connais rien de rien... Le docteur Hardstaff est furieux quand l'client l'est pas content!

Polly, armée de son urne, prit une pose qu'elle jugeait indubitablement classique.

Iphiginia comprit enfin qu'elle participait, à son corps défendant, à un théâtre d'ombres érotiques.

Le rideau de mousseline, tout en cachant leur identité, laissait deviner les formes de leurs corps, et les lampes habilement placées donnaient à la scène un aspect irréel.

Iphiginia avait eu l'occasion de voir semblables scènes, mais d'une facture plus classique, bien entendu, dans les ruines d'Herculanum.

La démonstration de Polly était d'un genre infiniment plus vulgaire... et Iphiginia se demanda si sa robe de soie blanche n'offrait pas à contre-jour un spectacle identique.

Pour plus de sécurité, elle prit soin de placer son vase bien devant elle, de manière à ce que l'on ne puisse plus voir que ses jambes et ses épaules.

— La déesse de gauche n'est pas mal, apprécia Sands d'un ton sarcastique. Celle de droite est trop mince pour moi... Qu'en pensez-vous, Masters?

Iphiginia rougit en se rendant compte qu'elle devait être celle de droite!

— Je n'ai jamais été friand de ces spectacles, répondit Marcus. Si j'avais su que la thérapie de ce docteur Hardstaff ne consistait qu'en cela, j'aurais trouvé un autre moyen de me divertir ce soir !

Iphiginia jeta un coup d'œil implorant à Polly.

— T'inquiète pas. Je m'en occupe. (Elle prit une pose plus lascive.) Personnellement, j'aime c'métier, soufflat-elle. C'est mieux que d'travailler allongée, tu vois c'que je veux dire ?

— J'imagine, murmura Iphiginia.

— Donne-leur quelques poses « suggestives » et y seront heureux comme des rois !

Polly souleva son urne, en se présentant de profil, la croupe relevée, le sein bien dessiné.

— Ça va marcher !

Iphiginia, quant à elle, n'avait nulle envie de bouger.

— Cela suffit, non, Sands ? demanda Marcus. Pour ma part, j'en ai assez vu. Ce traitement n'a vraiment aucun intérêt !

— En effet. Et il est temps que je vous pose quelques questions.

Des pas retentirent de nouveau. Sands se rapprochait de la scène.

— Damnation ! protesta Marcus en le suivant. Ne touchez pas à ce rideau, les actrices détestent ça !

Mais Sands, n'écoutant que sa curiosité, tira un grand coup sur le voile de mousseline qui se détacha aussitôt du plafond, révélant les deux jeunes femmes.

— Eh, vous ! cria Polly outragée. Qu'est-ce que vous faites ? Vous allez nous payer ça !

Sands l'ignora, tout à sa stupeur d'avoir découvert Iphiginia.

— Mrs. Bright ! Par tous les diables, que faites-vous ici ?

Iphiginia réussit à sourire.

— Bonsoir, lord Sands. Je ne crois pas que nous ayons été présentés...

— Soyez assurée que je vous connais bien, madame, répliqua Sands avec vivacité.

Iphiginia s'empourpra.

— Oui. Bon... Comme vous l'avez certainement deviné, je fais partie du traitement que le docteur Hardstaff a mis au point spécialement pour Marcus.

— Traitement? (Sands regarda Masters, complètement ahuri.) Pardonnez-moi, Mrs. Bright, mais je trouve cela un peu dur à croire!

— Mais c'est la vérité, riposta Iphiginia en fixant Marcus qui, apparemment, n'avait nulle intention d'entrer dans le jeu. Le docteur m'a assuré que cette thérapie serait plus efficace si j'y jouais un rôle.

— Hardstaff n'est qu'un sot, intervint Marcus. Chacun sait cela.

— Pas moi, protesta Iphiginia.

Marcus sembla se désintéresser à nouveau de l'affaire, et la jeune femme commença à paniquer.

— Allons, Mrs. Bright, renchérit Sands. Toute la ville connaît les soi-disant traitements de Hardstaff! Ce ne sont ni plus ni moins que des spectacles érotiques dont les rôles sont tenus par quelques catins, qui vendent ensuite leurs charmes à qui le désire...

— Dites donc! s'écria Polly. Z'êtes un sacré menteur. J'suis une actrice, moi!

Iphiginia comprit qu'elle n'avait plus qu'une solution : attaquer.

— Que savez-vous de ces traitements puisque vous ne les avez jamais suivis?

— Ouais! Sacrée bonne question, glapit Polly. J'vous ai jamais vu ici... Savez donc pas d'quoi vous causez!

— Absolument, renchérit Iphiginia. Vous avez formé votre opinion sur des qu'en-dira-t-on, monsieur.

— Mais il est de notoriété publique que cette thérapie est frauduleuse! cria Sands, fou furieux.

— Quelle idiotie! rétorqua Iphiginia. Nous, nous avons bon espoir en ce traitement, n'est-ce pas, Marcus?

Marcus lui lança un regard meurtrier.

Polly, les mains sur les hanches, harangua sévèrement Sands.

— J'connais plein de gentlemen qu'ont été guéris par miracle avec ce truc!

Sands plissa les yeux, intrigué.

— Vraiment?

— Absolument! J'ai vu un type après qu'a gardé son étendard levé pendant des années!

— Ah! Vous voyez... Un témoignage de quelqu'un de compétent.

— Cela suffit, intervint enfin Marcus en tirant quelques billets de sa poche qu'il donna à Polly. Votre performance était superbe, madame. Vous pouvez partir maintenant. Nous n'avons plus besoin de vos services.

Polly sauta sur l'argent.

— Z'en êtes sûr?

— Absolument certain.

— Très bien, alors. (Polly adressa un charmant sourire à Iphiginia.) Contente d'avoir travaillé avec vous, m'dame Bright. Z'avez des dons, comme qui dirait! Avec un peu d'entraînement...

— Merci, coupa Iphiginia froidement. J'y songerai.

— Ben, je m'en vais.

Polly referma la porte derrière elle, sous les regards attentifs des trois personnes présentes.

Marcus rompit enfin le silence en allant éteindre, une à une, les chandelles sur la scène.

— Comme cette soirée a malheureusement dégénéré en une sordide farce, je suggère que nous partions aussi, madame, conseilla Marcus.

— Bien sûr, dit Iphiginia en posant enfin son vase.

Sands avait l'air ennuyé.

— Décidément, je n'y comprends rien!

— On nous a joué un sale tour, c'est tout, expliqua Marcus en laissant une lampe allumée.

— Mais cela n'a pas de sens, répéta Sands qui, les mains dans les poches, arpentait la pièce. Qui aurait intérêt à faire pareille chose?

— Quelqu'un qui connaîtrait votre jalousie à mon égard, proposa Marcus en s'appuyant contre le mur, les bras croisés sur la poitrine. Il y a beaucoup de gens, en ce bas monde, qui prennent plaisir à naviguer en eaux troubles. Vous le savez aussi bien que moi.

Sands lui lança un regard glacial et continua de marcher de long en large.

— Mais qu'est-ce que ce type espérait que je ferais en vous découvrant ici avec Mrs. Bright?

Iphiginia rougit.

— Ce sont vos affaires, j'en conviens, reprit Sands.

Marcus le regarda bien en face.

— Je suppose que cette personne aimerait que vous répandiez cette histoire dans tout Londres.

— Qu'entendez-vous par là?

— La victime de cette sinistre farce n'était pas vous, ne vous en déplaise, mais Mrs. Bright... Il ne l'emportera pas au paradis! marmonna Marcus entre ses dents.

Iphiginia lui jeta un coup d'œil. Il était évident que Marcus ne plaisantait pas.

Brusquement, Sands s'arrêta et fixa Iphiginia.

— Vous pensez que quelqu'un voulait humilier Mrs. Bright?

— Oui.

— Mais pourquoi? s'étonna Sands.

— Parce que l'idée de notre mariage ne lui plaît pas, répondit simplement Marcus.

— Votre mariage? s'exclama Sands, ébahi. Vous allez épouser Mrs. Bright? Votre, euh... votre maîtresse?

— Oui. (Marcus regarda Iphiginia.) Mais comme nous ne l'avons pas encore annoncé officiellement, je vous demanderai la plus extrême discrétion.

Iphiginia ouvrit la bouche pour protester, puis la referma

en comprenant que cela ne ferait qu'éveiller les soupçons de Sands.

— J'avais entendu quelques rumeurs sur un éventuel remariage, dit Sands, l'air préoccupé. Mais je supposais qu'il s'agissait d'une jeune damoiselle... Ah! n'en parlons plus... Et acceptez mes meilleurs vœux, Mrs. Bright!

— Merci. (Elle lança un regard furieux à Marcus qui la mettait dans une telle situation.) Espérons que le traitement du docteur Hardstaff fera de l'effet avant notre nuit de noces... ne put-elle s'empêcher d'ironiser.

Sands grimaça. Il paraissait tout à coup plus jeune et plus aimable que d'habitude.

— Tous mes vœux aussi pour ça! Et soyez assurée que je n'en soufflerai mot à âme qui vive.

— J'apprécierai, répondit Iphiginia.

— De toute façon, personne ne me croirait. L'histoire est tellement invraisemblable! Vous savez, je crois que vous êtes faits pour vous entendre. Maintenant, si vous le permettez, j'aimerais prendre congé... (Il regarda une dernière fois les peintures suggestives qui ornaient les murs.) Désolé, Masters! Mais moi, je n'ai nul besoin de ce genre de thérapie...

— Quel homme chanceux vous faites! répliqua Marcus sèchement.

Lord Sands sortit et le silence retomba dans la pièce. Le bruit de ses pas décrut tandis qu'il descendait l'escalier et ouvrait la porte du rez-de-chaussée.

Iphiginia poussa un soupir d'aise avant que de se jeter sur Marcus.

— Vous devriez avoir honte! Lord Sands va attendre l'annonce de notre mariage maintenant... Comment avez-vous pu?

— J'ai trouvé la seule réponse qui pouvait le distraire de son idée fixe.

— Mais que pensera-t-il en ne voyant rien venir? Il songera que vous lui avez menti, que vous l'avez dupé!

— Je m'inquiéterai de cela plus tard. Pour l'instant, j'ai un tout autre problème sur les bras.

— Ah! Vraiment... Et quel est-il, je vous prie? Sans doute allez-vous enfin m'expliquer ce que vous faisiez dans cette invraisemblable chambre?

La porte latérale s'ouvrit, coupant Iphiginia dans sa tirade. Elle fixa la nouvelle venue avec stupeur, car bien que n'ayant jamais été présentée à lady Sands, Iphiginia la connaissait de vue.

Hannah, enveloppée dans une vaste houppelande noire, traversa la scène et lui sourit tristement.

— Je pense que Marcus a dû vous parler de moi, Mrs. Bright. J'ai bien peur de lui avoir causé pas mal d'ennuis à une époque.

Mais avant qu'Iphiginia ait pu lui répondre, la porte de la chambre s'ouvrit à la volée. Lord Sands fit une entrée fracassante, ses souliers à la main.

— Masters va sûrement se faire un plaisir de m'expliquer tout ceci, laissa-t-il tomber d'une voix glaciale. Ici et tout de suite... Et demain, à l'aube, sur le champ d'honneur!

Hannah le fixait comme s'il avait été un fantôme.

— Oh! Mon Dieu, non...

Elle porta la main à sa gorge, puis tomba à genoux, secouée de sanglots.

— Lady Sands! cria Iphiginia en volant à son secours.

— Un peu de tenue, Hannah! intima son mari en venant vers elle.

Marcus leva les yeux au ciel et laissa tomber, non sans une certaine ironie :

— C'est fou l'effet qu'une simple thérapie peut avoir, quand elle est appliquée dans la plus stricte intimité!

18

— Lady Sands, s'il vous plaît, ne vous mettez pas dans cet état ! supplia Iphiginia en lui tendant un fin mouchoir de batiste. Nous allons arranger cela.

— Merci, renifla Hannah en jetant un regard apeuré vers son mari. Je suis désolée, Mrs. Bright, je ne voulais pas vous mettre dans cette situation. Marcus avait raison, je n'aurais jamais dû cacher la vérité à mon mari.

— Quelle vérité ? Diable ! Que se passe-t-il... (Sands fixa Marcus avec colère et désespoir.) Et évitez-moi ces inepties au sujet d'un quelconque traitement médical, espèce de... !

— Hannah est la seule à pouvoir tout vous dire, dit Marcus. Je lui ai juré de ne jamais trahir son secret.

— Parce que vous partagez des secrets avec ma femme ? explosa Sands. Vous vouliez surtout l'attirer ici, et la séduire sur ce lit digne d'un bordel !

— Absolument pas, répondit Marcus avec le plus grand calme.

— Il est incapable d'une pareille chose, intervint Iphiginia. Vraiment, monsieur, vous dépassez la mesure ! Masters, séduire la femme d'un autre homme !

Sands lui fit face, le visage décomposé.

— Qu'en savez-vous ? aboya-t-il.

— Je le connais bien, assura Iphiginia. Il n'est pas dans ses habitudes d'agir de façon aussi immorale.

Marcus la regarda avec une expression indéchiffrable.

— Comment se fait-il que vous soyez là, Mrs. Bright? susurra Sands d'un ton doucereux.

— J'ai reçu un billet. Tout comme vous, monsieur. Je suis arrivée quelques instants avant que vous n'apparaissiez, et je me suis cachée derrière le rideau. (Elle désigna d'un geste de la main le lit, les peintures érotiques et les statues.) Apparemment, quelqu'un voulait que je découvre votre femme avec Masters, dans cet étrange lieu. Et vous étiez censé faire de même...

— Quelqu'un a monté toute l'affaire? C'est bien ce que vous essayez de me dire?

— C'est la seule explication, n'est-ce pas, Masters?

— Certes, répondit ce dernier en regardant pensivement le petit groupe. Puisque Hannah et moi avons reçu le même sympathique billet.

— Ils ne peuvent avoir été écrits par notre maître chanteur puisque Mrs. Wycherley est morte, et puis il n'y a eu aucune demande d'argent, cette fois. Je pense qu'une autre personne est derrière tout cela.

Sands les foudroya du regard, en proie à la plus grande des frustrations.

— Qu'est-ce que c'est que cette histoire de maître chanteur? s'énerva-t-il.

Hannah releva la tête avec une tristesse empreinte de dignité.

— J'ai été victime d'un chantage... Nous avions cru qu'il s'agissait de la propriétaire de l'agence de placement Wycherley. Mais cette femme a été tuée, sans doute par une de ses victimes...

— Tout ceci est exact, confirma Marcus.

— Mon Dieu! siffla Sands qui prit aussitôt sa femme dans ses bras. Racontez-moi tout, chérie. Diable, la vérité ne pourra pas être pire que ce que j'avais pu imaginer depuis quinze jours!

Les yeux d'Hannah s'emplirent de larmes.

— Vous allez me détester !

— Certainement pas ! jura Sands. Enfin, mon amour, qu'auriez-vous pu faire qui me fasse vous détester ? A part, bien sûr, me tromper...

— Oh ! Edward... Mais je l'ai assassiné ! (Hannah pressa sa figure contre sa poitrine.) Je lui ai tiré dessus... Je ne le regrette pas. J'avais seulement peur que vous ne découvriez la vérité.

— Qui avez-vous tué ? murmura Sands en la caressant doucement pour l'apaiser.

— Spalding...

Sands fronça les sourcils.

— Votre premier mari ?

— Une nuit où il était rentré ivre mort, comme à son habitude, et avait commencé de me battre. Je ne pouvais plus endurer cela. Pas une minute de plus... (Hannah se mit à sangloter.) La peur ne me quittait plus. Oh ! Edward, j'étais si terrifiée ! Seul Marcus connaissait la vérité.

Sands releva la tête.

— Masters ? En quoi êtes-vous mêlé à tout ceci ? Il y a eu des rumeurs sur vous, disant que vous étiez le meurtrier.

— Je suis arrivé cinq minutes après qu'elle eut tiré, répondit Marcus. Je me suis occupé du corps et l'ai jeté à la rivière pour faire croire qu'il y était tombé à la suite d'une chute de cheval.

— Il ne s'est pas arrêté là, renifla Hannah. Il a aussi supporté les rumeurs et les soupçons... Tout le monde croyait que cette mort lui profitait. Mais en vérité, mon mari l'avait grugé comme beaucoup d'autres. Sa société était au bord de la faillite.

— Ce jour-là, je venais justement lui réclamer des comptes, expliqua Marcus. J'étais arrivé tard dans la soirée et je m'étais aussitôt rendu chez lui, à Fulston Street... Et j'y ai découvert Hannah tenant encore l'arme fumante dans sa main.

— J'étais sur le point de défaillir, de céder à la panique,

plus exactement. En même temps, j'étais soulagée qu'il soit mort et terrifiée de ce qui allait arriver. Masters a tout pris en main.

— Je vois. (Sands prit l'air soupçonneux.) Masters avait deux bonnes raisons de garder le secret...

— Je n'avais pas le choix, en effet, confirma Marcus.

Hannah repoussa une mèche de cheveux qui lui balayait le visage.

— Si les gens avaient eu vent de cette faillite, ils auraient paniqué, vendu leurs actions à un cours très bas et beaucoup d'entre eux se seraient trouvés ruinés. (Hannah sourit brusquement.) Marcus a repris la direction et sauvé la société.

— Et vous vous êtes enrichi par la même occasion, laissa tomber Sands, un tantinet moqueur.

Marcus haussa les épaules sans daigner répondre.

— Oh! Edward... Je suis désolée que vous ayez appris la vérité de cette manière. Marcus a toujours insisté pour que je vous la révèle. Il disait que c'était le seul moyen d'empêcher ce maître chanteur de me nuire... mais j'avais si peur! Je vous aimais trop pour prendre le risque de vous perdre.

— Je soupçonnais Spalding d'être brutal, confia Sands en la serrant de nouveau dans ses bras. J'avais entendu quelques rumeurs là-dessus... Mais vous savez comme la bonne société ignore délibérément ces choses.

— Je suis bien placée pour le savoir, murmura Hannah.

— Écoutez-moi, chérie : je suis fort heureux que vous l'ayez tué. Vous m'entendez? J'aurais aimé le faire moi-même si j'avais eu le bonheur de vous connaître à l'époque.

— Edward!

— Je vous le répète, chérie, rien ne pourra me détourner de vous, à part le fait que vous aimiez un autre homme que moi.

— Jamais! cria la jeune femme. Vous êtes le seul homme que j'aie jamais aimé.

Sands lui caressa les cheveux.

— Alors, allez-vous me faire confiance?

— Bien sûr! Je suis désolée de ne pas vous avoir avoué tout cela, dès le début.

Sands fixa Marcus.

— J'ai l'impression que je suis votre débiteur, monsieur! Pas seulement pour avoir aidé ma femme ce soir-là, mais aussi pour n'avoir jamais démenti ces affreuses rumeurs.

— Ce n'est rien, grommela Marcus.

Iphiginia sourit avec fierté.

— Vous voyez, lord Sands, Masters est un gentleman jusqu'aux bouts des ongles!

— C'est grâce à Hannah, d'ailleurs, reprit Marcus un peu plus tard, alors qu'il s'installait dans son phaéton. C'est elle qui m'a appris à me conduire en société avec cette aisance.

— On ne fait pas boire un âne qui n'a pas soif! s'esclaffa Iphiginia. Lady Sands vous a peut-être donné le vernis nécessaire, mais vous possédiez déjà une classe innée.

Marcus lui lança un coup d'œil amusé.

— Je suis né fermier, lui rappela-t-il.

Elle balaya l'objection d'un geste de la main.

— Qu'est-ce que cela a à voir? Vous seriez toujours un gentilhomme, même si l'envie vous prenait d'aller vendre des salades sur un marché!

Il fut touché par cette confiance un peu naïve qu'elle lui témoignait et lui répondit sur le ton de la dérision :

— Comme vous êtes démocratique! On dirait une Américaine.

— J'ai toujours pensé que, loin de se transmettre, un titre se méritait.

— C'est un point de vue qui vous est très personnel.

Elle eut une petite grimace.

— Je n'ai que peu d'idées préconçues.

— Je m'en suis aperçu! Et c'est une de vos principales qualités.

— Seul un homme ayant cette même qualité peut l'apprécier.

— Sans aucun doute...

Marcus scruta la nuit, soulagé de ne plus avoir à partager ce secret avec Hannah, en cachette d'Iphiginia. Elle était la première femme avec laquelle il aimait se mettre à nu.

Avoir une confidente était quelque chose de nouveau pour lui. Et cela s'avérait être profondément plaisant.

— Marcus?

— Oui?

— Qu'allons-nous faire maintenant? Mrs. Wycherley est morte et n'a pu envoyer ces billets... Qui peut être derrière cela?

Marcus sortit de sa rêverie.

— Je ne sais pas, mais je pense que son assassin, en revanche, n'a pas manqué de trouver sa liste de victimes.

— Et cette personne a eu envie de continuer le travail entrepris?

— C'est possible.

Iphiginia réfléchit un moment.

— Cela n'a pas de sens. En nous obligeant tous les quatre à nous rencontrer ce soir, il perdait l'occasion de continuer à nous faire chanter. Hannah révélant son secret à son mari, le chantage n'avait plus de raison d'être.

— Oui, mais Sands et vous étiez censés nous trouver en galante compagnie.

— Sans doute, mais je ne vous ai pas cru coupable, et Sands a très vite compris de quoi il retournait.

— Mais personne, et surtout pas notre maître chanteur, n'aurait pu imaginer une telle issue, répliqua Marcus.

Iphiginia parut surprise.

— Pourquoi? Lord Sands et moi-même aurions-nous dû être bouleversés?

— Évidemment.

— Eh bien, cette personne s'est trompée!

— Et c'est normal, répondit doucement Marcus.

— Non. Seules les personnes qui ne croient pas au respect mutuel, aux affinités intellectuelles et à l'amour vrai, peuvent penser ainsi.

— Cela va peut-être vous surprendre ma chère, mais c'est le cas de plus de quatre-vingt-dix pour cent de la population et de presque cent pour cent de la bonne société!

— Vraiment? (Iphiginia le fixa avec une attention soudaine.) Quelle aurait été votre réaction si vous m'aviez trouvée ce soir, dans cette chambre, essayant de cacher un homme derrière le rideau de scène?

— J'aurais été fou furieux!

— Mais m'auriez-vous crue si j'avais protesté de mon innocence?

Marcus réfléchit et eut un choc en se rendant compte qu'en effet il l'aurait crue... Tout plutôt que d'admettre qu'elle ait pu le tromper!

— Oui, certainement.

Satisfaite, Iphiginia lui sourit.

— Je le savais! Vous me faites confiance, n'est-ce pas?

— Certes. Mais cela ne m'aurait pas empêché d'être en colère contre vous, et je ne vous conseille pas d'en faire le test un jour!

— Cela ne nous explique toujours pas pourquoi ce type a agi ainsi... reprit plus doucement Iphiginia.

Marcus garda le silence un moment.

— Sans doute est-ce un être pervers qui prend un malin plaisir à jouer avec les sentiments des autres, mais qui, par contre, n'a nul besoin d'argent.

— Et qui prendrait plaisir à exposer leurs secrets?

— En effet. Un de ces snobs désœuvrés que le chantage excite.

— Dieu! Quelle terrible idée.

— Peu agréable, je vous le concède.

Marcus n'en dit pas plus. Il tenait à garder pour lui ses autres hypothèses.

Ce qui l'avait le plus ennuyé, dans l'affaire du muséum, c'était l'élément très personnel de cette histoire, le fait que cela ressemblait étrangement à une vengeance.

Iphiginia ouvrit soudain de grands yeux.

— Le secret de tante Zoe risque d'être à nouveau découvert ! Cet homme va prendre plaisir à transformer sa vie en chaos.

— C'est fort possible, concéda Marcus.

— Je dois la prévenir.

— Il n'y a rien à faire si notre adversaire est décidé.

— Pauvre tante Zoe ! Si son secret est éventé, elle en mourra.

— Essayons de l'avertir au plus vite. Bien que je pense que ce type restera tranquille quelques jours, dit Marcus. Ne serait-ce que pour vérifier si sa petite mise en scène a porté ses fruits !

— Avant d'en envisager d'autres ?

— Certainement... Je me demande si nous avons eu raison de croire que Mrs. Wycherley était bien notre maître chanteur.

— Mais Marcus, ce ne peut être qu'elle !

— Hum ! Tôt dans la matinée, je ferai quelque chose que nous aurions dû faire depuis longtemps.

— Quoi ?

— Trouver d'autres preuves de sa culpabilité.

— Mais lesquelles ?

— Connaître, par exemple, la véritable identité du propriétaire du musée Hardstaff.

Iphiginia cilla.

— Le docteur Hardstaff en est forcément le propriétaire, ou alors il le loue.

— Je crois plutôt qu'il n'en est que le prête-nom, répliqua Marcus.

— Hardstaff... murmura Iphiginia.

— Nous devons creuser un peu plus profond dans cette direction.

— Et qu'espérez-vous trouver?

— Je n'en sais rien encore, admit Marcus.

Iphiginia s'abîma dans ses réflexions et Marcus songea aux instructions qu'il donnerait à Barclay en début de matinée.

— Marcus? s'inquiéta brusquement Iphiginia.

— Oui?

— Croyez-vous, vous aussi, que la déesse de droite était trop mince?

Marcus éclata de rire et attira Iphiginia dans ses bras.

— Non, pas du tout! Je pense au contraire qu'elle est exactement ce dont a besoin tout homme pour maintenir sa virilité en éveil...

Ils finirent par trouver Zoe au bal des Crandal. Elle et lord Otis quittaient justement la piste de danse, un peu étourdis par une valse.

— Bonsoir, Iphiginia. Masters. (Otis fronça les sourcils.) Je ne savais pas que les bains de foule vous attiraient!

Iphiginia regarda sa tante.

— Nous devons vous parler immédiatement.

Le sourire de Zoe s'évanouit aussitôt.

— Quelque chose ne va pas? demanda-t-elle avec anxiété.

— Celui qui a tué Mrs. Wycherley a dû s'emparer de sa liste de victimes et s'amuse à révéler leurs secrets, expliqua Iphiginia avec tout le calme dont elle était capable.

— Oh! Mon Dieu...

Zoe porta une main à sa gorge et chancela. Otis la soutint.

— Calmez-vous, ma chère. Nous allons arranger ça.

Marcus décida de prendre la direction des opérations.

— Venez dans le parc, nous y parlerons plus tranquillement. Il y a forcément une solution à cette affaire.

— Nous devons dire toute la vérité à Marianne, souffla Otis. J'avais prié Zoe de le faire, il y a quelques semaines déjà. Les maîtres chanteurs sont insatiables, c'est connu!

Zoe paraissait atterrée.

— Mais notre pauvre petite Marianne... Que va-t-elle dire? Et Sheffield? Qu'adviendra-t-il de leur projet de mariage?

— Tout se passera bien, ma chère, murmura Otis en la guidant vers le jardin. Depuis le début, nous avons été conscients qu'un jour viendrait où nous devrions faire face à cette situation!

Une heure et demie plus tard, alors que trois heures allaient sonner, Marcus pénétra dans son laboratoire. Il se servit un cognac et s'installa à sa table de travail.

Il regarda la pièce faiblement éclairée par la lampe qu'il venait d'allumer. Il avait un besoin urgent de réfléchir, et il ne réfléchissait nulle part aussi bien que dans cet endroit.

Marcus se renversa dans son fauteuil, les pieds sur la table et sirota son cognac. Il avait l'habitude de laisser vagabonder son esprit avant de se concentrer.

Il repensa à la conversation qu'ils avaient eue dans le parc des Crandal. Il comprenait qu'Iphiginia fût anxieuse pour sa tante, alors qu'Otis, pour sa part, semblait plutôt content de la tournure que prenaient les événements. Cet homme, après tout, avait dû pendant dix-huit ans dissimuler ses sentiments et se conduire en ami, sans espoir de pouvoir reconnaître sa fille.

Enfin, Zoe avait accepté l'inévitable et avait même paru soulagée de ne plus avoir à dissimuler pareil secret.

Il restait à savoir comment Marianne réagirait à l'annonce qu'Otis était son vrai père... Ses fiançailles risquaient, à n'en point douter, d'en souffrir. Mais qui sait, après tout? Sheffield était un jeune homme indépendant, aux idées arrêtées. S'il était vraiment amoureux de la jeune fille, il se moquerait des ragots...

S'il aimait véritablement Marianne...

— Diable! marmonna Marcus.

Voilà qu'il se mettait à penser comme ces fichus poètes

romantiques. L'influence de son frère et d'Iphiginia commençait à se faire sentir. Leurs vues déformées des soi-disant relations entre les deux sexes avaient fini par avoir un effet pernicieux sur lui. Il devrait faire attention à l'avenir. Après tout, il était un homme de raison et non point un de ces maudits poètes.

Un coup frappé à la porte tira Marcus de sa rêverie.

— Entrez !

— Marcus ? s'enquit Bennet en passant la tête par l'entrebâillement.

— Que veux-tu ?

— Rien de précis. (Bennet hésita.) Lovelace m'a dit que tu étais ici alors que je montais dans ma chambre. J'ai pensé te dire bonne nuit.

— J'avais besoin de réfléchir. (Marcus fixa son verre.) Je t'offre un cognac ?

— Merci.

Bennet sembla soulagé de cette invitation. Il traversa la pièce et alla se servir lui-même.

Marcus attendit.

— Je vous ai vus, Mrs. Bright et toi, il y a une heure.

— Chez les Crandal ?

— Oui.

— Moi pas.

— Il y avait une telle foule ! La salle de bal était pleine à craquer.

— En effet.

Bennet s'éclaircit la gorge.

— Avez-vous arrêté la date de votre mariage ?

— Mrs. Bright n'a pas consenti à devenir ma femme.

— Pardon ? s'écria Bennet.

— Elle ne trouve pas l'idée particulièrement excitante... (Marcus sourit.) Elle déclare m'aimer mais elle ne peut se résoudre pour autant à m'épouser.

— Elle est folle ! déclara le jeune homme sidéré.

— Je prendrai cela pour un compliment, même si ce

n'en est pas un. C'est une femme orgueilleuse, indépendante, spirituelle... Une originale, si tu veux, mais elle n'est pas folle pour un sou.

— Mais comment peut-elle refuser de t'épouser? Toi, un comte! Et encore jeune de surcroît! Tu es une affaire... beaucoup de femmes seraient heureuses d'accepter.

— Mrs. Bright est une femme riche, grâce à ses judicieux investissements, et mon titre ne semble guère l'impressionner. Elle a une notion toute démocratique de la noblesse, à la Rousseau ou à la Jefferson.

Bennet parut inquiet.

— Aurait-elle remis en question le bien-fondé de ton titre?

— Non. Absolument pas.

— Je l'espère!

— J'ai déployé maints efforts pour la convaincre que je ferais un mari idéal.

— Nom de D... Je ne sais si je dois en rire ou me sentir insulté!

Marcus fit tourner doucement son verre dans la lumière.

— C'est Mrs. Bright qui a réussi à balayer mes objections à ton mariage, avoua-t-il brusquement.

— Je ne te crois pas. Pourquoi cette femme s'occuperait-elle de mes affaires? Pourquoi s'inquiéterait-elle de mon avenir?

— Elle s'inquiète de beaucoup de choses et de beaucoup de gens. Elle est ainsi.

— Et tu essayes de me faire croire que tu l'aurais écoutée?

Marcus émit un doux rire.

— Cela te surprend, n'est-ce pas?

— Cela m'atterre.

— Je dois avouer que tu n'es pas le seul... Moi aussi, parfois.

— Je ne peux imaginer que tu suives les conseils de quiconque, et encore moins d'une de tes maîtresses! (Bennet s'arrêta net devant le regard d'avertissement que lui lança son frère.) Je veux dire... d'une de tes amies. Enfin ! Je ne t'ai jamais vu changer d'idée une fois ta décision prise.

— Ce n'est pas tout à fait exact. Il m'est arrivé de prendre en considération de nouveaux éléments...

— Oui, avant de conclure, coupa Bennet.

— L'important était de rendre justice à Mrs. Bright. C'est elle qui m'a convaincu du bien-fondé de ton union.

— Incroyable ! Enfin je l'en remercie... Si elle pouvait te changer un peu plus...

— Non. J'ai toujours mené ma vie suivant des règles strictes, répliqua Marcus en observant son automate, immobile dans son coin.

— Et cela depuis que je suis enfant.

— Mrs. Bright a pu bousculer certaines de mes règles, mais cela ne signifie pas grand-chose.

— Sans vouloir t'offenser, cher frère, je pense que tu es en train de laisser tes passions diriger ta vie ! riposta Bennet en riant de bon cœur de la mauvaise foi de Marcus.

Marcus marqua un temps d'arrêt, puis sourit.

— Il me semble t'avoir accusé de la même chose, il n'y a pas si longtemps ! plaisanta-t-il.

— Exact. Alors, tu sembles fermement décidé à l'épouser, non ?

— En effet.

— Pourquoi ? L'as-tu analysé ?

Le regard de Marcus semblait fixer l'infini.

— Lorsque je suis avec elle, je me sens revivre... daigna-t-il enfin répondre.

Barclay relu une dernière fois les notes qu'il avait prises. Il réajusta ses lunettes sur son nez et considéra Marcus un instant.

— Qu'espérez-vous découvrir exactement, monsieur ?

— Un lien entre le véritable détenteur du musée Hardstaff et celui qui a édifié le monument funéraire.

— Je ne vous suis pas... Quel lien pourrait-il y avoir?
Marcus eut un sourire en coin.

— Je l'ignore, mais c'est pour cela que je vous paye, Barclay!

— Certes, my lord, grommela l'homme d'affaires. Je m'en occupe tout de suite.

19

— Nous avons parlé à Marianne juste après le petit déjeuner. Elle est restée un long moment sans dire un mot. (Zoe se moucha délicatement dans un mouchoir de dentelle.) J'étais effrayée à l'idée qu'elle puisse nous haïr à jamais.

Iphiginia, qui était assise derrière son bureau, jeta un bref coup d'œil à Amelia. Aucune des deux jeunes femmes ne voulait interrompre ce récit.

— Et alors... (Otis à son tour se moucha bruyamment.) Elle m'a regardé et a prononcé : « Papa. » Après toutes ces années, elle a enfin dit Papa... Et elle s'est jetée dans mes bras !

— Je vous assure que ce fut le moment le plus magnifique de ma vie, dit Zoe avant d'éclater en sanglots.

— Et de la mienne, chérie ! s'exclama Otis en lui passant un bras autour des épaules. Vous ne pouvez pas savoir ce que cela représente pour moi de pouvoir ouvertement reconnaître mon enfant !

— Nous aurions dû lui révéler la vérité il y a un an, quand mon époux est mort. Bien des ennuis auraient été évités !

Iphiginia posa les mains sur son bureau et fronça les sourcils.

— Qu'en est-il de son mariage avec Sheffield ?

— Marianne insiste pour tout lui raconter, expliqua Otis non sans une pointe d'orgueil. Elle fait bien, sinon c'est ce satané maître chanteur qui s'en chargera!

— Les Sheffield ont une telle position que je crains que l'affaire ne soit à l'eau, soupira Zoe. Mais notre fille est si jolie et si charmante qu'elle ne manquera pas de rencontrer quelque autre beau parti!

— Je rendrai public le fait que je veuille la doter, proclama Otis. J'avais toujours eu l'intention de le faire, mais de la manière la plus discrète qui soit, bien sûr. Maintenant, c'est différent. Et cela aidera à la marier.

— Excellente idée! (Iphiginia tripotait son crayon.) Mais vous savez, je songe à une solution bien plus simple pour démêler toute cette histoire...

— Laquelle? s'enquit sa tante.

— Tu devrais épouser Otis. Marianne deviendrait ainsi sa belle-fille aux yeux de la loi...

— L'épouser? s'exclama Zoe. Mais nous sommes si heureux comme ça! N'est-ce pas Otis?

— Vous avez toujours fait mon bonheur, ma chérie, répondit galamment ce dernier. Et vous n'êtes pas sans l'ignorer, mais vous continuerez à être mon amie de cœur même lorsque nous serons mariés.

Zoe lui adressa un lumineux sourire.

— Otis! Je vous adore.

— Certes! coupa sèchement Iphiginia. Mais si vous vous mariez, Otis n'aura plus besoin de rendre publique sa paternité!

— Iphiginia a raison, approuva sa cousine.

— Je n'y comprends rien, protesta Zoe.

Otis semblait, quant à lui, songeur.

— Elle marque un point... laissa-t-il enfin tomber.

Iphiginia vit une petite lueur au fond de son regard et sourit.

— Otis devenu son beau-père, elle pourra l'appeler Papa sans risque. Et il pourra parler de sa fille sans que les gens s'en offusquent.

— Et une fois vos fortunes réunies, Marianne se retrouvera officiellement votre héritière, intervint Amelia.

— Une fort riche héritière ! approuva sa cousine.

— Et personne ne trouvera à redire, murmura Otis. Il semblera naturel que je la dote !

— Mon Dieu ! (Zoe était sidérée par les multiples possibilités qui s'ouvraient à eux.) Elle aura pléthore de fiancés !

Otis lui baisa gentiment la main.

— Et non content de pouvoir appeler Marianne, ma fille, j'aurai l'insigne bonheur d'être votre époux !

— Oh ! Otis... Vous êtes un amour. Vous avez donné un sens à ma vie.

— Ce fut un réel plaisir. Devenez ma femme !

Les yeux de Zoe brillèrent de mille feux.

— Comment pourrais-je refuser ? Je ne pensais pas me remarier après le décès de Guthrie, j'appréciais trop ma liberté ! Mais être votre femme me comble de joie.

— J'obtiendrai, dès cet après-midi, une licence spéciale, déclara Otis. Ce soir, nous serons mariés !

— Quelque chose me dit que Marianne en sera enchantée, pronostiqua Amelia.

— Et notre maître chanteur n'aura plus prise sur vous, ajouta Iphiginia. Marcus avait raison. Plus de secret, plus de chantage !

— En effet. Il avait encore une fois raison, ironisa Amelia.

— Comme toujours, marmonna sa cousine. Et le pire, c'est qu'il en est conscient et qu'il le proclame. J'avoue que c'est ennuyeux parfois.

— Surtout pour toi qui penses avoir la science infuse, plaisanta Amelia.

Iphiginia repensa à sa théorie du cachet au phénix, qui ne manquerait pas de désigner le coupable. Elle sourit.

— Ce qui m'énerve, c'est qu'il ait raison plus souvent que moi. C'est tout.

Et que cet homme, soi-disant si intelligent, ne soit pas fichu de tomber amoureux d'elle !

— Alors quelles sont les dernières hypothèses de Masters? demanda Amelia tandis que les deux cousines grimpaient l'escalier qui menait au bureau de Manwaring. Qui croit-il être derrière ces manigances?

— Il n'en sait rien pour l'instant. Ce qui est intéressant pourtant, c'est qu'il ne soupçonne plus Mrs. Wycherley.

— Ah bon? Et toi, qu'en dis-tu?

— Je m'accroche toujours au fait que ce type savait quand Masters devait quitter Londres, et qu'il a bien employé de la cire noire avec un sceau portant un phénix!

— Tu t'accroches à tes vieilles idées... Enfin, Masters saura bien démêler tout ça.

Iphiginia fit la grimace.

— Vraiment! Dire qu'il n'y a pas si longtemps, tu te tuais à me mettre en garde contre cet homme!

— J'estime toujours qu'il te brisera le cœur... mais en résolvant l'énigme!

— Ce que tu peux être matérialiste, ma pauvre Amelia!

Elles étaient arrivées sur le palier, et Iphiginia s'apprêtait à frapper à la porte quand elle s'aperçut que cette dernière était entrouverte. Une voix d'homme, au comble de la rage, leur parvint.

— J'exige de rencontrer les principales actionnaires, Manwaring!

La jeune femme entra et vit un homme de large stature se pencher sur le bureau de son homme d'affaires. Adam était assis, apparemment parfaitement calme. Aucun des deux hommes ne nota l'arrivée des cousines.

— Je vous ai déjà dit que c'était chose impossible, répliqua Adam.

— Je vous l'ordonne! tonna l'homme en frappant le dessus du bureau du plat de la main. Je ne me contenterai pas de cette réponse!

Iphiginia perçut le petit cri de détresse d'Amelia.

— Ça va? demanda-t-elle doucement.

Amelia ne répondit pas, son attention rivée sur l'inconnu.

— Elles ne vous accepteront pas dans leur société, riposta Manwaring, agacé. Et je vous en ai donné les raisons.

— Mensonges! Saletés de mensonges de la part d'une morveuse de gouvernante. Un homme de votre condition ne peut croire semblable créature!

Amelia s'avança, droite comme la justice.

— Ce n'est que la stricte vérité, monsieur! Et vous n'êtes qu'un vicieux minable, Dogson... Je le sais, et vous aussi!

Dogson lui fit face, interloqué.

— Diable! qui êtes-vous?

— Vous ne vous rappelez pas, Dogson? Amelia Farley... A cette époque-là, j'étais gouvernante. Évidemment, aujourd'hui j'ai changé de vie!

L'homme accusa le choc. Il fixait Amelia, l'œil rond, la bouche ouverte.

— Vous? C'est vous qui avez prévenu les actionnaires contre moi? Comment avez-vous osé? Comment ont-ils pu vous croire?

— Miss Farley est l'une des principales actionnaires, rectifia Adam avec satisfaction.

— Je ne comprends pas... (Le regard de Dogson passait de l'un à l'autre, hagard.) C'est... C'est impossible!

— Non, Dogson, reprit Adam. C'est exact, et voilà pourquoi votre candidature n'a pu être acceptée.

— Sur la parole... de cette petite garce de... de... bégaya Dogson. Vous n'êtes pas sérieux!

Adam se leva, fit le tour de son bureau et, sans un mot, flanqua son poing dans la figure de l'homme.

— Personne ne parlera de cette façon à une femme, dans mon bureau!

— Allez au diable! cria Dogson en constatant qu'il saignait. Allez tous au diable! Mais c'est un cauchemar... Je risque d'être ruiné à cause d'une sale petite employée qui devrait plutôt se montrer reconnaissante qu'un homme ait bien voulu la lutiner!

— J'ai une bonne nouvelle, Dogson, ricana Adam. Vous ne risquez pas seulement la ruine, mais le déshonneur. Je vous provoque en duel! Demain, à l'aube, dans le parc. Donnez-moi le nom de vos témoins...

Amelia poussa un cri. Les jointures de ses doigts blanchirent sur le pommeau de l'ombrelle qu'elle serrait violemment. Iphiginia se rapprocha d'elle.

— Mes témoins? hoqueta Dogson. Vous allez vous battre en duel pour cette créature? C'est ridicule.

— A l'aube, demain. Ou tout Londres saura quel couard vous êtes!

— Si vous n'avez pas encore choisi les vôtres, Manwaring, déclara Marcus qui venait d'arriver, ce sera un honneur pour moi de vous seconder.

— Marcus? s'étonna Iphiginia.

Sa carrure puissante s'encadrait dans la porte, rendant toute retraite impossible. Il paraissait indifférent à la scène, mais une petite lueur dangereuse dansait dans ses prunelles.

Adam inclina poliment la tête.

— Merci, monsieur. J'accepte votre offre.

— Masters! s'étonna Dogson. Êtes-vous devenu fou?

— Non. Mais je commence à trouver le temps long... Si vous partiez?

— Excellente idée, approuva Amelia. Mes amis et moi-même avons à discuter affaires.

Dogson la regarda d'un air désespéré.

— Amelia! Pour l'amour de Dieu... Vous ne pouvez pas me faire ça. C'est important pour moi. S'il vous plaît, ma chère, oublions le passé...

— Sortez! intima Adam.

— Vous avez entendu, Mr. Manwaring, sortez! Votre vue me rend malade.

— Amelia! supplia Dogson en tentant de lui prendre les mains. Ne soyez pas aussi intraitable... Vous étiez une si charmante créature...

— Ne me touchez pas! hurla la jeune femme en se reculant précipitamment. Ne me touchez jamais plus!

— Vous avez entendu, Dogson?

Adam le saisit par le col et le traîna jusqu'à la porte. Masters se poussa obligeamment pour qu'Adam puisse le jeter dans l'escalier.

La porte claqua et le jeune homme fixa Amelia.

— Je regrette que vous soyez tombée sur ce bâtard, mademoiselle! Mais je vous promets que ce sera la première et la dernière fois.

— Monsieur, vous ne pouvez le provoquer en duel. Je vous le défends!

Adam eut un curieux petit sourire.

— Ne vous inquiétez pas. Je suis plutôt bon tireur. C'est un de mes passe-temps favoris...

— Mais vous pourriez être blessé. Que dis-je, tué! Dogson est un voyou qui ne respectera pas les règles du jeu.

— Laissez-nous faire, mademoiselle, intervint Marcus. En tant que témoin, je m'assurerai de la conformité de ce duel.

— Non! explosa Amelia. Vous ne vous battrez pas. Vous ne risquerez pas votre vie pour moi!

Et elle se jeta dans ses bras.

— Tout va bien, ma chère... (Adam la tint serrée contre lui.) Ce n'est rien.

— Si cela peut vous réconforter, intervint Marcus, je suis à peu près sûr que Dogson ne se présentera pas demain. Il sera déjà en Écosse à cette heure-là!

Amelia redressa la tête.

— Vous croyez?

— J'en suis certain.

— Dommage, dit Adam. J'aurais adoré lui flanquer une balle dans la peau!

— C'est fort galant à vous... (Amelia éclata en sanglots.) Mais je serais détruite s'il vous arrivait quelque chose!

— Vous le pensez, vraiment? s'enquit Adam.

— Oh! Oui...

Tous deux se regardèrent avec infiniment d'amour sous l'œil complice de Marcus et d'Iphiginia.

Iphiginia remua les lèvres en direction de Marcus.

— Je vous l'avais bien dit! Ils sont faits l'un pour l'autre...

Il leva silencieusement les sourcils. La jeune femme se dit qu'ils n'avaient plus rien à faire là.

— Au fait, que faites-vous ici, monsieur? lui murmura-t-elle à l'oreille.

— Je venais prendre une participation dans votre projet immobilier de Bright Place, chuchota-t-il à son tour.

Elle lui jeta un regard amusé.

— Vous connaissiez l'existence de cette société d'investissement?

— Naturellement.

— Rien ne vous échappe, n'est-ce pas? marmonna-t-elle.

Marcus avait l'air moqueur.

— Je fais mon possible pour me tenir au courant des derniers faits divers...

— Il se croit tellement intelligent! pesta Iphiginia en descendant de son attelage. Ce n'est qu'un poseur arrogant.

— Qui? demanda Amelia en gravissant les marches du perron. Masters?

— Oui!

— Certes, il est brillant. Qu'espères-tu de lui? Qu'il le cache, alors que, toi, tu ne te gênes pas pour montrer tes qualités!

— Il pourrait faire preuve d'une certaine modestie.

Amelia se mordit les lèvres pour ne pas rire.

— J'espère que Dogson se sera enfui demain matin!

Un sentiment de culpabilité envahit Iphiginia. Elle se plaignait pour des peccadilles alors que sa cousine était terrifiée. A sa place, elle serait devenue hystérique!

— Masters l'a prédit, murmura-t-elle tandis que Mrs. Shaw leur ouvrait la porte. Et comme je viens de te le dire, il a toujours raison.

— Je sais, répliqua Amelia dont le visage s'éclairait.

Iphiginia sourit à sa gouvernante.

— Bonjour, Mrs. Shaw. Tout va bien?

— Bonjour, madame. Le très charmant Mr. Hoyt est passé durant votre absence et a déposé un livre que vous lui aviez prêté.

— Ah! Celui de Grayson sur l'art antique. Oui, bien sûr... (Iphiginia retira son chapeau et le tendit à sa domestique.) Rien d'autre?

— Non, madame.

— Parfait. Soyez gentille de nous servir le thé dans la bibliothèque. Au fait, nous attendons lord Masters et Mr. Manwaring vers cinq heures.

— Très bien, madame.

La gouvernante leur sourit avant de descendre aux cuisines.

Iphiginia pénétra dans la bibliothèque, suivie de sa cousine. Elle jeta en passant un coup d'œil à l'ouvrage rapporté par Hoyt.

— Ne sois pas trop inquiète, Amelia. Ce duel n'aura pas lieu.

— Je n'arrive pas à croire que Manwaring veuille se battre pour moi!

— Pourquoi? Moi, j'ai toujours su que cet homme était amoureux de toi.

Amelia la regarda avec ironie.

— Comme je te le faisais remarquer tout à l'heure, tu as vraiment la science infuse!

— Masters et moi avons beaucoup de choses en commun, à la réflexion, grommela Iphiginia.

— Absolument. Que vas-tu faire à son sujet? Tu sais qu'il t'est impossible de continuer à passer pour sa maîtresse plus longtemps et...

Le bruit d'un attelage s'arrêtant sous leurs fenêtres coupa la parole à Amelia.

— Je me demande qui c'est? s'inquiéta Iphiginia. Il n'est que trois heures...

Il y eut des murmures dans l'entrée, puis la gouvernante frappa à la porte, avant d'annoncer :

— Mr. Bennet Cloud demande si madame est là.

— Mon Dieu! Le frère de Marcus. Que peut-il bien vouloir... Faites entrer, Mrs. Shaw!

Bennet fit son apparition, l'air grave.

— Bonjour, Mrs. Bright. Merci de me recevoir.

— Entrez, monsieur. Je vous présente ma cousine Amelia Farley.

— Heureux de faire votre connaissance, mademoiselle.

Bennet jeta un regard anxieux à Iphiginia.

— Préférez-vous que je vous laisse? demanda Amelia.

— Si... Si cela ne vous dérange pas. Je ne voudrais pas me montrer impoli, mais il s'agit d'une affaire personnelle.

— Bien sûr! dit Amelia en sortant aussitôt de la pièce.

— Prenez un siège, monsieur, proposa Iphiginia.

— Pardon? Euh... Non. Ce que j'ai à vous dire n'est pas facile, madame.

— Je suppose que vous êtes venu pour me dresser la liste des raisons qui m'empêcheront d'épouser votre frère. Soyez rassuré, monsieur, je les connais déjà!

— Oh! Non... Je suis venu vous expliquer que je n'avais plus d'objections à ce mariage.

— Vraiment?

Bennet fit la grimace.

— Évidemment mon frère se moque que je sois d'accord ou pas... Il a toujours fait ce qui lui plaisait!

Iphiginia l'observait avec attention.

— Est-ce que vous vous sentez bien, monsieur? Ma gouvernante ne va pas tarder à apporter le thé. Vous en prendrez bien une tasse avec moi?

— Zut! Je n'ai nulle envie de thé. Écoutez-moi. Vous devez épouser mon frère!

— Pourquoi ?
— Parce qu'il a besoin de vous.
— Besoin de moi ?
— Diable... Comment vous expliquer ? Madame, je connais mon frère depuis ma naissance...
— Je ne l'aurais pas cru, remarqua Iphiginia d'un ton moqueur.
— Mais je ne l'ai jamais réellement compris. Sans doute n'ai-je pas essayé... Il est vrai qu'il apparaît plutôt comme un homme faisant fi de l'opinion d'autrui.
— Moi, je ne trouve pas.
— Il était toujours là. (Bennet fit un vague geste de la main.) Comme le ciel, ou l'océan... Une force de ta nature. Oh ! Il avait bien quelques sautes d'humeur, et cette fichue propension à appliquer ses satanées règles... Mais il était toujours là. Solide comme un roc.
— Ce qui ne l'empêchait pas d'avoir parfois besoin d'être écouté à son tour, répondit Iphiginia.
— Je n'ai compris cela que récemment. (Bennet arpentait la pièce nerveusement.) Marcus a des besoins, des envies, qu'il semblerait que vous soyez seule en mesure de satisfaire.
— Marcus vous a confié ça ? s'étonna Iphiginia.
— D'une certaine manière, oui. J'ai la nette impression qu'il vous veut plus que tout au monde !
— De la même manière que vous désirez Juliana ?
— Mon Dieu ! Certes non. Mes sentiments sont plus fougueux. Il s'agit d'amour, madame.
— Je vois.
— Nos sentiments confinent au sublime ! Une véritable communion des sens...
— Bravo !
— Je ne trouve pas les mots pour décrire cela.
— J'aurais cru le contraire !
— Juliana m'a révélé à la Passion.
— C'est normal.

— Évidemment, conclut Bennet, on ne peut parler de son exquise sensibilité, de son esprit, ou de ses manières si gracieuses sans devenir poète.

— Extraordinaire... Et vous ne croyez pas votre frère capable de telles émotions ?

— Je pense que son précédent mariage a détruit à jamais ses inclinations. Si tant est qu'il en ait eu...

— Fichtre ! Ce que vous venez de me confier me laisse pantoise.

— Il est important que vous consentiez à l'épouser, madame, reprit Bennet un peu calmé. Je ne serais pas ici si je n'en étais pas intimement convaincu ! Ce sera un mariage intime. Vous ne voulez certainement pas de longues fiançailles comme pour Juliana et moi...

— Lui avez-vous demandé sa main ? coupa Iphiginia.

— Oui. Et nous sommes d'accord pour annoncer notre mariage à la fin de la Saison. Nous passerons les prochains mois à mieux nous connaître et à organiser la cérémonie. Il y a tant à faire ! Savez-vous que Juliana, quand elle a su que j'étais déshérité, a voulu s'enfuir avec moi pour aller se marier à Gretna Green ? Elle m'aime à la folie !

— Je sais. Je l'ai rencontrée.

— Oh !

— Et je l'ai trouvée charmante.

Même si ses parents ne sont que des ambitieux, songea-t-elle.

Bennet rosit de bonheur.

— Oui. Mais comme je le disais, vous êtes assez âgés pour vous passer de fiançailles.

— Exact.

— Je ne peux me rappeler de mon frère jeune... (Bennet fronçait les sourcils.) Même quand j'étais enfant, il me semblait être un vieillard ! Mais cela n'a pas d'importance. Seul votre mariage compte.

— J'apprécie votre opinion, monsieur. Cependant... (Iphiginia fut interrompue par l'arrivée d'un nouvel attelage.) Encore des visiteurs ?

Des voix familières résonnèrent dans l'entrée.

— Seigneur! s'écria la jeune femme. Corina, Richard, tante Zoe et Otis! que se passe-t-il? Excusez-moi, monsieur...

Elle se précipita pour ouvrir grand la porte quand sa tante s'écria :

— Iphiginia! Tu ne devineras jamais qui je t'amène...

Corina, vêtue d'une charmante robe bleue qui faisait ressortir ses yeux, s'approcha de sa sœur, l'air grave.

— Iphiginia! Es-tu sûre que tout va bien? Qu'est-il arrivé?

— Bonjour Corina. Richard...

Hampton inclina la tête.

— Bonjour, Iphiginia. Nous sommes venus dès que nous avons reçu ton message.

— Quel message?

— L'étrange note dans laquelle tu nous annonçais que tu étais devenue... Bien, oublie. C'est trop horrible. Je savais que cela ne pouvait être... Mais je voulais comprendre le pourquoi, et... Nous sommes arrivés il y a une heure.

Zoe avait l'air embêtée.

— J'ai préféré que tu les voies le plus vite possible, déclara-t-elle. Toi seule pouvais répondre à leurs questions...

— Moi, je n'irai pas par quatre chemins, Iphiginia, coupa Richard. Ton message nous annonçait que tu étais la maîtresse du comte de Masters!

— Richard! protesta Corina en rougissant. Comment peux-tu dire pareille chose... devant des étrangers, de surcroît.

— Désolé, ma chère, mais nous devons aller au cœur du problème, riposta Richard avec détermination. Inutile de faire la fine bouche!

Bennet se leva et vint se placer près d'Iphiginia.

— Tout ceci n'est qu'un tissu de mensonges.

— A qui ai-je l'honneur? s'enquit Richard, froidement.

— Bennet Cloud, pour vous servir. Je suis le frère de Masters, et, j'ai le plaisir de le dire, le futur beau-frère de Mrs. Bright!

Tout le monde se mit à parler en même temps. Le tumulte fut bientôt insupportable.

— Tu es fiancée? glapit Corina. Vraiment fiancée?

Richard semblait atterré.

— A un comte?

— Je ne m'attendais pas à ça, marmonna Otis. Mais toutes mes félicitations, ma chère!

Zoe tournicotait autour de sa nièce.

— Enfin, Masters s'est décidé!

— Eh oui! coupa Bennet. L'ennui, c'est qu'Iphiginia ne veut pas l'épouser...

— Ridicule! s'exclama Amelia. Si elle n'a qu'une chose à faire, c'est bien celle-là.

— Bien sûr! approuva Corina. Si son nom a été mêlé à celui de Masters, sa réputation est ternie et elle n'a plus qu'à se marier.

— Absolument, renchérit Richard. Et j'irai jusqu'à le provoquer en duel si la chose ne se fait pas!

— Masters? En duel? s'inquiéta Otis.

— Silence! hurla Iphiginia à bout de nerfs. J'ai dit silence!

Tous s'arrêtèrent, consternés, le regard fixé sur elle.

— Bien, reprit Iphiginia. Laissez-moi vous dire une chose : cette histoire ne regarde que moi... Compris?

Zoe cilla.

— Sois réaliste, chérie. S'il t'a demandée en mariage, tu te dois d'accepter.

— Et tu peux lui en être reconnaissante, affirma Corina. Avec ta réputation...

— Absolument! renchérit Richard.

— Suffit! cria de nouveau Iphiginia. Je l'ai déjà dit, et je le répète : je n'ai nullement l'intention d'épouser un homme qui soit incapable de sentiments humains!

— Sentiments humains... bégaya Corina, dépassée.

— Mais de quoi parles-tu? demanda sa tante.

— Cet homme possède un titre, de la fortune, fit remarquer Otis toujours pragmatique. Cela devrait compenser l'absence de sentiments, non?

— Mon frère fera un excellent mari, madame, jura Bennet. Qu'avez-vous à faire de sentiments alors que vous êtes tous deux des intellectuels?

— Par Dieu! explosa Iphiginia, folle de colère. Écoutez-moi tous, tant que vous êtes! Je n'épouserai pas un homme qui a pour règle de ne jamais tomber amoureux!

Un silence de plomb s'abattit sur la pièce.

Puis une silhouette familière entra.

— Iphiginia, vous m'avez appris à briser certaines règles par trop immuables, dit Marcus calmement. Apprenez-moi à briser celle-là aussi!

Tous se retournèrent, ébahis. Leurs cris les avaient empêchés d'entendre Marcus arriver.

Iphiginia planta son regard dans celui de Marcus. Un long moment.

Comme elle l'aimait! Elle avait toujours su qu'ils étaient faits l'un pour l'autre...

Elle devait le croire. Croire en sa capacité d'aimer.

— Oh! Marcus... murmura-t-elle attendrie avant de se précipiter dans ses bras.

Marcus la serra très fort contre lui.

20

Quand Amelia apprit que Dogson avait précipitamment quitté la ville, elle ressentit un vif soulagement.

La tout-Londres n'était préoccupé que d'une chose : les fiançailles du comte de Masters et de sa maîtresse, la fameuse Mrs. Bright.

L'annonce de ce mariage précipité, par licence spéciale, avait ému la haute société, et nombreux étaient les curieux qui se pressaient dans les allées de Hyde Park dans l'espoir de voir passer Marcus et sa future femme dans leur phaéton noir.

Ces derniers saluaient, d'un geste de la main, d'une inclinaison de la tête, leurs relations.

Le soir même, l'inquisition reprenait, dans toutes les soirées et les bals où le couple fit une apparition.

Ce fut chez les Bingham qu'Herbert rencontra Iphiginia.

— Je ne peux les blâmer, dit-il en désignant deux matrones enturbannées qui dévisageaient sans vergogne son amie. L'annonce de votre mariage a surpris tout le monde. Moi le premier, pour tout vous dire...

— Et moi donc! avoua Iphiginia en souriant.

La jeune femme était seule : Marcus était parti chercher du champagne et sa tante et Otis avaient disparu quelques minutes auparavant.

Herbert semblait secrètement troublé.

— Êtes-vous certaine de savoir ce que vous faites ? Masters est riche et titré, mais le mariage est une chose sérieuse.

— Je sais.

— Je suis votre ami, et je vous connais mieux que Masters... alors réfléchissez avant de commettre l'irréparable ! Une licence spéciale... Pourquoi êtes-vous si pressée ?

Iphiginia parut surprise.

— Qui vous fait croire que vous me connaissez aussi bien ?

— C'est un sentiment que j'ai eu depuis le début. Nous sommes semblables, ma chère, sur bien des points.

— Je sais que vous vous dites l'un de mes plus proches amis, et vous l'êtes, répondit Iphiginia. Mais ne vous inquiétez pas pour moi, je sais parfaitement ce que je fais !

— Vraiment ? Je l'espère de tout cœur... Vous me manquerez.

— Manquerez ?

— Je suppose qu'une fois que vous serez mariée nous aurons moins l'occasion de nous voir.

— A vous entendre, on croirait que je vais être enfermée dans un couvent, ironisa Iphiginia.

— Un harem serait plus exact ! rectifia Marcus qui se tenait derrière la jeune femme.

Iphiginia sursauta.

— Je ne vous avais pas vu revenir !

— Je sais, répliqua Marcus, une coupe de champagne à la main. Vous sembliez en grande conversation avec votre cher ami Mr. Hoyt.

— Bonsoir, Masters, dit Hoyt en inclinant la tête poliment. Je félicitais madame et l'assurais de ma fidèle amitié !

Marcus prit Iphiginia par le bras.

— Je pense qu'il est temps d'aller faire un tour chez les Wilkerson. Il est presque minuit.

— Certes, répondit Iphiginia en adressant un sourire d'excuse à Hoyt avant de disparaître.

— Ce Hoyt commence à me taper sur les nerfs! marmonna Marcus.

— J'en suis désolée, mais il restera mon ami, Marcus. Et j'espère qu'après notre mariage vous saurez vous montrer courtois!

— N'en doutez pas, riposta Marcus d'un ton légèrement sarcastique.

— Et qu'avez-vous voulu dire avec votre « harem »? s'énerva Iphiginia.

— Que vous serez toutes les femmes à la fois, mon cœur... L'unique. L'irremplaçable.

— Intéressant... marmonna la jeune femme.

Il était trois heures du matin quand Marcus reconduisit enfin Iphiginia chez elle. La jeune femme était épuisée. La maison était calme, tout le monde dormait, et ils pénétrèrent dans la bibliothèque pour s'y asseoir quelques instants.

— Quelle soirée! gémit Iphiginia en se laissant tomber dans le fauteuil qui se trouvait derrière son bureau. Je serais la femme à deux têtes que cela n'aurait pas soulevé plus de curiosité.

— Le pire est passé.

— Je le souhaite, répliqua vivement Iphiginia qui regardait sa robe de bal blanche en fronçant les sourcils. Vous savez, la première chose que je ferai après notre mariage sera de me reconstituer une garde-robe... Je suis fatiguée de tout ce blanc!

— Je l'imagine, mais l'idée était bonne et le blanc vous va divinement bien.

— Merci, my lord.

Iphiginia se sentait calme en dépit de l'énormité de la tâche qu'elle s'était fixée.

Apprenez-moi à briser cette règle-là aussi.

Marcus était-il réellement désireux d'apprendre à aimer de nouveau? Ou avait-il dit cela dans l'espoir qu'elle relèverait le défi?

Il en était fort capable !

— Parlons de notre mariage, proposa Marcus.

— Pardon ?

— J'aurai notre licence spéciale demain matin et nous nous marierons dans l'après-midi.

— Si tôt ? souffla Iphiginia.

— Auriez-vous une objection à cela ?

— Non.

— Fort bien.

Marcus regarda la statue d'Aphrodite d'un peu plus près.

— Je suis content de cette soirée. Les rumeurs vont s'éteindre maintenant qu'ils savent que vous êtes ma fiancée !

Iphiginia jeta un coup d'œil sur le livre d'architecture que Hoyt lui avait rapporté.

— En êtes-vous certain ?

— Absolument. Un mariage arrange bien des choses.

La jeune femme repensa aux circonstances de son premier mariage.

— Évidemment, murmura-t-elle.

— Fini les ragots à l'heure du thé. Une fois mariés, nous ne présenterons plus aucun intérêt.

— Est-ce pour cela que vous m'épousez, monsieur ? répliqua-t-elle sèchement.

— Non, ma chère... C'est parce que vous êtes l'unique femme qui puisse me rendre humain !

— Vous ne pouvez dire une chose pareille, Marcus !

— Je le pense pourtant... Vous seule m'empêcherez d'être victime de mes propres règles !

Iphiginia comprit combien cet aveu lui avait coûté. Elle se leva et s'approcha de lui, jusqu'à le toucher et prendre son visage entre ses petites mains.

— Marcus, écoutez-moi ! Il n'y a aucun danger que vous deveniez un robot... Vous êtes quelqu'un de passionné, de sensible, de chaleureux.

— Vous le croyez vraiment ? s'inquiéta-t-il. Alors j'ai

intérêt à vous épouser le plus vite possible, car je crains que mon extrême sensibilité ne s'accommode guère d'une trop longue attente!

— En effet. (Iphiginia l'embrassa doucement sur les lèvres.) Il serait cruel de contrer votre côté passionné...

— Ou le vôtre, souffla Marcus en lui rendant ses baisers.

— Je vous aime, murmura la jeune femme, la tête contre son épaule.

Elle n'était pas certaine qu'il l'ait entendue, mais il la regarda brusquement d'un regard enflammé et lui proposa :

— Demain, trois heures. Soyez prête!

— Et tout de blanc vêtue? ironisa-t-elle.

— En blanc ou sans rien... Comme il vous plaira. Il me tarde d'être à demain soir, lança-t-il en se dirigeant vers la porte. Vous rendez-vous compte que ce sera la première fois que nous pourrons faire l'amour dans un lit?

— Avec votre aptitude à nous faire des malaises, cela peut s'avérer utile! plaisanta-t-elle.

— Adam vient me chercher à cinq heures pour aller faire un tour à Hyde Park, annonça Amelia le lendemain au petit déjeuner. Que dois-je mettre, à ton avis?

Iphiginia semblait contrariée par un article de presse relatant leur futur mariage comme l'événement de la Saison.

> *Nous apprenons que le célèbre lord M. a décidé d'oublier une de ses règles d'or...*

— Que disais-tu?

— Je te demandais si tu m'aiderais à choisir une toilette...

— Eh bien, puisque nous avons sensiblement la même taille, prends ma robe jaune et le manteau assorti. C'est une couleur qui te va à merveille.

— Mais c'est un ensemble que tu n'as jamais porté! s'exclama sa cousine, les yeux brillants d'excitation.

— Je te le donne bien volontiers, répondit Iphiginia en repliant son journal.

— C'est très gentil.

— Que dirais-tu d'aller faire quelques courses? Tu devrais t'habiller de façon plus éclatante, et moi je ne peux plus supporter ce blanc!

— Cela t'allait bien pourtant, remarqua sa cousine.

— Merci. Tu sais Amelia, tu parais très heureuse.

— Je le suis! (Amelia sourit.) Je n'ai pas ressenti... cette impression de légèreté depuis des années. Je vivais dans la crainte de rencontrer un jour ce Dogson, et maintenant que c'est arrivé, je me rends compte qu'il ne mérite que de la pitié!

— J'étais assez contente de voir son expression lorsqu'il a compris le pouvoir dont tu disposais!

— Oui. Ce fut une petite vengeance bien agréable.

— Et ce n'est que justice.

— Adam croit que Dogson est totalement ruiné, confia Amelia.

— Ce n'est pas moi qui le plaindrai! répliqua Iphiginia. Par contre, je suis ravie que tu t'intéresses à Manwaring. Cet homme est amoureux de toi depuis le premier jour.

— Je le subodorais. Il paraissait si chaleureux... Mais je ne sais pas pourquoi, je ne pouvais me l'avouer. Et puis, après avoir revu Dogson, ma peur s'est envolée et je me suis sentie libre. Libre d'aimer à nouveau! Libre de me tourner vers Adam. Oh! Iphiginia... Je me sens si heureuse aujourd'hui!

— Parfait. Alors tu vas pouvoir m'aider. Je crains de souffrir de ce que l'on appelle le syndrome de la future mariée!

— Tu es nerveuse? Toi? Incroyable...

— Oh oui... Fais-moi penser à emporter des sels cet après-midi. Je détesterai m'évanouir au pied de l'autel!

— Je suis sidérée, et je ne sais quoi te dire... Tu avais toujours l'air si sûre de toi. Je n'arrive pas à t'imaginer piquant une crise de nerfs!

— C'est la première fois que je me marie, moi ! protesta Iphiginia. Pour Marcus, c'est différent, bien sûr... Tu vois, rien que d'y penser me donne la chair de poule !

Une demi-heure plus tard, toujours aussi nerveuse, Iphiginia marchait de long en large dans sa bibliothèque, avec l'espoir de retrouver un peu de calme. Puis, elle s'assit à son bureau et prit quelques feuilles de papier, un crayon...

Mais l'inspiration lui manquait.

Elle mordilla le bout de son crayon, se perdit dans l'étude de quelques-unes des statues qu'elle avait rapportées d'Italie. Rien n'y fit.

Elle ne pensait qu'à ce mariage précipité.

Apprenez-moi à briser cette règle-là aussi...

Marcus aurait mieux fait de lui demander comment on pouvait retomber amoureux ! Elle aurait su quoi lui répondre.

Enfin, elle le croyait...

Iphiginia se releva, fit le tour de son bureau, à bout de nerfs.

Brusquement le livre d'architecture que Hoyt lui avait apporté attira son regard. Elle s'en empara par le ranger dans les rayons de la bibliothèque et, d'un geste machinal, le feuilleta rapidement.

A la page 203 se trouvait collé un petit morceau de cire noire.

Iphiginia fixa cette goutte de cire pendant un long moment...

Quelqu'un de suffisamment bien placé dans la société pour connaître les secrets de chacun...

Enfin, la vérité se faisait jour !

— Êtes-vous certain de ce que vous avancez, Barclay ? demanda Marcus en tapotant nerveusement son bureau.

Il essayait tant bien que mal de dissimuler son impatience. Car s'il avait permis que certaines de ses règles soient anéanties par Iphiginia, il n'en avait pas moins gardé son esprit d'analyse et de déduction.

Marcus pouvait sentir le frisson familier annonciateur de découvertes et de satisfactions. Tout devenait d'une logique parfaite. Avec cette dernière information, le puzzle prenait définitivement forme.

Il se devait d'en informer Iphiginia. Sur-le-champ.

— Oui, monsieur. J'en suis sûr, répondit Barclay en jetant un bref coup d'œil à ses notes. Le véritable docteur Hardstaff, dont le nom était en réalité William Burn, a bien vendu son local à celui qui a fait construire le monument funéraire : un certain H. H. Eaton.

— Le fils d'Elizabeth Eaton qui est enterrée là-bas?

— Oui. Mais il aurait abandonné ce nom il y a deux ans lorsqu'il a fait son entrée dans le monde. C'est pour cela que cette recherche m'a pris si longtemps. Heureusement que vous m'aviez suggéré d'établir la connexion entre le musée et le monument funéraire!

Un coup frappé à la porte attira l'attention de Marcus. Il fronça le sourcil.

— Entrez!

Lovelace ouvrit la porte sur une Iphiginia toute de blanc vêtue.

— Mrs. Bright pour vous, monsieur!

— Faites entrer, Lovelace.

La jeune femme ne se fit pas prier et, bousculant le majordome, brandit un épais volume.

— Marcus! Vous n'allez pas me croire... Je crois connaître l'identité de notre maître chanteur! J'ai trouvé un morceau de cire noire à l'intérieur de ce livre et je crains que ce ne soit...

— Herbert Hoyt? insinua Marcus.

— Par Dieu! s'exclama la jeune femme atterrée. Comment avez-vous fait?

— Simple déduction scientifique, ma chère!

L'allée était sombre, et la lune n'éclairait qu'à grand-peine le 2, Thurley Street. Marcus assura sa prise sur la petite barre de fer et força la fenêtre.

— Attention! souffla Iphiginia en regardant soigneusement autour d'elle.

— Je fais attention.

— Marcus, vous semblez contrarié.

— En effet! Je n'avais pas prévu de passer ma nuit de noces à jouer les monte-en-l'air... (Marcus donna un ultime coup et la fenêtre céda.) J'imaginais d'autres divertissements!

— Dépêchez-vous! intima Iphiginia en levant sa lanterne. Je suis certaine de trouver le sceau au phénix et la cire. Hoyt doit les garder chez lui.

— C'est idiot puisque nous savons qu'il est le maître chanteur.

— Il nous faut le prouver!

Marcus enjamba la croisée et se retrouva dans une pièce obscure.

— Vous ne faites pas ça pour prouver sa culpabilité, mais pour prouver que votre hypothèse était la meilleure! ronchonna-t-il.

— En effet. Et je n'avais donc pas besoin de vous, riposta Iphiginia en enjambant à son tour la fenêtre.

Marcus fixait la gracieuse courbe de sa cuisse en songeant qu'ils auraient été bien mieux dans un lit.

Mais le principal était qu'Iphiginia soit devenue son épouse, quelques heures auparavant. Il en était soulagé.

Et amusé en même temps. Il ne connaissait pas de femmes qui auraient proposé de passer leur nuit de noces à fracturer le bureau d'un maître chanteur! Iphiginia était vraiment une originale.

Marcus avait fini par se plier à son désir, en pensant que Hoyt était un noctambule notoire et qu'il ne reviendrait chez lui qu'à l'aube. Le risque était donc minime. Et son domestique était connu pour passer ses nuits dans les tavernes.

— Tirez les rideaux ! ordonna Iphiginia.

Marcus obéit. La pièce, éclairée par la lanterne, révélait un bureau, une chaise, quelques livres sur des étagères et un fauteuil devant la cheminée. Un ensemble sympathique pour un célibataire modérément fortuné. Sur une table reposait une bouteille de cognac à moitié vide.

— Hoyt ne semble pas avoir investi dans son mobilier, observa Marcus.

— Non. Il préfère dépenser son argent à se vêtir chez les meilleurs tailleurs et à se commander un superbe attelage. Tout cela coûte une petite fortune ! lui raconta Iphiginia tout en fouillant le bureau. Et le musée du docteur Hardstaff doit aussi absorber une partie de cet argent.

— Et le monument funéraire...

Marcus fouillait de son côté, mais ne trouvait que de luxueuses chemises et cravates.

— C'est curieux de penser qu'un homme capable de meurtres et de chantage puisse construire une si belle tombe pour sa mère. (Iphiginia retint brusquement son souffle.) Ah ! Ah ! Il ne ferme pas ses tiroirs à clé.

— Donc vous ne trouverez rien d'intéressant.

— Cela ne veut rien dire. Il se croit peut-être à l'abri de tout.

Mais vingt minutes plus tard, Iphiginia dut déchanter :

— Je ne comprends pas, s'écria-t-elle frustrée. Ces preuves doivent bien être ici !

— Pas obligatoirement, dit Marcus, pressé de s'en aller. Hoyt peut les avoir sur lui, ou les cacher autre part...

— Ça y est ! Je sais où les trouver. (Iphiginia était au comble de l'excitation.) Au musée du docteur Hardstaff !

Marcus grommela.

— Certainement pas. Avec tous les patients qui défilent...

— Cela vaut le coup d'essayer, suggéra Iphiginia en enjambant la croisée. Ne traînez pas, Marcus ! Nous n'allons pas y passer la nuit.

— Merci, mon Dieu! ironisa Marcus. Je n'aspire qu'à retrouver mon lit...

— Mais qu'est-ce que vous avez à marmonner comme ça! protesta Iphiginia en remettant de l'ordre dans sa toilette. Nous pourrons passer au lit le reste de notre vie!

Marcus frémit.

Le reste de sa vie, au lit... avec Iphiginia!

Les alentours du 19, Lamb Lane étaient tout aussi obscurs et déserts, et lorsque Marcus gravit les marches de l'escalier, elles grincèrent sous son poids.

Marcus, en tête, était en proie à un curieux sentiment de malaise. Quand il atteignit la porte du palier, cette dernière s'ouvrit facilement.

— Marcus? souffla Iphiginia. Quelque chose ne va pas?

— Restez là. J'y vais, conseilla Marcus en enlevant son manteau malgré l'air frais de la nuit. Passez-moi la lanterne.

— Mais...

— Attendez ici et ne bougez pas!

A son grand soulagement, Iphiginia obéit sans protester. Marcus s'empara de la lanterne et pénétra dans le vestibule. Aucun théâtre d'ombres ne semblait être joué ce soir-là. Marcus se dirigea vers la chambre et ouvrit précautionneusement la porte.

La pièce était obscure mais, à la lueur de la lanterne, il vit que le rideau de mousseline n'avait pas été réparé depuis la dernière fois.

— Vous apercevez quelque chose, chuchota Iphiginia en surgissant derrière lui.

Surpris, Marcus sursauta.

— Damnation! Iphiginia... Je vous avais dit de rester dehors!

Le grincement du parquet les fit taire tous deux.

— Iphiginia, sauve-toi! souffla Marcus.

Mais il était trop tard. Une main surgie de l'ombre

agrippa la gorge de la jeune femme, qui poussa un petit cri étranglé.

— Ne bougez pas, Masters! conseilla Herbert en se servant d'Iphiginia comme d'un bouclier tandis qu'il avançait dans la chambre. Ou je vous tire dessus!

— Laissez-la, Hoyt! Tout ceci va trop loin... Nous devons en finir, ce soir!

— Je suis d'accord. (Herbert eut un rictus peu engageant.) Mais comme je suis l'auteur de toute cette mascarade, je tiens à écrire le dernier acte. Je préconise quelque chose de tout à fait mélodramatique qui fera frémir la haute société... Que diriez-vous d'une lady Masters tuant son époux, le soir de ses noces, en le découvrant dans le célèbre musée du docteur Hardstaff?

21

— Et quel sera le sort d'Iphiginia? demanda Marcus en essayant de garder son calme.

— Je crains que Mrs. — ou devrais-je dire — Miss Bright, de Deepfort en Devon, ne se rompe le cou dans les escaliers en tentant de fuir les lieux du crime!

— Personne ne croira ça! s'écria Iphiginia, qui, malgré son effroi, gardait l'esprit clair. Vous finirez pendu, monsieur. Si ce n'est pour cet acte, du moins pour le meurtre de Mrs. Wycherley!

— Vous avez découvert cela? (Herbert sourit mais son regard resta de glace.) Fort intelligent de votre part... J'ai toujours admiré votre esprit, madame! Ainsi ai-je tenté de vous tenir éloignée de cette histoire, mais en vain. Vous ne vouliez pas comprendre.

— Est-ce vous qui m'avez enfermée dans le monument funéraire?

— Je pensais qu'une bonne nuit de frayeur vous convaincrait de vous occuper de vos affaires... Mais j'avais tort.

Marcus jeta son manteau en travers de son épaule.

— Pourquoi avoir tué Mrs. Wycherley?

— Ah! Cette chère Constance... (Herbert semblait s'amuser.) Elle est à l'origine de tout. Ses petits chantages duraient depuis des années sans que personne ne l'ait jamais soupçonnée. Elle avait bien dressé ses employés qui lui rapportaient maints détails sur la vie de leurs employeurs.

— Détails qui lui permettaient de les faire chanter? s'enquit Iphiginia.

— Bien sûr. C'était une idée brillante, mais mal exploitée. Je l'ai vu tout de suite. Ses exigences étaient maigres, ses victimes, des gens sans importance réelle. Elle était trop peureuse pour s'attaquer à des personnalités!

— Qui, elles, auraient sans doute découvert son manège, répliqua Masters.

— Peut-être... De toute façon, c'était une gagne-petit! J'ai dû insister pour qu'elle accepte de passer à la vitesse supérieure. Cela l'a rendue extrêmement nerveuse, d'ailleurs.

— Comment l'avez-vous convaincue de vous prendre comme complice? demanda Iphiginia.

— Je l'ai menacée de tout révéler. Au début, notre association fonctionnait très bien, ensuite elle est devenue par trop anxieuse. Et lorsque l'homme d'affaires de Mrs. Bright s'est mis à lui poser des questions sur Miss Todd, elle a littéralement paniqué. Il fallait tout arrêter! J'ai donc dû m'en défaire...

— Avec une mise en scène qui laissait croire qu'elle avait été tuée par une de ses victimes, laissa tomber Iphiginia.

— Ou par un cambrioleur. La conclusion m'importait peu.

— Mais comment avez-vous eu connaissance de ses petits chantages?

— Ma mère travaillait pour elle comme gouvernante et lui rapportait les secrets qu'elle avait pu surprendre. (Herbert fit la grimace.) Puis ma mère a été violée par un de ses employeurs. Un de ces hommes de la bonne société... Évidemment, elle a été renvoyée sur-le-champ!

— Et Mrs. Wycherley a refusé de la placer chez quelqu'un d'autre, continua Iphiginia.

— Comment le savez-vous ? (Herbert semblait furieux de nouveau et il resserra son bras autour de son cou.) Par Dieu ! Comment pouvez-vous savoir ça !

— Ce n'était qu'une hypothèse, parvint à articuler Iphiginia.

— Vous lui faites mal, Hoyt ! cria Marcus.

— Vous, restez tranquille ! menaça Herbert en pointant son arme sur Marcus. En effet, cette folle n'a rien voulu savoir. Ma mère avait été assez stupide pour se faire engrosser, tant pis pour elle !

— Vous êtes le fruit de ce déshonneur, n'est-ce pas ?

— Exact. Un bâtard... Le fils d'un comte, mais cependant un bâtard. Ma mère avait mis de côté l'argent gagné à espionner, et elle s'est installée dans un petit village du nord de l'Angleterre, en se faisant passer pour une veuve. Personne n'a jamais su la vérité.

— Alors comment l'avez-vous apprise ? s'inquiéta Marcus.

— Ma mère me l'a révélée deux ans avant de mourir. Je suis aussitôt parti pour Londres et je suis allé voir Constance Wycherley.

— Et votre père, je suppose ? demanda doucement Iphiginia.

Hoyt redevint violent.

— Il était mort ! Que le diable l'emporte ! Un accident de voiture cinq ans auparavant. Je n'ai pas eu la chance de... (Herbert prit une profonde inspiration.) Mais revenons-en à cette catin de Wycherley.

— Vous avez pris les choses en main, semble-t-il, murmura Marcus.

— Jusqu'à ce musée. Incroyable ce qu'un gentleman est prêt à payer pour retrouver sa vigueur... Surtout s'il est en mal d'héritier !

— Quelle ironie... Le fils illégitime d'un comte dévergondant quelques vieux nobliaux ! plaisanta Marcus.

— Ils étaient si anxieux de transmettre leur héritage en ligne directe... Et légitime !

Iphiginia tenta de se dégager.

— Hoyt! Écoutez-moi.

— Silence! (Herbert resserra son étreinte.) Il fut un temps où j'avais espéré que nous deviendrions amis, ma chère... Nous avons tant en commun. J'espérais que vous vous en apercevriez!

— Que voulez-vous dire?

— Nous sommes de la même espèce. Oh! oui. Et je l'ai compris à la minute où je vous ai vue. Vous étiez si extravagante! Si intelligente! Il fallait que j'en sache plus sur vous, et votre amitié avec lady Guthrie m'a permis de mieux vous connaître.

— Et vous avez pensé à consulter les fiches de Wycherley, ricana Marcus.

— Exact. Elles étaient fort bien tenues, d'ailleurs.

— Mais qu'est-ce qui vous fait croire que nous avons quelque chose en commun? s'inquiéta Iphiginia.

— C'est évident. Nous nous sommes propulsés dans la haute société grâce à notre ingéniosité et à notre détermination. Nous étions faits l'un pour l'autre, ma chère, si vous n'aviez pas mis le grappin sur Masters!

— Parce que vous pensez que c'était prémédité? demanda Marcus, irrité.

— Oui. Je n'ai découvert que bien plus tard qu'en fait elle ne cherchait que le maître chanteur de sa tante. J'admire son sang-froid, bien qu'il ne lui servira pas à grand-chose dans quelques minutes...

— Vous espériez l'épouser?

— Certes. Qui aurait pu songer que vous alliez briser une de vos règles les plus sacrées?

— Vous avez essayé de nous dresser l'un contre l'autre ici, n'est-ce pas? reprit Marcus en faisant signe à Iphiginia de se tenir prête.

— Tout le monde pensait que vous aviez une liaison avec lady Sands. Ce n'était pas très difficile... Iphiginia devait rompre et Sands devait logiquement vous tuer.

A cet instant, Marcus lança son manteau sur la lanterne pour cacher la lumière.

— Espèce de bâtard ! hurla Hoyt. Ne bougez pas ! Damnation, elle m'a mordu...

Marcus profita de la confusion et de l'obscurité pour s'approcher de Hoyt.

Un coup de feu partit. La flamme éclaira le visage de Hyot un court instant. Ses traits étaient déformés par la rage.

Marcus se jeta sur lui, et tous deux roulèrent sur le sol. Iphiginia, libérée, se dirigea à l'aveuglette vers la lanterne, en espérant de tout son cœur que le manteau ne prendrait pas feu. Herbert, les forces décuplées par la fureur, parvint à se dégager et se redressa au moment où Iphiginia retirait le manteau. La lumière se fit et Marcus en profita pour flanquer un coup de poing dans le nez de son adversaire, qui trébucha sous le choc et renversa la lanterne. L'essence se répandit et des flammes s'élancèrent à l'assaut du lit.

— Sortez ! hurla Marcus. Ce ne sera bientôt plus qu'un brasier.

L'immeuble, de construction fragile, ne résisterait pas, le feu gagnerait les échoppes d'à côté, et plusieurs familles risquaient de périr dans les flammes.

Herbert profita de la confusion pour gagner la porte et s'enfuir. Marcus se précipita à sa poursuite.

— Tu ne t'en tireras pas comme ça, bâtard ! hurla Masters en gagnant du terrain.

— Va au diable ! riposta Herbert alors que son poursuivant l'attrapait par le bras.

Il se débattit avec une telle violence qu'il passa pardessus la rampe et tomba sur le sol de pierre de l'entrée.

Son corps dessinait un angle bizarre. L'homme était mort.

— Marcus ! hurlait Iphiginia. Au secours...

Marcus se précipita. Sa femme était restée dans la chambre à éteindre les flammes.

— Reculez ! ordonna-t-il.

Il roula le tapis et vint à bout de l'incendie. L'obscurité regagna la pièce.

— Merci, Marcus... Êtes-vous sain et sauf ?

— Oui, mais Hoyt est mort. Il s'est rompu le cou dans l'escalier.

— Seigneur Dieu !

Marcus regarda autour de lui. Le feu semblait n'avoir fait que peu de dégâts. Puis il prit sa femme dans ses bras et lui demanda :

— Vous n'êtes pas brûlée, j'espère ? Laissez-moi voir...

— Non, je vous assure.

— Bien. Alors rentrons, dit-il en reprenant son manteau.

L'aube pointait quand Marcus ouvrit la porte de séparation de leurs chambres.

Une chandelle finissait de se consumer. Et le lit était vide.

Iphiginia, qui se tenait près de la fenêtre, se retourna en l'entendant arriver. Elle portait une superbe chemise de nuit de dentelle blanche et arborait un sourire lumineux. Marcus en eut le souffle coupé.

— Iphiginia ! murmura-t-il, incapable de trouver ses mots.

Il lui ouvrit les bras et elle s'y jeta avec fougue. Il la porta aussitôt sur le lit et la renversa sur les draps blancs fleurant bon la lavande.

— Je vous aime, murmura la jeune femme.

Marcus la serra contre lui, l'embrassant passionnément. Elle était magnifique. Elle semblait avoir été faite pour lui, pensa-t-il, ému.

Et il l'avait attendue si longtemps...

— Serre-moi fort, chérie. Ne me laisse pas !

— Jamais ! s'écria Iphiginia.

Marcus fut de nouveau empli par cette étrange émotion qu'il avait déjà ressentie, un peu plus tôt, lorsqu'ils avaient fait l'amour.

Sans doute était-ce cela le bonheur...

Iphiginia se réveilla seule dans le grand lit dévasté. Un soleil matinal envahissait la chambre, éclaboussait les draps.

Elle referma les yeux et s'étira voluptueusement. Son corps se souvenait de chaque étreinte, de chaque caresse...

Un bruit sourd la tira de sa rêverie. Un bruit mécanique.

Chunka-chunka-chunka.

La jeune femme ouvrit les yeux. La porte de la chambre était ouverte et Marcus se tenait nonchalamment appuyé au chambranle.

Il portait une robe de chambre de soie noire et ses yeux brillaient.

— Bonjour, ma chérie.

— Je me demandais où tu étais parti, répondit Iphiginia en se calant contre ses oreillers. Mais qu'est-ce que c'est que ce bruit!

Alors elle le vit. Le petit automate s'avançait à pas saccadés vers elle. Il portait un plateau d'argent à bout de bras.

Et sur le plateau, reposait une feuille de papier pliée en deux.

Iphiginia le regardait, fascinée. L'automate ne s'arrêta qu'en butant contre le lit.

Iphiginia se saisit du message et le déplia avec lenteur. A l'intérieur étaient écrits ces seuls mots :

Je t'aime.

— Oh! Marcus... cria Iphiginia en courant se jeter dans les bras de son mari.

Marcus souriait.

— Tu le penses vraiment? demanda-t-elle anxieuse.

— De tout mon cœur!

Le bonheur illumina le visage de la jeune femme.

— Je savais que nous étions faits l'un pour l'autre...

Il rit de sa belle assurance et entreprit de la ramener vers le grand lit.

— Tu avais raison, concéda-t-il.

— Comme d'habitude! ne put s'empêcher de répliquer Iphiginia.

Achevé d'imprimer en août 1995
sur presse CAMERON,
dans les ateliers de BCI
à Saint-Amand Montrond (Cher)

- N° d'édit. : 168967. - N° d'imp. : 1/2017. -
Dépôt légal : août 1995.

Imprimé en France